云南省传承发展中华优秀传统文化丛书

雲南文庫

大家文丛

《传承发展中华优秀传统文化
云南文库·大家文丛》编委会

云南文库

大家文丛

中共云南省委宣传部　编

南园漫录

［明］张志淳◎著
李东平　王　樵　李孝友　雷声普
张亚平　汪　宁◎校注

云南人民出版社

图书在版编目（CIP）数据

南园漫录 /（明）张志淳著 ； 李东平等校注．-- 昆明 ：云南人民出版社，2023.12
（云南文库．大家文丛）
ISBN 978-7-222-22382-0

Ⅰ．①南… Ⅱ．①张… ②李… Ⅲ．①古典散文－作品集－中国－明代 Ⅳ．①I264.8

中国国家版本馆 CIP 数据核字（2024）第 009206 号

项目指导：殷筱钊　尚　语
统筹编辑：马维聪
责任编辑：陶汝昌
责任校对：董　毅　欧　燕
责任印制：代隆参
装帧设计：陶汝昌　刘　雨

云南文库
大家文丛

南园漫录
NANYUAN MANLU
［明］张志淳　著
李东平　王　樵　李孝友　雷声普　张亚平　汪　宁　校注

出　版　云南人民出版社
发　行　云南人民出版社
社　址　昆明市环城西路 609 号
邮　编　650034
网　址　www.ynpph.com.cn
E-mail　ynrms@sina.com
开　本　720mm×1010mm　1/16
印　张　20.5
字　数　238 千
版　次　2023 年 12 月第 1 版
印　次　2023 年 12 月第 1 次印刷
印　刷　云南出版印刷集团有限责任公司华印分公司
书　号　ISBN 978-7-222-22382-0
定　价　95.00 元

如需购买图书、反馈意见，请与我社联系
总编室：0871-64109126　发行部：0871-64108507
审校部：0871-64164626　印制部：0871-64191534

云南人民出版社微信公众号

前　言

习近平总书记指出："文化是一个国家、一个民族的灵魂。""只有全面深入了解中华文明的历史，才能更有效地推动中华优秀传统文化创造性转化、创新性发展，更有力地推进中国特色社会主义文化建设，建设中华民族现代文明。"习近平文化思想，明体达用，体用贯通，博大精深，为我们在新的起点上继续推进文化繁荣、建设文化强国、建设中华民族现代文明指明了前进方向。

中华文明延续着我们国家和民族的精神血脉。在中华文化版图上，地方文化各具特色，丰富多彩。云南是人类最早的发祥地之一，历史悠久，文化富集。千百年来，云南人民用自己的辛劳和智慧，守护祖国边疆，建设美丽家园，创造了丰富多样的地方文化。历经社会变迁、民族融合、文化认同，云岭大地钟灵毓秀，星光灿烂，诞生了无数杰出人物，涌现了诸多名家大师，产出了大批传世经典，为云南文化发展做出了卓越贡献。

云南有优良的学术文化传统。中原文化很早就在这里传播，大量的汉文典籍源源不断传入并积淀，成为云南文化的根基与传统。而地方、民族与边疆文化的诸多特色亦在云南文献中得以彰显。就地方特色而言，编史修志从来都是文化盛业，成绩斐然。文献、专著、文集不断被创制和保存，民国时期辑刻的《云南丛书》，“初编”“二编”即达205种1631卷及不分卷的50册。其后更有数以万计的图书文献问世。从民族特色来说，云南民族众多，“三交”历史悠久，民族文化丰富多彩，傣族的贝叶文献、彝族的毕摩文献、纳西族的东巴文献、藏族文献、白族文献等，早已产生了广泛影响，是中华民族共同的文化财富。就边疆特色来看，记载或论述边地、边境、边界、边民、边防及边贸等内容丰富的边疆文献，种类多、价值高，历来都受到重视。

文化关乎国本、国运。盛世兴文，赓续文脉。习近平总书记两次考察云南，都对文化建设作出重要指示。云南省组织编辑出版一套具有文化保存与传承价值的大型学术文献丛书——《云南文库》，旨在传承中华典籍，弘扬滇云文化，砥砺三迤后人，昌明云岭学术。《云南文库》分为三个系列：一是《当代云南社会科学百人百部优秀学术著作丛书》，收录中华人民共和国成立后出生的年轻一代云南学者的优秀作品。二是《学术名家文丛》，收录辛亥革命至中华人民共和国成立前出生的云南学术名家的代表之作。三是《大家文丛》，收录辛亥革命以前出生的云南学术大家的传世著作。前面两个系列业已出版发行。

当前，在新的历史起点上，以习近平文化思想和习近平总书记关于铸牢中华民族共同体意识等重要论述为根本遵循，组织实施《传承发展中华优秀传统文化　云南文库·大家文丛》编纂出版，是站位中华现代文明、践行新时代文化使命、推进文化强省建设、深入实施“文化兴滇”行动的积极探索，对于坚定文化自信、建设中华民族现代文明，具有重大现实意义。

编纂《传承发展中华优秀传统文化　云南文库·大家文

丛》，是承传云南学术文化，保存云南记忆的基础性文化工程。从古至今，云岭大地孕育了诸多硕学鸿儒、名家大师、文化先贤，可谓星光灿烂。长久以来，红土高原产生了大批思想深邃、智慧非凡的传世经典，蔚为大观，逐渐形成了具有云南自身特点的学术特色与知识谱系。今天，我们拾起历史长河中的明珠，拂去历史典籍的蒙尘，重新整理和展示云南学术史上的高峰之作，就是为了重构云南地方知识与文化，增强传统文化区域性叙事中存在的精神感召力，传承和弘扬地方优秀民族文化，以滇云文化和云南记忆，填充中华民族共同体的文化版图。

编纂《传承发展中华优秀传统文化　云南文库·大家文丛》，是打造云南文化品牌、增强文化自信的重要举措。云南悠久的历史文化、光荣的红色文化、多彩的民族文化、独特的生态文化，是中华文化百花园的重要组成部分。以云南学术大家及其皇皇巨著为承载的云南文化，是云南社会发展的文化源泉，是云南人民的智慧结晶。编纂本丛书，是为了回归滇云文化的本源，筑牢文化自信的根基，为更多的人了解云南搭建平台，为研究云南构筑载体，为发展云南提供借鉴，在更高层次和更宽领域传扬云南文化精神，打造云南文化品牌。

编纂《传承发展中华优秀传统文化　云南文库·大家文丛》，是弘扬优秀传统文化，促进文化繁荣兴盛的根本保证。2023年6月，习近平总书记在中国国家版本馆考察调研时叮嘱大家："我最关心的就是中华民族历尽沧桑留下的最宝贵的东西。中华民族的一些典籍在岁月侵蚀中已经失去了不少，留下来的这些瑰宝一定要千方百计呵护好、珍惜好，把我们这个世界上唯一没有中断的文明继续传承下去。"这是全体中华儿女光荣而神圣的责任。我们将努力以编纂《传承发展中华优秀传统文化　云南文库·大家文丛》等文化精品为契机，继承中华优秀文化传统，发挥地域优势，突出地方特色，提高格局站位，积极推动学术创新，努力创造更多优秀学术成果和文化精品，整理出版经典文献，让典籍里的文字活起来，用优秀传统文化及滇云文化涵养各族人民，助力云南跨越式发展。

《传承发展中华优秀传统文化　云南文库·大家文丛》的编纂出版，凝聚着先哲大家的心血和智慧，离不开今贤同仁的奉献与付出。省委宣传部精心组织，省社科联、省文史馆、云南大学、省图书馆、云南人民出版社等相关单位和参与整理编校的专家学者不辞辛劳，通力协作，玉成丛书。翰墨流芳，文化永续。在此，向所有的参与者表示崇高的敬意和衷心的感谢。《传承发展中华优秀传统文化　云南文库·大家文丛》是《云南文库》的压轴之作，从构思到付梓，离不开广大读者和社会各界人士的支持，在此谨致谢忱。

文化建设没有终点。希望社会各界继续支持《传承发展中华优秀传统文化　云南文库·大家文丛》的编纂出版工作，欢迎各方有识之士积极参与到云南文化建设的伟业中来。

《传承发展中华优秀传统文化
云南文库·大家文丛》编委会
2023年12月

出版说明

《南园漫录》十卷，明·张志淳撰。

张志淳（1457—1538年），字进之，号南园，明永昌（今保山）人。成化进士，历官吏部主事、员外郎、郎中、太常寺少卿、提督四夷馆、南京户部右侍郎。正德五年（1510年），因病辞归故里，闭门读书写作，著有《南园集》《西铭通》《南园漫录》《永昌二芳记》等书。其生平事略，明万历《云南通志》暨此后的云南地方史志均有传。

关于《南园漫录》，自序云，因读宋洪迈《容斋随笔》、罗大经《鹤林玉露》，有所感发，仿而为之。此书从书末《题后》，知刻于嘉靖五年（1526年）。刻本今已少见。清·乾隆时修《四库全书》，据湖北巡抚采进本收录，列子部杂家类。光绪末年，石屏袁嘉谷先生在北京曾检校文渊阁《四库全书》，抄存副本。宣统元年（1909年），袁在杭州复取文澜阁本校正，后经昆明施汝钦先生校阅付梓，成于民国元年。民国三年（1914年）唐继尧倡设“辑刻云南丛书处”，聘剑川赵藩、昆明陈荣昌二先生主其事，辑刻《云南丛书》，遂以本书收入，列为子部第二十四部，这就是现在流传的版本。

此书自明嘉靖五年刻本传世后，学者颇为重视，如杨慎《丹铅录》、王世祯《池北偶谈》均加以称誉，郎瑛《七修类稿》谓："张尚书《南园漫录》，于国事最直，字义得理，记本省事最悉。"《明史·艺文志》著录于小说家。《四库全书总目提要》称："其所记录，亦可与《明史》相参考。"民国《云南丛书》刻本篇首有袁嘉谷《南园漫录跋》及赵藩、李根源《重刊南园漫录序》各一篇，对本书抄刻经过及价值言之綦详。

本书以随笔形式，分条评议时事，疏证经史，纠偏正误，臧否人物，或详言经过，或发其隐微，大抵为正史官书所不载或不屑载者。其中有关滇事者数十条，多言边事及各民族情况，可补史乘之不足。全书共184条，分为10卷。

本书可资参证者有三：

一、写作历史文献，必须摒除成见，独立思考，究明真相。因正史官书或私家著述，往往被当时政治环境所局限，致有偏护失实之处。作者曾指出，自司马迁《史记》以后，班固《汉书》以谀世作俑于前，而后世之统治者，则径命臣工纂修前代史事，溢美曲讳，所在多有，即名臣大儒如司马光、欧阳修、二程、朱子等也难免此病。至如洪迈、丘濬等人所著书，心有所私，偏误必甚，故屡举实例，斥其不当。

二、历史文献的价值，在于它从各方面真实地反映当时的社会生活。朝代的嬗递和军政大事固应记载，它如经济、科学、技术的发展，社会生活的状况及影响，亦应广求周知，择要采录。故本书有不少工矿、植物、工艺等方面的材料以及民间生活的琐事佚闻，足供参考。

三、华夏诸族，本属一家，在历史的发展过程中早已融为一体。而封建社会时期，有所谓"内诸夏而外夷狄"之论，本书作者斥以为非。凡述及边地少数民族，都视为一体，强调边乱之起，并非土著自外，实乃统治者盲目自大，官吏昏贪，横加逼勒所致。又反复指出阳示恩宠，阴比非类；虚予爵位，实加羁縻等种种痼弊。当时有这种见解，确是难能可贵。

由于本书具有一定的价值，为了发掘祖国文化遗产，古为今用的目的，我馆特决定将本书整理印行问世。但作者处在封建社会，他的见识，不免为正统观念所拘囿，受所处时代所局限，未必完全适应于今日之社会，如何择善而从，读者应加以明辨而知所弃取。

本书写成于五百年前，用词行文，语多晦涩，原刻又未断句，不便阅读。今采用《云南丛书刻印本》，加以标点，改排通行的简化汉字。遇有难解的词语、人物、地名、事件，均酌加注释，以方便读者。

编者

1998年11月10日

目　录

南园漫录跋

袁嘉穀

岁乙巳[①]，检校文渊阁[②]藏书，灿如焕如。姑无论其余，即吾滇人著而为外间所罕见者，计数十百，抄副[③]数种藏诸箧，冀[④]以传诸乡，为乡人慰，《南园漫录》其一也。己酉[⑤]来浙，稽[⑥]文澜阁[⑦]书，较文渊阁有增减，复抄《漫录》与前抄互校，讹字均所不免，盖官书通弊也。南园附《明史·焦芳传》，《漫录》入《明史·艺文志》。滇中文献与杨石淙[⑧]、毛用成[⑨]、争埒[⑩]，兢兢[⑪]于滇边掌故，若缅[⑫]，若孟养[⑬]，若木邦[⑭]，持论之平，筹策之远，一洗腐儒嗫嚅突梯[⑮]之陋习。当明之中叶，山川灵奇，钟此鸿硕[⑯]，竟不获一一见诸施行。迄于今，西力东渐[⑰]，缅已沦夷，吁，惜哉！虽然，事机何常，使吾乡人人知滇之所以安且固、显且远者，大有本原，非拘拘边幅者比，某疆、某隘、某政、某治，今与昔宜有进焉，则是书不可不广布也。席君上珍[⑱]，吾契友，将归滇，道出杭州，俯仰纵谈，不离乡事，因举《漫录》托之，谋刊于滇图书馆。爰志数语简末，乡之人其幸教之。辛亥[⑲]夏，石屏袁嘉穀树五[⑳]识于西湖舟中。

① 岁乙巳：清光绪三十一年（1905年）。

② 文渊阁：清代专贮《四库全书》阁名，在紫禁城内东南隅，建于乾隆四十年（1775年）。《四库全书》第一部写成，即藏其中。后归故宫博物院收藏。

③ 抄副：抄录副本。

④ 冀：期望、想。

⑤ 己酉：清宣统元年（1909年）。

⑥ 稽：检查、查考。

⑦ 文澜阁：清代专贮《四库全书》阁名之一。乾隆四十九年（1784年）以浙江杭州孤山圣因寺藏书堂改建而成。咸丰十年（1860年）倒毁，书亦流散。光绪六年（1880年）重建，书经屡次搜集抄补得全。现存浙江省图书馆内。

⑧ 杨石淙：杨一清，字应宁，号邃庵，又号石淙居士。安宁人。从父徙居巴陵（今湖南岳阳），又迁丹徒（今江苏镇江）。明宪宗成化进士，授中书舍人，迁山西按察佥事，以副使督学陕西，历南京太常寺卿，巡抚陕西。武宗时，三为陕甘三边总制，历官右都御史，吏、户、兵部尚书，武英殿大学士，累升至太子太师，特进左柱国、华盖殿大学士。世宗嘉靖八年（1529年）被张璁等构陷去职，次年病卒。赠太保，谥文襄。著有《关中奏议》《石淙类稿》等书。

⑨ 毛用成：毛玉，字用成，一字国珍。昆明人。明孝宗弘治进士，以行人考选南京礼科给事中，后补吏科，历孝宗、武宗、世宗三朝，疏多直言忠谏，因议大礼忤旨，受廷杖，死狱中。追赠光禄大夫。有《奏议》十卷。

⑩ 争埒：人名。生平不详、疑为云南泸水等地人氏。

⑪ 兢兢：细心谨慎，专注于研究。

⑫ 缅：缅甸。

⑬ 孟养：滇边土府名。明太祖洪武十七年（1384年）以云远府改名，治所在今缅甸克钦邦孟养，又名香柏城。辖境为今八莫、开泰以北，伊

洛瓦底江以西，那加山脉以东地区。后废。成祖永乐二年（1404年）改为宣慰司。

⑭ 木邦：一作孟邦、孟都，滇边土府名。元世祖至元二十六年（1289年）置路，治所在今缅甸兴威，辖境相当今缅甸掸邦东北部地区。明洪武十五年（1382年）改府，成祖永乐二年改军民宣慰使司，神宗万历三十四年（1606年）地入缅甸。清初内属，乾隆后又沦入缅。

⑮ 嗫嚅突梯：欲言不言为嗫嚅，处世圆滑为突梯，二词连用形容一种心中无数，不明是非之状。

⑯ 鸿硕：伟大。指本书作者对于云南边疆问题认识的正确和筹策的深远。

⑰ 澌：流去。

⑱ 席君上珍：席聘臣，字莘农，号上珍。昆明人。清光绪举人，选入京师大学堂肄业，派赴日本留学，入东京帝国大学习法政，毕业回国，奖法政科进士，授翰林院庶吉士。辛亥革命后，历任云南财政司副司长，审计分处处长。当选国会参议院议员，后任北京政府司法部首席秘书。去职后忧心国事，奔走南北，所志不遂，郁郁寡欢。民国十九年（1930年）饮药自杀。著有《养浩然斋诗存》《文存》《中国贤女传》《泰西贤女传》《结婚须知》《蒸市琐谈》《中国道德思想史》等书，译有《永久和平论》《权利战争论》各一册，稿本存今云南省图书馆。

⑲ 辛亥：清宣统三年（1911年）。

⑳ 袁嘉穀树五：袁嘉穀，字树五，别号树圃，晚年自号屏山居士。石屏人。清光绪进士，经济特科第一名，授翰林院编修，派赴日本考察学务。回国后历任学部编译图书局局长、宪政馆咨议官、实录馆纂修官、浙提学使、兼署布政使。辛亥革命后回滇，当选国会参议院议员，历任云南盐运使、东陆大学教授。著有《卧雪堂文集》《诗集》《诗话》《外集》《滇绎》《石屏县志》等书。参与《云南丛书》编纂工作，主辑《滇诗丛录》等。

重刊南园漫录序

赵 藩

明保山张侍郎志淳，与子含[①]、合[②]，一门文事[③]，著录裒然[④]。侍郎所著曰《南园集》[⑤]《西铭通》[⑥]《谥法》[⑦]《永昌二芳记》[⑧]《南园漫录》《续录》[⑨]。含所著曰《禺山诗文选》[⑩]《李太白诗选》[⑪]。合所著曰《贲所文集》[⑫]《宙载》[⑬]。滇中兵火频仍，书皆久佚。余搜得《禺山诗文选》旧刻本，已付腾冲印泉李君[⑭]刊行。而印泉又得内府抄本《南园漫录》亦锓木[⑮]于昆明，将汔工[⑯]，属余序之。考侍郎是书，列《明史·艺文志》小说家，而清《四库全书》则列子部杂家。其为书仿洪迈《容斋随笔》[⑰]、罗大经《鹤林玉露》[⑱]，见于侍郎自序。其讥洪迈记江神之舍人事而谄鬼神[⑲]，丘浚《大学衍义补》之不敢论及宦官[⑳]，立意皆极正大。谓桂花、桂树为两种[㉑]；谓瞿宗吉《诗话》讥张籍《还珠吟》不知其时籍已先居幕下[㉒]，驳证颇允，而辨永昌非金齿地[㉓]诸条，考证尤极详核，皆为《提要》[㉔]所称许。书中颇记载时事、臧否[㉕]人物，亦可与《明史》相参考。观其卷末有嘉靖五年自题后一篇[㉖]，辨何乔新《抚夷录》[㉗]之失实，而以书中所载自比于孙盛书枋头事[㉘]，自负良亦不浅。大抵明代杂家中之最翔实者，虽间有疏乖[㉙]，而大体完美，固瑕不掩瑜也。近年印泉极意搜刻乡先正遗书，所得浸夥，风声所树，岩扃智井[30]，发露秘藏，余尤乐得而读之叙之，是数书者，特其嚆矢[31]云。民国纪元壬子[32]秋八月剑川后学赵藩[33]撰。

① 含：张含，字愈光，号禺山，张志淳长子。明武宗正德举人。绝意仕途，居家以诗文自娱。杨慎谪戍永昌，交游至契，诗文大多经杨慎评定，然后录存。著有《禺山诗文选》《李太白诗选》。

② 合：张合，字懋光，号贲所，张志淳次子。明世嘉靖进士。历官刑部主事、湖广副使。著有《贲所文集》《宙载》。

③ 文事：以文为事，读书写作。

④ 裒然：聚集、众多。

⑤ 《南园集》：已佚。清袁文典、袁文揆《滇南诗略》录其诗二十七首。

⑥ 《西铭通》：已佚。清道光《云南通志稿·艺文志》著录。

⑦ 《谥法》：已佚。清道光《云南通志稿·艺文志》著录。

⑧ 《永昌二芳记》：明万历《云南通志·张志淳传》称志淳有“《永昌二芳记》行于世”，晁栗《宝文堂书目》亦著录，知是书已刻行。清《四库全书》以存目著录于子部谱录类，系据浙江郑大杰家藏本，共三卷。《提要》云：“是编以永昌所产山茶、杜鹃二花为一谱，上卷山茶花品三十六种，中卷杜鹃花品二十种，下卷则二花之故实诗文。”原书久少流传，应注意寻访也。

⑨ 《续录》：《南园续录》十卷。明万历《云南通志·乡人著述》、谢肇淛《滇略》、徐渤《红雨楼书目》、《明史·艺文志》均著录。近人方国瑜《云南史料目录概说》对本书有详明考说。今已罕见传本。

⑩ 《禺山诗文选》：《云南丛书》初编收入，著录为《张愈光诗文选》八卷、附录一卷，已刻行。

⑪ 《李太白诗选》：原刻本卷首有杨慎序，考辨李白里籍事迹甚详。另有明乌程闵氏朱墨刻印本。《云南丛书》二编收录，已刻行。

⑫ 《贲所文集》：已佚。清袁文典、袁文揆《滇南诗略》录其诗五首。

⑬ 《宙载》：原滇中仅有传抄本。近人李根源自江苏国学图书馆所藏刻本抄得副本，前有合五世孙张辰序云“所得（本书）亦残帧不完，其中有邻于泛、近于讦者，已删节数则，乃授之梓”云云，则为张辰所删节而后刻印者。经曲靖孙光庭审阅并签粘意见寄辑刻云南丛书处，复由赵藩、陈荣昌审阅删削改订，列入《云南丛书》二编刻行。李所抄得并粘附孙、赵、陈诸先生签批之本，现存云南省图书馆。

⑭ 印泉李君：李根源，字印泉，又字养溪、雪山，别号高黎贡山人。腾冲人。清光绪贡生，日本陆军士官学校毕业。同盟会员。回国后历任云南陆军讲武学堂监督、总办，陆军第十九镇步兵第三十七协统领，云南陆军督办处副参议官。辛亥革命，与蔡锷等领导昆明重九起义成功，任云南军都督府军政部总长兼参议院议长陆军第二师师长、国民军总司令。护国运动时期，任肇庆护国军都司令部都参谋、护国军务院副都参谋。后历任驻粤滇军总司令、陕西省省长、北京政府航空督办农商部总长兼代总理。抗日战争时期，任云贵监察使、国民政府国策顾问。中华人民共和国成立后，历任西南军政委员会委员、全国政协委员。生平留意地方文献事业，著有《永昌府文征》《曲石文录》《曲石诗录》《雪生年录》等书。

⑮ 锓木：以木板刻印书籍。

⑯ 将汔工：接近完工。

⑰ 洪迈《容斋随笔》：洪迈，字景卢，别号野处翁。鄱阳（今江西波阳）人。宋高宗绍兴博学宏词科进士。历官左司员外郎、起居舍人、中书舍人。以翰林院学士衔使金，金人令称陪臣，不屈，备受困辱。还后历知赣州、婺州(今浙江金华)，孝宗淳熙中，为翰林学士，以光明殿学士致仕。卒谥文敏。著述繁富，《容斋随笔》其一也。

⑱ 罗大经《鹤林玉露》：罗大经，字景纶。吉州庐陵（今江西吉安）人。宋理宗宝庆进士，端平中为容州法曹椽，淳祐间任抚州军事推官。所著《鹤林玉露》，载述南宋中期社会政治情况及历史掌故、文坛轶闻等。

⑲ 记江神舍人事而谄鬼神：详见本书卷一“江神”条。

⑳ 丘浚《大学衍义补》之不敢论及宦官：详见本书卷一“著书”条。

㉑ 桂花、桂树为两种：详见本书卷四“桂辨”条。

㉒ 谓瞿宗吉……句：详见本书卷七“诗意”条。

㉓ 辨永昌非金齿地：详见本书卷六“永昌”“金齿”二条。

㉔ 《提要》：指《四库全书总目提要》。

㉕ 臧否：褒贬、评论。

㉖ 自题后一篇：即本书作者所作《题南园漫录后》，见本书篇末。

㉗ 何乔新《抚夷录》：何乔新，字廷秀，号椒丘。江西广安人。明景泰进士，累官至刑部尚书。卒谥文肃。著有《抚夷录》《椒丘集》《周礼集注》《元史臆见》《勋贤琬琰录》等书。

㉘ 孙盛书枋头事：孙盛，字安国。太原中都（今山西平遥）人。东晋明帝永昌中任荆州参军，随桓温入蜀，以军功封侯，累官至秘书监、加给事中。著有《魏氏春秋》《晋阳秋》等书。盛书史事，直言不讳。在《晋阳秋》中，直书桓温兵败枋头事，温见书，怒谓盛子曰：“枋头诚失事，何至如尊公所言？若此史行，自是关君门户！”盛子号泣盛前，请改书为百口计，盛怒不从。盛子潜改书中所记枋头事，以冀免祸，而盛仍以所写定本寄存辽东慕容伦儁处，后行于世。

㉙ 疏乖：疏漏、差错、讹误。

㉚ 岩扃眢井：岩扃，岩石洞门；眢井，干枯水井。意指偏僻幽隐、人所不知之处。

㉛ 嚆矢：响箭。响箭射出时，箭未到而先闻声，借喻为先声，即事物开端。

㉜ 壬子：1912年。

㉝ 赵藩：字樾村，一字蟠仙，号介庵，晚号石禅老人。剑川人。清光绪举人。历任易门县学训导，四川酉阳知州、永宁道、按察使。辛亥革命时在大理，被起义军民推任迤西自治机关总部总理，云南军都督府任之为腾永巡按使兼迤西道尹，与李根源抚定迤西各地。后当选为国会参议院议员，历任云南全滇团保局局长、广东护法军政府交通部长。回滇后任云南图书馆馆长、辑刻云南丛书处总纂。著有《向湖村舍诗文集》《小鸥波馆词抄》《丽郡诗文征》《云南咸同兵事记》《岑勷勤公年谱》《剑川县志》等书。

重刊南园漫录序

李根源

南园先生所著书，见于志[①]者有《南园集》《西铭通》《南园漫录》《续录》。遍为搜访，皆不可得。岁辛亥，袁君树五自内府[②]抄出《南园漫录》一集，付席君上珍，归示孙少元[③]先生，源因得见，以为当世孤本，欲梓以行。会有事于西陲[④]，乃属施君少云[⑤]为之检校。比[⑥]西事定，师旋次[⑦]永昌，而施君书适来，以将毕工，索书数语为序。呜呼！明之中叶，贤否并进，各树党援[⑧]，苟争逐于利禄，则有误国家而不恤[⑨]者，纪纲[⑩]之不振，明事所由坏也。先生立朝正色，排斥奸党，汲引幽滞[⑪]，风节凛凛不可犯，一时直声震辇毂[⑫]下。洎[⑬]谢病[⑭]归里，徜徉山水间，以著书自娱，是书之成，盖在是时。今按书中考据各条，其精博多发古人所未发，而论天人性命之际，皆征诸日用，验诸躬行，无空谈道学之弊。至其臧否当代人物，又足以为世鉴戒。虽先生之书，不得具见，今于是编，亦可以见先生之学矣。世皆羡眉山父子[⑮]文章之盛，萃于一门，求之吾滇，若南园之后，禺山、贲所各以文章门业[⑯]著称，殆可颉颃[⑰]苏氏。而其书多湮佚，至可叹也。源既得是录，又于军中得《禺山诗文集》，亟刻之大理。独贲所著书，不少概见，暇当复为搜集，庶几存先生一家之学。然永昌先生故里，今流风未沫[18]，后起难继，寻坠绪[19]，待来者，师行过此，益徘徊不忍去云。匆匆行役，未能属辞[20]，聊著缘起如此。民国元年三月后学李根源序于金齿[21]师次。

① 志：地方史志。

② 内府：皇宫。此指清宫内文渊阁。

③ 孙少元：孙光庭，字少元，号拙叟，又号东斋。曲靖人。清光绪举人，官内阁中书。回滇后历任昆明育材书院山长、云南高等学堂副办、云南留日学生监督。参加昆明重九起义，任云南军都督府军政部民政司次长，当选国会参议院议员。民国十七年（1928年）任云南省政府委员。著有《东斋文抄》《诗抄》等书。

④ 西陲：西部边境。此指云南迤西地区。时李根源率军赴迤西处理军政务务。

⑤ 施君少云：施汝钦，字少云。昆明人。清光绪进士，署贵州龙里知县，任满罢归。著有《滇云耆旧传》《醉经楼诗文存》等书。

⑥ 比：到了。

⑦ 次：停留、暂驻。

⑧ 党援：结党分派。

⑨ 不恤：不惜，毫不顾及。

⑩ 纪纲：法度。

⑪ 幽滞：埋没。此指有才能而被埋没不用的人。

⑫ 辇毂：皇帝车舆，喻指京师。

⑬ 洎：及，到。

⑭ 谢病：推说有病，以病为借口。

⑮ 眉山父子：指宋四川眉山苏洵及其子苏轼、苏辙，世称三苏。

⑯ 门业：一家事业，家传。

⑰ 颉颃：抗衡，不相上下。

⑱ 末沫：没有消蚀。

⑲ 坠绪：指仅存的遗迹。韩愈《进学解》："寻坠绪之茫茫，独旁搜而远铭。"

⑳ 属辞：专意写文章。

㉑ 金齿：指保山。

南园漫录钦定四库全书提要

纪昀　等

臣等谨按：《南园漫录》十卷，明张志淳撰。志淳有《永昌二芳记》，已著录。是书前有正德十年自序，称因读洪迈《容斋随笔》、罗大经《鹤林玉露》二书，仿而为之。卷首数条，皆掎摭[①]《容斋随笔》之语，辨其是非，盖其书之所缘起也。其余则述所见闻，各为考语，大抵似洪书者十之一，似罗书者十之九。所论如"江神"一条，讥洪迈舍人事而谄鬼神；丘浚"著书"一条，讥其《大学衍义补》不敢论及宦官，主意皆极正大。其"避讳"一条[②]，谓蜀本书多阙[③]唐讳，乃相沿旧刻；"桂辨"一条，谓桂花、桂树为两种；张籍"诗意"一条，谓瞿宗吉《归田诗话》不知其作《还珠吟》时，已先居幕下，驳正皆颇明核。其辨永昌非金齿地诸条，考证致误之由，亦极详核。他如"春草王孙"一条[④]，王维诗语自本《楚辞》而昧其所出，横生训诂[⑤]之类，或失之陋；"元顺帝"一条[⑥]，误据《庚申外史》《符台外集》之说，以顺帝为瀛国公子之类，或失之无稽，盖瑕瑜不掩之书也。中颇纪载时事，臧否人物，故卷末又有嘉靖五年《题后》一篇，辨何乔新《抚夷录》之失实，而以书中所载，自比于孙盛书枋头事，其所纪录，亦可与

《明史》相参考云。乾隆□年□月恭校上。总纂官臣纪昀⑦、臣陆锡熊⑧、臣孙士毅⑨。总校官臣陆费墀⑩。

① 掎摭：摘取。

② “避讳”一条：详见本书卷一。

③ 阙：同缺。

④ “春草王孙”一条：详见本书卷五“王孙”条。

⑤ 训诂：解释古书中的辞句。

⑥ “元顺帝”一条：详见本书卷十。

⑦ 纪昀：字晓岚，又字春帆，号石云。河北献县人。清乾隆进士。官翰林院侍读学士，以文渊阁直阁学士、兵部侍郎任《四库全书》总纂官。后累迁至协办大学士加太子太保。卒谥文达。著有《阅微草堂笔记》《纪文达遗集》等书。

⑧ 陆锡熊：字健南，号耳山。上海人。清乾隆进士。以文渊阁直阁事、大理寺卿任《四库全书》总纂官。后累迁至副都御史。著有《河源纪略》《宝奎堂文集》《篁村诗抄》《秉烛偶抄》等书。

⑨ 孙士毅：字智治，号补山。仁和（今浙江杭州）人。清乾隆进士，以太常寺少卿任《四库全书》总纂官。后累迁至文渊阁大学士，封三等男。卒谥文靖。著有《百一山房文集》等书。

⑩ 陆费墀：桐乡（今安徽桐城）人。清乾隆进士，授翰林院编修。以日讲起居注官、文渊阁直阁事、詹事府少詹事任《四库全书》总校官。著有《历代帝王庙溢年讳谱》等书。

南园漫录序

张志淳

予闲居四年，唯铅椠[1]是事。去年冬病久，凡书之宏深旁魄[2]者，皆不能事事[3]，则取杂说如《容斋随笔》者数十家以消日。幼子合侍而问："此何书？"曰："此宋人洪景卢氏纪事之书也。"曰："大人日观之，有可言者乎？曰："容[4]有之。"曰："可学乎？"曰："此皆纪事之作，事随代[5]有而义理无穷，奚不可学也？"曰："然则何不效为一书乎？"曰："洪在宋为法从[6]，家居食禄终身，当时人君所以礼之者甚，至予何敢方[7]之？"越翼日[8]，取《鹤林玉露》观之，合复问曰："此何书？"曰："此宋人柳大纶[9]纪事之书也。"曰："于洪书何如？"曰："将无同[10]。"曰："柳何人？"曰："柳不暇考。然观其自序曰为临川从事，被劾而归，是书适成，则止于从事也已。"曰："然则大人亦何以洪书观[11]之？而此书抑何以传至今不废乎？将[12]书惟其言而不系于遭际[13]以否也？"予不觉逌然[14]，遂为书容斋所谓安[15]者数十事而并予所闻知有似二书者广之，题之曰《南园漫录》。要之，文虽不工，而揆事[16]昭理，亦或有可观者。大明正德十年[17]岁在乙亥春正月九日，永昌南园张志淳书。

① 铅椠：古代书写用具。铅：铅粉笔，用以写字。椠：木板，供书写和刻字。二字连用意为著作及校雠图书。

② 旁魄：广博。

③ 事事：办事、从事、进行工作。

④ 容：也许。

⑤ 随代：任何时代。

⑥ 法从：天子车马称为法驾，随侍法驾者称为法从，此指曾为官者。

⑦ 方：等同，比仿、攀比。

⑧ 翼日：翼同翌。翼日即第二天。

⑨ 柳大纶：应为罗大经。疑为误书或误抄、误刻。下文诸柳字同为“罗”字之误。

⑩ 将无同：不可等同视之。

⑪ 观：同“视”。

⑫ 将：是否。

⑬ 遭际：处境、经历。

⑭ 逌然：逌同“悠”。逌然，笑起来，亦有若有所悟之意。

⑮ 安：适当、正确。

⑯ 揆事：衡量研究事物。

⑰ 正德十年：公元1515年。

卷　一

避　讳

《随笔》[①]谓孟蜀[②]书刻[③]避唐讳[④]，以为唐泽远[⑤]，此恐不然。孟蜀初定，书多唐时所刻，后遂承之不改，何唐之泽乎？元灭宋后，元刻诸史如殷、敬、恒、桓、构[⑥]之类皆讳。又如恒字，省下一画，至今亦不改。凡各布政司乡试录[⑦]罔不然，岂宋之遗泽至今不忘乎？不知为沿袭不明之过，反以为唐之遗泽，其误甚矣！

① 随笔：指洪迈《容斋随笔》。

② 孟蜀：史称后蜀，五代十国之一。公元934年，后唐西川节度使孟知祥称帝，国号蜀，建都成都。辖境为今四川及陕西南部、甘肃东南部、湖北西部。965年灭于宋，历二主，凡三十一年。

③ 书刻：木板刻印书。

④ 避唐讳：因有所顾忌而不敢或不愿直说为讳。民国以前，对君主或尊长名字在口语或写作中都不直称而用其他方法、字样代替，是为避讳。避唐讳即避唐代应避之讳。

⑤ 泽远：恩惠流传长远。

⑥ 殷、敬、恒、桓、构：宋太祖赵匡胤之父名弘殷，祖父名敬，宋真宗名恒，宋钦宗名桓，宋高宗名构，此类字均属应讳字。

⑦ 布政司乡试录：明代于各省设布政司，职掌行政、教育。每三年在省城举行考试，称为乡试。凡中试取录者，列其姓名、年龄、籍贯等于册，并刻印流传，称为乡试录，亦称乡试题名录。

宁　馨

宁馨[①]、阿堵[②]二语，谓[③]为吴人[④]方言，复旁证所出，可谓博矣。但解阿堵为此处，亦误。盖阿堵犹今言“这个”也，宁馨犹今言“这样”也。

① 宁馨：聪慧可爱之状，典出《晋书·王衍传》略谓王衍幼时，造访山涛，涛惊叹良久，既去，目送之曰：“何物老妪，生此宁馨儿！”后推用为“如此”“这样”的赞美词，为晋宋时人通用口语。

② 阿堵：钱币的别名，典出《晋书·王衍传》，略谓王衍自标清高，口不言钱，而妻郭氏爱钱如命，衍每鄙之。某日，郭命婢女以钱置床四周，使难行走，衍晨起见钱，曰：“举却阿堵物！”意为拿开这些堵着床的东西，后推用为“这些”“这个”，为晋宋时人通用口语。宋王楙《野容丛书》则迳释阿堵为钱币的别名。

③ 谓：指洪迈《容斋随笔》所说。

④ 吴人：江苏人。江苏在春秋时为吴国地。

王文正

王文正公[①]不谏天书[②]，《随笔》讥之，是矣。至比之张禹[②]、孔光[④]，不亦过乎？彼二人无可称而为害大，王公有可称而为害小，又况二人终身自以为是，而王公遗命[⑤]有不可掩者，固难律之于一[⑥]也。

① 王文正公：王旦，字子明。大名莘县（今山东莘县）人。宋太宗太平兴国进士，授著作郎，协编《文苑英华》。真宗咸平初，任参知政事。澶渊之役，留守京师，景德三年拜相，居宰辅十二年，曾坚拒契丹、西夏钱粟之请，而对真宗行封禅、迷信天书等活动，从未谏劝，借固相位。

② 天书：迷信者谓天神写的书或文字，《宋史・真宗记》："大中祥符元年春正月乙丑，有黄帛曳左承天门南鸱尾上，守门卒涂荣告有司以闻，上召群臣拜迎于朝元殿启封，号称天书。"

③ 张禹：字子文。河内轵（今河南济源）人。汉元帝时以明经试为博士，诏授太子《论语》。成帝即位，尊以师礼，河平中拜相，封安昌侯。国家每有大政，必与论定。帝疑王氏，尝问禹，禹以年老而子幼弱，不敢直言，后王莽终于篡汉。

④ 孔光：字子夏。鲁国（今山东曲阜）人。汉成帝时为博士，累官尚书令、御史大夫、丞相，掌中枢十余年。平帝时，王莽权位日重，辄假王太后旨，示意光颂己功德。光忧惧，乞骸骨归。

⑤ 遗命：生前遗留下来的教训、指示。

⑥ 律之于一：意为不能等同视之。

引孟子

《孟子》[1]论百里奚[2]，《随笔》引柳子厚[3]《复杜温夫书》所谓乎、欤、耶、哉、夫者，疑辞也；矣、耳、焉、也者，决辞也。因引《孟子》论百里奚一章，言用助字[4]开阖变化，难与温夫言。然柳子所言者常也，到变化处又不拘此矣，观迁史[5]自当识之。

① 《孟子》：战国时孟轲与其徒万章等编著。孟轲，字子舆，邹（今山东邹县）人。司马迁《史记》有《孟子荀卿列传》。

② 论百里奚：《孟子·万章上》有论百里奚一条，其中用乎、也、矣等助字多处，其用法和表达意义的深浅都各有不同。

③ 柳子厚：柳宗元，字子厚，河东解（今山西运城解州镇）人。唐德宗贞元进士，累官至监察御史。坐王叔文党贬永州司马，迁柳州刺史，故世又称柳柳州。有《河东先生集》行世。

④ 助字：文中虚字，又称助词。

⑤ 迁史：指司马迁《史记》。

江 神

完颜亮[①]之败死，容斋欲加江神以帝号，而汤思退[②]不从，至遗恨笔之于书。夫亮之败死，以天意言，则亮恶已极，宋运未改也。以人事言，则虞允文[③]之功也，于江神何与？容斋乃欲封江以帝号，且言淮河不能如江，则真以人责神矣，岂理也哉？若神果能佑，则前韩世忠[④]大败金人于金山[⑤]，寻又大败于金人，然则神何所据乎？夫帝，主宰之名也，天以此理主宰万物，无物可并[⑥]，故曰上帝，曰天帝。今以四渎[⑦]一神，而冒天之称，则国之休咎[⑧]系乎天者尤大且急，而使之下同一渎之号，神岂享乎？渎岂安乎？凡人君所为祀神者，理当祀也，所为祈祐者，理当祈也。无事如舜之望于山川[⑨]，征伐如武之告于大川[⑩]是也。若责以将帅之出力，已失祀祷之理，而又曰河与淮不能遏敌，然则无虞允文之往，江神自能遏敌乎？夫四渎秩[⑪]视[⑫]诸侯，在五岳[⑬]之下，自汉以诸侯为王，后遂加四渎以王号，亦诸侯之制[⑭]也。容斋时为近侍[⑮]，又博学能文，岂不知此？而必欲以帝号加江神，推其类，不惟昧事神之理，其流[⑯]至使人君不修德政，而溺于求媚鬼神，其不为孙皓[⑰]、刘劭[⑱]者几希矣，殆非小失也。当时思退只以四渎秩不可上同于天，抑之是已，而未究极于理[⑲]，故不足以破容斋之惑而服其心。使如前[⑳]与之论，只告谢江神，通不加封亦可也，然思退贼桧[㉑]之党，岂足以语此？大抵用兵假力于神，多载史册，此皆兵家巧于倡愚勇之智计，初不以告人者。而容斋遂以为江神真能死完颜亮，真能败完颜亮，而河与淮不能，其昧于事神之道甚矣！

① 完颜亮：本名迭乃古。金熙宗子，为丞相，弑父自立，是为海宁王。正隆五年（宋高宗绍兴三十年、公元1160年）攻宋，宋将虞允文败之于采石（今安徽马鞍山）东走瓜州（今江苏扬州），为部将所杀。

② 汤思退：字世之，处州（今浙江丽水）人。宋高宗时，附秦桧，官至参知政事，拜右仆射，寻被劾罢，至孝宗时复相位，私通金人以重兵协宋议和，为言官劾罢，忧惧而死。

③ 虞允文：字彬父，一作彬甫，四川仁寿人。宋高宗绍兴进士。金完颜亮攻宋，允文以中书舍人参谋军事，至采石犒师。适主将王权罢职。三军无主，允文毅然督军奋战，大败金兵。孝宗时，官至参知政事兼知枢密院事。卒谥忠肃。有《奏议》《诗文集》行世。

④ 韩世忠：字良臣，陕西绥德人。金人侵宋，在河北力抗金兵，随宋高宗南下，官至浙西制置使，建炎三年（1129年），金完颜兀术渡江攻宋，世忠率军败之于镇江金山，相持四十八日，金人卒不得逞。历官至京东淮东路宣抚处置使，迁枢密使。以所言不用，自请解职，隐居杭州西湖，号清凉居士。卒谥忠武，追封蕲王。

⑤ 金山：在今江苏镇江。

⑥ 并：相等。

⑦ 四渎：古称江、河、淮、济为四渎，谓均独流入海也。渎，原意为沟渠。

⑧ 休咎：吉凶、福祸。

⑨ 无事如舜之望于山川：无事，意为和平年代。舜，舜帝。望，遥望而祭祀。舜望于山川见《尚书·舜典》。

⑩ 征伐如武之告于大川：征伐，意为战争年代。武周，武王。告，祈

祷。武告于大川见《尚书·泰誓》。

⑪ 秩：地位、品级。

⑫ 视：等同。

⑬ 五岳：有二说，一以东岳泰山、南岳衡山、西岳华山、北岳恒山、中岳嵩山为五岳；一以华、岳、岱、恒、衡五山为五岳。见《尔雅·释山》。

⑭ 制：品级制度。

⑮ 近侍：皇帝亲近的侍臣。

⑯ 流：流弊，影响。

⑰ 孙皓：吴大帝孙权孙，继吴景帝位，暴虐无度，卒灭于晋。

⑱ 刘劭：南朝宋文帝长子，弑父自立，凶残无度，王诞等起义兵擒斩之。

⑲ 究极于理：深入研究合乎法理。

⑳ 如前：面对面。

㉑ 贼桧：指秦桧。秦桧，字会之，江宁（今江苏南京）人。宋徽宗政和进士，任御史中丞。靖康之变，被俘入金，金太宗弟挞懒收为己用，随军南下至楚州（今江苏淮安），挞懒遣之归，诈称逃回。高宗绍兴间两度为相，力主和议，冤杀岳飞并贬逐张浚、赵鼎等多人。先后封秦、魏两国公，进位建康郡王。卒谥忠献，赠申王。宁宗时，追夺王爵，改谥缪丑。

武 侯

论[1]诸葛武侯[2]于前，而引杜子[3]“霸气西南歇，雄图历数屯[4]”结之，是已。至后论“汉士择所从”。乃以武侯见昭烈[5]事，埒[6]之荀彧[7]、和洽[8]、高柔[9]、郭嘉[10]、赵俪[11]、邢颙[12]、吕范[13]、周瑜[14]之间。夫三往方见，自三代[15]而下，唯武侯一人，乃概诸魏、吴随时求用之士，且又若武侯有心先事昭烈，以为自谋[16]，何其谬也！

① 论：指《容斋随笔》中评论。

② 诸葛武侯：诸葛亮，字孔明。琅琊阳都（今山东沂南）人。汉末避乱，隐于隆中（在今湖北襄阳西）。刘备三顾其庐，出佐刘备成帝业，史称蜀汉。后主嗣位，封武乡侯，领益州牧，率师北伐，病卒于军，谥忠武。有《诸葛亮集》行世。

③ 杜子：指唐杜甫。

④ 屯：艰难困苦。

⑤ 昭烈：蜀汉先主刘备庙号。

⑥ 埒：等同。

⑦ 荀彧：字文若，颍川颍阳（今河南许昌）人。汉末，初依袁绍，后归曹操，累官至尚书令，以反对曹操称魏公，忧惧自杀。

⑧ 和洽：字阳士，西平（今江西临川）人。汉末，初依刘表，后归曹操，为谋士。魏明帝时官至太常，封西陵乡侯，卒谥简。

⑨ 高柔：字文惠，圉（今河南杞县）人。曹操平袁绍，用为管长，历法曹椽。魏文帝时官治书执法，明帝时封寿亭侯，少帝时封安国侯，官至太

尉。卒谥元。

⑩　郭嘉：字奉孝，颍川阳翟（今河南禹县）人。初依袁绍，后归曹操，任司空军师祭酒。以病早卒。

⑪　赵俪：汉末、三国时无赵俪，疑为赵俨之误。赵俨，字伯然，颍川阳翟人。事曹操为郎陵长、入司空掾属主簿，累迁至中护军。魏明帝时，封都乡侯，官司空。卒谥穆。

⑫　邢颙：字子昂，郑（今河南郑州）人。曹操用为子曹植家臣，官至太子太傅。魏明帝时，拜尚书左仆射。赐爵关内侯。

⑬　吕范：字子衡，西阳（今河南光山）人。孙策谋士，领宛陵令。孙权主吴，拜扬州牧，位至都督。

⑭　周瑜：字公瑾，舒（今安徽舒城）人。事孙策为建威中郎将。孙权主吴，为前部大都督，率军破曹操于赤壁。

⑮　三代：史称夏、商、周为三代。

⑯　自谋：为自己谋私利。

官　制

论真宗①始创学士②以下职名，自观文殿大学士③至直秘阁④，凡四十种，非若前之冗泛。夫官之冗泛，莫过于宋，凡立言立论，于本朝之失，不言之可也，婉言之亦可也，顾谓过于前代，不几于欺诬乎？若移此以称我朝之官制，则无间然⑤矣。

① 真宗：指宋真宗。

② 学士：官名。南北朝以后，以学士为文学撰述之官。唐有翰林学士，亦为文学侍从之臣，以接近皇帝，往往参预机要。马端临《文献通考·职官考》云："学士之职，本以文学语言被倾问，出入侍从，因得参谋议，纳谏诤，其体尤宠。"

③ 大学士：唐中叶以后，往往以宰相兼领他职，用兵时领节度使，重儒学则领大学士。宋沿唐制，有昭文馆、集贤殿、观文殿、资政殿等诸大学士，均以现任宰相兼领，或以之优宠卸职宰相。

④ 直秘阁：魏晋时置秘书省，掌管图书经籍，简称秘阁。直同值，谓入秘阁办事，后代沿之。至宋真宗时，则迳以直秘阁为官名。

⑤ 无间然：没有异议差别。

无　何

论《爰盎传》[①]“日饮无何”，只引师古[②]曰：“无何、更无余事也。”又引《盎传》“日饮毋苛”，言南方不宜多饮。又《淮安王传》[③]“无何”注，以为再无别事，皆因上文为义，则无何通无发明[④]，盖无何犹言无几也。今人作文亦言无何，犹云少间[⑤]也。言日饮酒不治其事，少间，则又劝之曰毋反而已。盖究[⑥]吴反[⑦]事，必致祸于盎，不劝其无反亦致祸故也，如此解为得。若杨铁崖[⑧]补“日饮无何”辞[⑨]，只据《盎传》解，亦不察耳。

①　《爰盎传》：指《汉书·爰盎传》，爰盎又作袁盎。爰盎字丝，楚（今江苏徐州）人。汉文帝时为中郎将，历齐相、吴相。景帝时，多受吴王金，屡为吴王隐蔽，言吴不反。御史大夫晁错劾之，罢为庶人。后吴楚七国反，以诛晁错为名，盎之书请诛错以安乱，景帝从之，而七国仍反。乱定，梁孝王遣人刺杀盎。

②　师古：颜师古，名籀，字师古，万年（今陕西西安）人。唐太宗时历官至中书侍郎、秘书少监，受诏在秘书省考订五经文字，多有厘正。为太子承乾注《汉书》，又注《急就章》，大显于时。累官至秘书监，弘文馆学士。

③　《淮安王传》：指《汉书·刘安传》。

④　发明：新见解、创见。

⑤　少间：不久、过一会儿。

⑥　究：查究，查处。

⑦ 吴反：吴王濞等反叛。

⑧ 杨铁崖：杨维桢，字廉夫，号铁崖。元泰定进士，署天台尹。明初，被诏征纂礼乐，太祖赐安车诣京师，留百十日，纂序例略定即乞归。著有《史义拾选》《春秋合题说》等书多种行世。

⑨ 辞：解释。

论　兵

论靖康之祸[1]，中外兵数十万，不闻有如蜀[2]、燕[3]、晋[4]之愤哭者，以为气运[5]使然，此尤非确论。盖自武侯治蜀，继以蒋琬[6]、费祎[7]辈，朝之正气公心未尝改，燕、晋创业日浅，其先之风揆[8]，亦未尽丧，故士卒如是。若宋，自哲宗用小人[9]，而徽宗久于位[10]，养成一种无耻无义、憸邪[11]奸佞，嗜利私己之人，通在显位，而摈斥正直忠良殆尽。再加以蔡京[12]、童贯[13]之虐，朝之公论，士之正气，民之恒心，销磨尽矣，此何预世运耶？后之君天下者深警乎此，谋人国者深念乎此，则自不各顾其私，而恶直丑正，以养成一代之祸，至于民无愤哭而无可救药矣。彼小人方溺其私而不肯少念及此，而《容斋》又委之世运，以助其无所忌惮之心，其关系岂小小哉！

① 靖康之祸：宋钦宗靖康元年冬，金兵破宋汴京（今河南开封），次年四月，俘徽宗、钦宗和王室、后妃以及公私财物、乐工、技工人等北去，史称靖康之祸，或靖康之变。

② 蜀：蜀汉。

③ 燕：前燕。

④ 晋：东晋。

⑤ 气运：命运。

⑥ 蒋琬：学公琰，零陵乡湘（今湖南乡湘）人。初随刘备入蜀，为丞

相长史。诸葛亮死，继亮执政，任大将军、录尚书事。

⑦ 费祎：字文伟，江夏鄳县（今河南信阳）人。初为蜀汉黄门侍郎，继蒋琬执政，任大将军、录尚书事。

⑧ 风揆：时代风尚，风格，风度。

⑨ 哲宗用小人：宋哲宗元祐初，太皇太后高氏听政，任用司马光等贤臣。亲政后，起用章惇、曾布等人，朝政日非。

⑩ 徽宗久于位：宋徽宗在位二十五年。

⑪ 憸邪：奸而不正。

⑫ 蔡京：字元长，兴化仙游（今福建仙游）人。宋神宗熙宁进士，哲宗元祐初，知开封府，绍圣初，任户部尚书，徽宗时为右仆射，进太师。金人入侵，率家南逃。钦宗即位，放逐岭南，途中死于潭州（今湖南长沙）。

⑬ 童贯：字道夫，汴（今河南开封）人。宦官，为供奉官，专为徽宗收括书画奇巧，后监西北边军，领枢密院事，掌兵权二十年。宣和中，首倡联金灭辽之议，攻辽失败，密使金兵攻取燕京，复赂金换取燕京空城，侈言恢复。金兵南下，自太原遁归。钦宗即位，杀之。

和　诗

论古人和诗①，必尽其意，非若后世为次韵②所拘。予以为尽意与否在作者，非次韵所能拘也。去年，宗伯乔公宇③寄余一绝④云："六诏⑤山川万里余，三年踪迹叹离居；题诗为问南园叟⑥，应了人间未著书⑦。"予次答二十绝，诗虽不工，然所以答其意者，却未尝以韵拘而有不尽也。漫录于左："竹帛分排万卷余，便堪潇洒送诸居；追迁述柳⑧能无意，只恐人疑是谤书⑨。""老来无复计三余⑩日日昏昏兀兀居；天下已多投阁⑪诮，子云何羡《太玄》书⑫？""身名瓦裂更无余，独有青山是旧居；除却《南华经》⑬一卷，案头抛尽向来⑭书。""灌园心事外无余，寂寞柴门傍水居；却有夸张杜陵⑮处，手持厚禄故人书⑯。""江左衣冠望久余，岩瞻旦夕待君居；定知还有山翁信，莫怪浑无宰相书。"余多不录。

① 和诗：依照别人所作诗的题材、内容、体裁而和作的诗。

② 次韵：和诗必照原作所用韵者，称为次韵。

③ 宗伯乔公宇：乔宇，字希大，乐平（今海南乐东）人。明宪宗成化进士，历官南京兵部尚书，加太子少保。世宗时，为吏部尚书。卒谥庄简。宗伯本为礼部尚书的别称，乔宇曾官至兵、吏两部尚书，借以尊称。

④ 绝：绝句，诗体名，四句为一首，始于齐梁新体诗，唐称为绝句，后世沿之。

⑤ 六诏：唐代以前，云南洱海地区有六个乌蛮部落，各立君长，称为

六诏，即蒙舍诏、蒙嶲诏、越析诏、浪穹诏、施浪诏、邆赕诏。诏，意为君长。唐初，蒙舍诏并五诏建国为南诏，后人每以六诏代表云南。

⑥ 南园叟：谓张志淳。

⑦ 著书：写书函问候，通信。

⑧ 追迁述柳：追、述均读书，继志之意。迁指汉司马迁，柳指唐柳宗元。迁著《史记》，后人认为多有不满时政之言。柳宗元为文笔锋犀利，多有寄托，暗讽时事。

⑨ 谤书：诽毁、攻击或揭发他人隐私的文书称为谤书。《后汉书·蔡邕传》："昔武帝不杀司马迁，使作谤书，流于后世。"

⑩ 三余：三国时魏人董遇利用三余时间读书，谓"冬者岁之余，夜者日之余，阴雨者时之余"。见《三国志·魏志·王肃传》裴松之注。

⑪ 投阁：《汉书·扬雄传赞》："莽（王莽）诛丰（甄丰）父子，投棻（刘棻）四裔，辞所连及，便收不请，时雄校书天禄阁上，治狱使者来，欲收雄，雄恐不能自免，乃从阁上自投下，几死。……有诏勿问。然京师为之语曰：'惟寂寞，自投阁。'"这是用扬雄《解嘲》中所说的"惟寂惟寞，守德之宅"的话讥讽他言行不一。

⑫ 子云何羡太玄书：扬雄，字子云，蜀郡成都（今四川成都）人。汉成帝时献《甘泉》《河东》《羽猎》《长杨》四赋，被用为郎。王莽时，任大夫，作《剧秦美新》颂扬王莽，仿《论语》作《法言》，仿《周易》作《太玄经》。全句意为作者不羡扬雄的作品、为人。

⑬ 《南华经》：亦名《庄子》，战国庄周著。

⑭ 向来：从来、旧有。

⑮ 杜陵：指唐杜甫。甫在所作诗中自称少陵野老。

⑯ 故人书：指乔宇之诗。

勋　阶

文官一品勋阶自光禄大夫①、柱国②以上，不许请③授职，载诸司职掌明甚。成化中，阁老眉山万公安④一考满始⑤，风⑥吏部请给，时济南尹公旻⑦以太子太傅为吏书⑧，将满，遂创为万请而循之。至三原王公恕⑨以太子太保为吏书，将满三载，佥意公必矫前弊，今南吏书⑩安陆孙公交⑪为员外郎，受王公知最深，将伺隙⑫言之，见有工刻柱国图书，遂止。后四明屠公滽⑬以太子太傅为吏书，皆自请给，再不可正。时钧阳马公文升⑭以少傅兼太子太傅为兵书⑮，考满当给，屠马不协⑯，固执以唯内阁与吏部有请给之例，兵部不当请，益无谓矣。马乃言于内⑰，斯⑱给焉。法守一坏，其流⑲至此！

① 光禄大夫：官名，汉武帝时置，掌顾问应对，属光禄勋。魏晋以后用以加衔及褒赠，有加金章紫绶者，称金紫光禄大夫；有加银章青绶者，称银青光禄大夫。唐宋为文职官阶称号，光禄大夫为从二品，金紫光禄大夫为正三品，银青光禄大夫为从三品。金元升金紫、银青于光禄大夫之上。明、清则以光禄大夫为正一品。

② 柱国：官名，起于战国时，亦称上柱国，楚制，凡破军杀将者，官为上柱国，秦以后未见沿用。北魏孝庄帝时有柱国大将军，后周增置上柱国大将军，隋以上柱国及柱国酬勋劳，并为散官。唐改为勋官，上柱国视正二品，柱国从二品，宋沿之。元升为正一品及从一品，明以上柱国改称左、右

柱国，清废。

③ 请：奏请。

④ 万公安：万安，字循吉，四川眉山人。明英宗正统进士，宪宗时，历官至礼部侍郎，入内阁，参机务。安无学术，惟谄事万贵妃，结诸阉宦以自固。宪宗久不视朝，诸大臣力言之，及召见，语未尽，安即顿首呼万岁而退，诸大臣不得已皆退，一时传笑，谓之“万岁阁老”。后升吏部尚书、华盖殿大学士。孝宗嗣位，秘进房中术书，为言官所劾，惧而乞归。卒谥文康。

⑤ 考满始：即将任满应考绩。

⑥ 风：示意、吹风。

⑦ 尹公旻：尹旻，字同仁，山东历城（今济南）人。明宪宗时，历官至吏部尚书，附宦官汪直，得加太子太傅、大学士。以尚书致仕。卒谥恭简。

⑧ 吏书：吏部尚书。

⑨ 王公恕：王恕，字宗贯，号介庵，陕西三原人。明英宗正统进士，累官至吏部尚书。宪宗成化中，以右都御史巡抚云南，疏镇守云南太监钱能纵横贪贿，几启边患等事，声震中外。翌年，改掌南京都察院、参守备机务，调任兵部尚书，加柱国。卒谥端毅。著有《玩易煮见》《石渠意见》《王介庵奏稿》《王端毅文集》等书。

⑩ 南吏书：南京吏部尚书。

⑪ 孙公交：孙交，字志同，湖北安陆人。明宪宗成化进士，授员外郎。世宗嘉靖间，历官至南京吏部尚书，召入京为户部尚书，以太子太保致仕，卒谥荣僖。

⑫ 伺隙：等待时机。

⑬ 屠公滽：屠滽，字朝宗，四明（今浙江宁波）人。明成化进士，历官御史、巡抚湖广，累迁至吏部尚书，武宗即位，加太子太傅兼掌翰林院事，以忤刘瑾致仕，卒谥襄惠。

⑭ 马公文升：马文升，字负图，钧阳（今湖北均县）人。明景帝景泰进士，授御史，历按山西、湖广。孝宗时，累官至吏部尚书，少傅兼太子太

傅，兵部尚书。卒谥端肃。有《马端肃奏议》行世。

⑮ 兵书：兵部尚书。

⑯ 不协：不协调，不和。

⑰ 内：内阁。

⑱ 斯：同“始”。

⑲ 流：流弊。

辨奸

《容斋》辨张大觉[①]奸人之雄而蒙贤者之名，只以蔡京不相能[②]之故，近宏治[③]、正德[④]之间，大臣有奸，深无文误，为内寺[⑤]所恶，或又有承弊政之后，辄能矫饰[⑥]，遂得贤名美谥，以尽掩其平生之实者，酷似之。不知后世宁复有《容斋》之见否也。

① 张大觉：宋人。《容斋随笔》卷十五有“张天觉为人”一则，“大”作“天”。其生平为宦，《随笔》中多有列举。

② 相能：融洽相处。

③ 宏治：原为弘治，明孝宗年号。清乾隆时编纂《四库全书》，以乾隆名弘历，对所收录图书中遇弘字者，均避讳改写为“宏”。

④ 正德：明武宗年号。

⑤ 内寺：宦官。寺，佛教庙宇。隋炀帝于宫中建佛寺，称为内寺。后为宫中宦者住地，遂衍为宦官称谓。

⑥ 矫饰：虚假造作，不露本来面目。

惜　才

三原王公[①]为吏书时，天台夏进士镓[②]放回违限[③]，例当送刑部问罪，镓以为母[④]，不服，且以诗风贡郎中钦[⑤]，钦不怿[⑥]，时予为主事[⑦]，钦据法白公，必欲送问，镓急，因言曰："必欲问，有死而已。"镓以所为文献公，公因停其事，命予劝镓，镓曰："果不可免，则以进士还官，长归养母而已。"予因解之曰："子节诚高矣，然已中进士，则不比隐者可行其志。今公惜才好文乃如是，故遣某相告。果不服而长归，任子归矣、则据法行浙江巡按御史下县提子，顾不惊令堂乎？"夏遂语塞，还以白公，公喜见颜色，即遣官持手本[⑧]引镓送刑部，又丁宁[⑨]所遣官善慰谕之。及官回，又召予、引官而问曰："镓去云何？"曰："送至刑部门外，镓发叹而易衣进矣。"公微笑曰："汝在道还使之衣冠乘马否？"官曰："然。"公又微笑谓予曰："此少年有文而不知法，故当委曲成之[⑩]。"公于一进士而爱惜保护如此，而法则不少屈也，可谓难矣。

① 王公：指王恕。

② 夏进士镓：夏镓，字树德，浙江天台人。明孝宗弘治进士，官至南京大理寺评事。著有《赤城集》行世。

③ 放回违限：例假回乡，超逾期限。

④ 为母：为了奉养母亲的缘故。

⑤ 贡郎中钦：贡钦籍里事迹不详，时任南京户部郎中。

⑥ 不怿：不高兴。

⑦ 主事：张志淳时任南京户部主事。

⑧ 手本：明清门生见老师，下属见上司或同级官互相拜候时所用的名帖。

⑨ 丁宁：嘱咐。

⑩ 成之：成全，培养。

署　门

公[①]为吏书，署于门[②]曰：“宋人有言，有任于朝者，以馈[③]及门为耻；受任于外者，以包苴[④]入都为羞。今动曰贽仪[⑤]，贽仪而不羞于入，我宁不自耻哉！”一时帖然[⑥]无异议者。使非真诚积久而孚[⑦]，自亦不敢书，书之适足以增多口[⑧]矣。予目击[⑨]为吏书者先后几人矣，竟不敢署门如此，亦各自知[⑩]也。

① 公：指王恕。

② 署于门：题字于大门上。

③ 馈：送礼。

④ 包苴：亦作苞苴，意为包裹。指用茅席等物包着的物品，后引申为贿赂。

⑤ 贽仪：亦作贽敬。拜见老师、尊长或朋友间相互赠送的小礼物。

⑥ 帖然：口服心服。

⑦ 孚：信服，深信。

⑧ 多口：议论，疵议。

⑨ 目击：亲眼见到。

⑩ 自知：心里有数。

论 将

《容斋》谓："绍兴[①]七年，淮西大帅刘少师[②]罢，岳少保[③]以母忧去官，累辞起服[④]之命，朝廷用吕尚书[⑤]、张渊道掌其军。岳在九江，忧兵柄一失，不容[⑥]再得，亟兼程至郢[⑦]，有旨复故任，而召渊道为枢密都承旨。"予考《齐东野语》[⑧]记淮西之事甚悉，词意与此全不同，《宋史论断》[⑨]亦谓淮西之举，岳飞在营，张浚[⑩]恶飞，听其归终母丧而不能留。今谓岳忧兵柄一失，不容再得，则观岳应张之言，足明其本心，岂有忧兵柄一失，不容再得之念？又朱子[⑪]亦曰岳亦横，终恐难制。汪浮溪藻[⑫]与容斋同时，其言亦概[⑬]岳于张浚而不别白[⑭]，又概谓之龌龊常才，又独言岳军中游手窜名而廪[⑮]者最多。夫朱子之论岳，多得之张敬夫，敬夫之言，多得之于其父浚，宜无怪者。然观朱子以只凭渠家[⑯]文字，草成《张魏公行事》，与他书所记多不同为恨，则大贤之改过不吝，可类推已。至如容斋与汪所言，则何怪高宗中无所主[⑰]，而贼桧之敢于杀岳乎？以岳之忠诚才猷，据后世事定后观之，诚所谓天下之奇才豪杰，无间言者，而当时洪、汪皆列侍从有名，独所云若是，后数十年朱子犹所云若是，则君子一时不值明君，而欲人尽知其蕴而不冤，且欲一时是非之必定，难已！

① 绍兴：宋高宗年号。

② 刘少师：刘光世，字平叔，保安军（今陕西志丹）人。南宋初任江淮制置使，金兵逼扬州，不战而逃，改江东宣抚使，守江州（今江西九江），置酒高会，金兵渡江三日，尚未发觉。绍兴七年，罢去兵柄，加官至少师。

③ 岳少保：岳飞，字鹏举，河南汤阴人。宋徽宗宣和中，以敢战士应募入宗泽军。高宗绍兴初，张俊讨李诚，飞为先锋，大破诚军，累功授武安军承宣使，高宗手书“精忠报国”四字，制旗赐之，加少保，授河南北路招讨使，屡败金兵，遂至朱仙镇，指日渡河。时秦桧当朝，力主和议，欲尽弃河北地予金，一日连降十二金牌召回。既至杭州，改授枢密副使。桧使万俟卨等劾飞，捕飞父子系狱，两月不能定谳。一夜，桧手书小纸付狱吏，遂报飞死。孝宗时昭雪，复飞官，谥武穆，后改益忠武。宁宗中，追封鄂王。有《岳武穆遗文集》行世。

④ 起服：古代官吏遭父母丧，例当卸职回家服孝三年，守孝期中因需要特召任职者，称为起服。

⑤ 吕尚书：指吕祉。吕祉，字安老，建州建阳（今福建建阳）人，宋徽宗宣和进士，高宗绍兴间历兵、刑、吏部侍郎，进兵部尚书兼都督府参谋军事。刘光世罢兵柄，朝命王德为都统制，郦琼副之而以祉节制其军。

⑥ 不容：不可能。

⑦ 郢：今湖北江陵。

⑧ 《齐东野语》：宋周密撰。密本籍山东济南，其曾祖随军南渡，寓居浙江湖州，密书以齐东名，示不忘本也。《野语》记南宋事，率有关兴亡治乱大端，足补史志之不足。

⑨ 《宋史论断》：明张溥撰。书据明陈邦瞻《宋史纪事本末》而成，对宋史事多抒己意，抨击投降派最力，其叙文中有“构既无良，桧尤凶丑”等语，与高宗秦桧并列，更属创见。

⑩ 张浚：浚为“俊”字之误，本条下“浚”字皆同。张俊字伯英，成纪（今甘肃天水）人。宋高宗时为御营前营统制，迁江淮路招讨使，镇压各地

起义军，讨伐叛将李诚等部，后守淮南，与岳飞、韩世忠并称三大将。绍兴十一年附秦桧，首请解除兵柄，授枢密使，又助秦桧制造伪证诬害岳飞。官至河清郡王，拜太师。

⑪ 朱子：朱熹，字元晦，一字仲晦，别号紫阳，徽州婺源（今江西婺源）人，侨居福建建阳考亭，世称考亭先生。宋高宗绍兴进士，授泉州同安主簿。孝宗淳熙中知南康军，改提举浙东茶盐公事。光宗时知漳州，改秘阁修撰。宁宗时以焕章官待制提举南京鸿庆官。卒赠宝谟阁学士，谥文。先后主讲白鹿、岳麓书院，学集周敦颐、邵雍、张载、二程等理学之大成。著有《四书章句集注》《伊洛渊流录》《名臣言行录》《资治通鉴纲目》《诗集传》《楚辞集注》等书。后人编其遗文为《朱子语类》《朱文公集》行世。

⑫ 汪浮溪藻：汪藻，字彦章，号浮溪，饶州德兴（今江西德兴）人。宋徽宗崇宁进士。高宗建炎初，历中书舍人兼直学士院，进翰林学士，力主对金妥协退让，请裁抑拥兵自重武将，绍兴中历知湖、抚、徽、宣诸州，并先后为蔡京、王黼幕客。著有《浮溪集》《靖康要录》等书。

⑬ 概：等同。

⑭ 别白：分别黑白是非。

⑮ 窜名而廪：冒名领粮饷。

⑯ 渠家：他自己一家，指张浚家，浚曾封为魏国公。

⑰ 中无所主：心中无主见。

庙　额

予郡[①]有汉寿亭侯[②]庙，宇甚庄重。成化辛丑[③]，有镇守太监[④]命撤之，而更以武安王庙。盖内寺不知前代名臣皆题其故封，乃洪武[⑤]初定五岳四渎之诏格[⑥]也。据法与理，再不容有所更，今天下皆然，不惟不能正而亦不知所自矣。又汉寿为亭名，新安程学士敏政[⑦]以[⑧]辨之，但不知刘宋[⑨]时亦有汉寿之封可证也。

① 予郡：指永昌。

② 汉寿亭侯：汉末关羽封爵。汉寿，地名，在今湖南常德东北。亭侯，汉爵位，在乡侯之次。清赵翼《陔余丛考》云："关壮缪斩颜良，曹操表为汉寿亭侯，见《三国志》，但称寿亭侯则知世俗之讹。"

③ 成化辛丑：明宪宗成化十七年（1481年）。

④ 镇守太监：明代委派宦官监管要害地区，称为镇守太监。

⑤ 洪武：明太祖年号。

⑥ 格：规定。

⑦ 程学士敏政：程敏政，字克勤，江西休宁人。明成化进士，历左谕德，直讲东宫。孝宗即位，擢少瞻，由太常卿至礼部右侍郎。著有《明文衡》《宋遗民录》《咏史集》《篁墩集》等书。

⑧ 以：同"已"

⑨ 刘宋：刘裕代晋，国号宋，史称刘宋。

取　蜀

《容斋》言取蜀将帅多不利，如洪武中伐蜀，取伪夏[①]，廖公永忠[②]功独茂，其后亦以服龙凤衣抵死，子孙无闻，亦可证矣。但云凡割据于蜀者不过一传、再传。考之《晋书》，自李特[③]据蜀，传子雄，雄以兄子班为太子，雄子弑班，立雄第四子期，雄子寿又弑雄自立，寿死，子势立，降晋，凡六世，四十六年乃亡，却不止一再传也。

① 伪夏：元末，明玉珍于至正二十二年（1362年）在重庆自立，国号夏，建元天统，明洪武四年（1371年）灭于明。

② 廖公永忠：廖永忠，巢（今河南睢县）人，廖永安弟。元末，从兄迎朱元璋于巢湖，永安将水军渡江攻方国珍，陷于吴，永忠袭兄职为枢密院佥院，总其军。洪武初，略定闽中诸地，拜征南将军，进平两广。继从徐达北征，师还，封德庆侯。复从汤和伐蜀有功，太祖制文以旌之。后坐僭服龙凤衣及诸不法事赐死。

③ 李特：字玄休，巴氐族，世居巴西，与弟养、流皆以才武称。晋武帝元康间，关中饥，入蜀，领导流民起义，永宁元年（301年），攻成都，杀原任益州刺史赵厥，击败新任益州刺史罗尚，攻占广汉。太安元年（302年）称大将军、益州牧，都督梁益二州诸军事。次年，攻取成都少城，建年号为建初。二年，为罗尚所袭败死。子雄继，称成都王，继称帝，是为成汉。

冉 子

程子[①]谓《论语》[②]。成于有子[③]、曾子[④]之门人，故其书独二子以子称。然冉有[⑤]称“冉子退朝”，冉子为其母请粟[⑥]，凡两称冉子，则不独二子以子称矣。

① 程子：宋程颢、程颐兄弟二人，同师事周敦颐，开创儒家理学一派，世称程子。颢，字伯淳，洛阳人，学者称明道先生。颐，字正叔，学者称伊川先生。

② 《论语》：西汉时有今文本《鲁论》《齐论》及古文本《古论》三种，东汉郑玄合三本，编为今本，共二十篇，分条记录孔子及弟子、再传弟子言行、问答，儒家学者尊为《七经》之一。宋朱熹合《论语》《孟子》《大学》《中庸》称为《四子书》，并为《集注》，后世简称为《四书》。《论语》注释有魏何晏《论语集解》、梁皇侃《论语义疏》、宋邢昺《论语正义》等。

③ 有子：名若，有氏，春秋时鲁（今山东）人。孔子弟子。

④ 曾子：名参，字子舆，春秋时鲁困武城（今山东费县）人。孔子弟子。

⑤ 冉有：名求，字子有，春秋时鲁人。孔子弟子。

⑥ “冉子退朝”二句，均见《论语》。

铅 锡

尝见《本草》[1]谓粉为锡粉，又名定粉，即今妇女傅面之粉也，此粉烧铅所成。锡为五金[2]之贱[3]，只可为器皿，不可为粉，不知何以名锡粉。后见《周礼》[4]金有六齐[5]，以金六锡一为钟鼎之齐，以金锡半为鉴燧[6]之齐。注[7]谓锡多则刃明[8]，故诸齐皆和之，故鉴燧金锡相半。今观古鉴多清白，信矣。然锡绝不可和金，亦不可粉，乃知古之锡即今之铅也。但锡山[9]之名已久，何以不名为铅而名锡？然江西有铅山县[10]又何以铅名乎？志[11]谓周秦间曾产铅锡，则铅与锡固通名也。韵书[12]亦称铅为黑锡，则铅为锡明矣。然钟鼎、斧斤、戈戟、大刃、削、杀矢、鉴燧皆和以铅，则防其挫折易亏缺，用其坚刃[13]不脆，用其照物明白，所谓金性坚刚，锡性柔耎[14]，金或赤黑，锡则青白也。然则古谓铅为锡，今则铅自铅，锡自锡耳。

① 《本草》：指《本草经》，相传为神农所作。

② 五金：金、银、铜、铁、锡为五金。

③ 贱：品位低下。

④ 《周礼》：亦称《周官》《周官经》，古文经学家认为周公旦所作，今天经学家认为战国时人或西汉末年刘歆伪造。原有六篇，其中《冬官》篇早佚，后补以《考工记》。今有东汉郑玄《周礼注》、唐贾公彦《周礼正义》、清孙诒让《周礼正义》等。

⑤ 六齐：六种混合金。

⑥ 鉴燧：镜子。古以火烧金属熔而为镜。

⑦ 注：指郑玄《周礼注》。

⑧ 刃明：刀剪极薄锋利的部分为刃，刃明谓面薄明亮。

⑨ 锡山：锡山有二，一在今湖南长沙，一在今江苏无锡。

⑩ 铅山县：今江西省崇义县。

⑪ 志：指铅山县地方志书。

⑫ 韵书：音韵书。此处不明确指何书。

⑬ 坚刃：坚硬锋利。

⑭ 耎：古“软”字。

元 年

《春秋》[①]论元年之义，而推及乾元、坤元、纪元，日称元祀，人君体元，宰相调元，备矣。近观欧阳永叔[②]以元无他义意，亦甚异之。偶见掷骰子[③]者谓一为么，又见朱子《大学章句》[④]谓一为首，《中庸章句》[⑤]又谓一为一。若以元年之义例之，则训[⑥]首者又当别为训而有他义乎？从是言之，则欧说亦或有所见也。

① 《春秋》：《春秋》为春秋时鲁国史官所写的鲁国国史，孔子据鲁《春秋》加以整理修订，始鲁隐公元年（前722年），终哀公十四年（前481年），共二百四十年，仍名《春秋》。孔子《春秋》所用词句，简明严谨，寓褒贬深意，后世称为“春秋笔法”，为后史家推崇效法，为我国第一部编年体史书，而部分学者则又对其字、词作过多的推论、臆说，莫衷一是，本条即对此而发。

② 欧阳永叔：欧阳修，字永叔，号醉翁、六一居士，吉州卢陵（今江西吉安）人。宋仁宗天圣进士，庆历初知谏院，擢知制诰，出知滁州，入为翰林学士，嘉祐中历任枢密副使、参知政事。神宗初，出知亳州，以太子少师致仕。卒谥文忠。著有《新唐书》《新五代史》《毛诗本义》《集古录》《归田录》《居士集》《六一诗话》等书，并有《欧阳文忠公集》行世。

③ 骰子：玩具、赌具，又名色子。

④ 《大学章句》：宋朱熹著。《大学》本为汉戴圣《礼记》中之一篇，相传为秦汉间人所作，朱熹以内容为儒家学说纲领，抽出分章注释，名为《章句》，并合《中庸》《论语》《孟子》为《四子书》，亦称《四

书》。现有朱熹《四书集注》行世。

⑤　《中庸章句》：《中庸》亦为《礼记》中之一篇，相传为战国时人所作。朱熹亦抽出为《章句》，合为《四子书》。

⑥　训：解释。

笑 语

太监钱能[1]，女真[2]人，兄弟四人俱有宠[3]，成化间，能号三钱[4]，来镇云南[5]，其怙[6]宠骄蹇[7]，贪淫侈虐，古所未有，不能悉记。有二事最可资笑语者：云南有一富翁病癞[8]，其子颇孝，则执其子曰："汝父癞，传于军士不便，且又老矣，今将沉于滇池。"其子出厚资乃免。又王姓者业卖槟榔[9]致富，人呼为槟榔王家，则执其人曰："汝庶民也，敢惑众僭号王字？"王复出所有方免。后继之者[10]虽贪求无厌，闻斯事，未尝不为发笑也。能后虽挑衅安南[11]，三原王端毅公挫其虐，然寻复守备南京，弘治末，老死京师，不识天道何在？或言其幼蓄钱宁于滇，晚俾专锁钥[12]，能病，宁利其所有，遂进毒于能而死。宁初名宁福儿者是也，本李巡检之家生子，然则能之报[13]亦不为无也。

① 钱能：明宦官，宪宗时来镇云南，诸多不法，以挑衅安南事发，为王恕奏罢，安置南京，寻复为南京守备太监，死于任所。

② 女真：种族名，属黑水靺鞨。有生熟二部。熟女真居黑龙江，宋初渐强大，灭辽，建国为金。

③ 有宠：被皇帝宠信。

④ 三钱：钱能在兄弟中行三。

⑤ 来镇云南：来任云南镇守太监。

⑥ 怙：依仗。

⑦　骄蹇：骄傲横行。

⑧　癞：麻风病。

⑨　槟榔：药名，性能祛暑、助消化。东南亚一带，人多喜切细其果实包于胡椒类植物叶中含嚼，滇人亦多有习用者。

⑩　后继之者：继钱能来任云南镇守太监者。

⑪　挑衅安南：钱能遣指挥使郭景等率军至滇边干崖、孟密诸土司地求索货宝，道入安南境地，安南出兵至滇越边境，几酿成重大边事。

⑫　俾专锁钥：使之专管财库钥匙。

⑬　报：报应，果报，恶报。

卷　二

拐子马

金兀术①用拐子马②，马相连以韦③，车亦贯④以韦索，号长胜军，自言从海上起兵，用以取胜。然燕蔡容恪⑤以铁锁连马，简⑥善射鲜卑⑦五千人为方阵而败冉闵⑧，则黠虏⑨用兵之法，前固有之。

① 金兀术：兀术一作乌珠，本名完颜宗弼，金太祖完颜旻第四子。屡领兵攻宋，先后与宋将韩世忠、岳飞、张俊、吴玠等战于长江南北及陕西、秦岭北麓等地。金熙宗完颜亶时任都元帅，封沈王，进越国王。

② 拐子马：《宋史·岳飞传》："兀术有劲军，皆重铠，贯以韦索，三人为联，号拐子马。飞戒步卒以麻札刀入阵，勿仰视，但斫马足。拐子马相联，一马仆，二马不能行。官军奋击，遂大败之。"

③ 韦：皮带。

④ 贯：串联。

⑤ 慕容恪：字玄恭，前燕慕容皝第四子，从皝征伐，镇辽东。辅兄慕容儁及慕容暐，封太原王，累迁大司马，总摄朝政。卒谥桓。

⑥ 简：挑选。

⑦ 鲜卑：种族名。相传为黄帝子昌意少子，受封北土，国境有大鲜卑山，因以为号。后移匈奴故地，汉末渐强大，晋初分数部，以慕容、拓跋二

部为最盛，南北朝时慕容氏建前燕，拓跋氏建北魏。隋唐以后，渐与汉族同化。

⑧ 冉闵：字永曾，河南内黄人。父冉瞻为石虎养子，从姓石氏。虎死，冉闵夺取后赵政权，建立魏国，史称冉魏，为十六国之一，后为前燕所败，被俘死。

⑨ 黠虏：聪明而狡猾的外族。

称　谓

弘治初，三原王公恕为吏书，钧州马公①为兵书，同朝，王公长马公十岁。及王公以太子太保致仕，马公于弘治中以少师②兼太子太师为吏书，每对予言及王公，不官、不姓、不号，但曰“老天官”③，前辈之谦已敬德如此。

① 马公：指马文升。

② 少师：晋设太师、太傅、太保，称为三师；少师、少傅、少保，称为三少，职均辅导太子。后每作为官衔加于朝内外高级官，以示荣宠，故又称太子太师、太子太傅等。

③ 天官：周官名，为百官之长，又称为天官大总宰或天官总宰。

风　裁

钱塘倪公岳[①]，弘治中，以太子少保为吏书，一时极有风裁[②]，人畏奉之恐后，惟都御史张公敷华[③]一沮[④]。盖公从南来，假锦衣官[⑤]之宅以居，后欲偿以值[⑥]，坚不受，云有盐在淮，乞一书与张获支[⑦]则已矣，公从之。张得书云："我知倪总宰风裁，且吏部，外官所当奉[⑧]，第[⑨]某老矣，行且谋归[⑩]，不能屈法以奉也。"公大悔沮[⑪]。

① 倪公岳：倪岳，字舜咨，钱塘（今浙江杭州）人。明英宗天顺进士，弘治中累官至吏部尚书，改南京历吏、兵二部尚书，复还为吏部尚书。前后疏陈百余事，军国弊政，剔抉无余，善断大事，往往决以片言，天下想望其风采。卒谥文毅。著有《清溪漫稿》。

② 风裁：风度气节。

③ 张公敷华：张敷华，字公实，江西安福人。明英宗天顺进士，与林瀚、林俊、章懋合称四君子。武宗正德间，官至左都御史，以论奏刘瑾坐罪去。卒谥简肃。

④ 沮：挫折。

⑤ 锦衣官：明代设锦衣卫。卫中官员均着锦衣，故名，锦衣卫主官多以宦官为之，每依势横行不法。

⑥ 偿以值：即以钱作为抵偿。

⑦ 乞一书与张获支：乞求写一书信给张敷华获得放行。

⑧ 奉：遵从。

⑨ 第：同“但”

⑩ 行且谋归：将设法辞职回家。

⑪ 沮：沮丧。

人　杰

东坡[①]论范增[②]为人杰，盖本汉高[③]以萧何[④]、张良[⑤]、韩信[⑥]为人杰，即继以项羽[⑦]有一范增不能用，则汉高固以人杰许增矣，此东坡所本也。《容斋》只据杨氏之论，谓增非人杰，谓坡论未尽[⑧]。夫增之为人，尊以亚父则留，言计不用则去，且又能逆知[⑨]汉高之志不在小，终能覆楚，非人杰其谁能之？予少[⑩]尝作《增论》，惜其不能佐梁[⑪]声秦之罪以伐之，而假立楚后，以为汉资[⑫]，今思之，亦不止此。盖羽有盖世之勇，增负间世[⑬]之智，羽既尊已，谓以智佐勇，而天下无余事矣。殊不知羽虽勇，一人之勇也，已虽智，一人之智也，顾再不思求天下之勇智以为勇智，此其所以失之信平辈[⑭]而更不闻荐一士也，其志业无成，所蔽在此耳。使增非杰，汉高肯溢美之于身后[⑮]邪？观朱子以豪杰许王猛[⑯]，则增以人杰称不为过，而《容斋》踵杨氏为说为过矣。

① 东坡：苏轼，字子瞻，号东坡居士，四川眉山人。宋仁宗嘉祐进士，历官杭州、湖州通判，黄州、汝州团练副使，翰林学士，侍读学士，龙图阁学士，杭、惠、徐等州知府，玉局观提举，朝奉郎等职。卒谥文忠。著有《易传》《书传》《论语说》《仇池笔记》《东坡志林》《东坡全集》《东坡词》等书。写有《范增论》一文，谓增为人杰。

② 范增：居巢（今安徽桐城）人。秦末，入项梁起义军，项梁等立楚怀王，为末将。梁死，属项羽，为主要谋士，羽尊为亚父。楚汉战争中，羽

误中刘邦反间计，疑增与汉有私，增忿而离去，途中病卒。

③ 汉高：刘邦，字季，沛（今江苏沛县）人。秦末为泗水亭长，起义兵，初属项梁，率部攻秦，首入咸阳。项羽入关，封为汉王，领有巴蜀、汉中地。后战胜项羽，称皇帝，国号汉，庙号高祖。

④ 萧何：沛人。秦末为沛县吏，佐刘邦起义兵，入咸阳，收秦官室图籍，与民约法三章。刘邦为汉王，封为相，力荐汉王用韩信为大将。楚汉战争中，留守后方，筹运粮草兵员，运济前线。刘邦称帝，封酂侯，主朝政，制《九章律令》，早佚。

⑤ 张良：字子房，城父（今河南郏县）人。战国末年，张氏五世为韩相。秦既灭韩，逃匿民间，秦始皇东巡，邀力士狙击始皇于博浪沙（今河南原阳东南），误中副车，隐于下邳（今江苏睢宁）。相传得遇黄石公，授以《太公兵法》。秦末，聚众归刘邦起义军，说项梁复韩，立韩王，任韩司徒，项羽杀韩王，复归刘邦，佐刘邦灭楚，封留侯。

⑥ 韩信：江苏淮阴人。秦末，投属项羽，为执戟郎。后归刘邦，用为大将，统兵攻取关中，破赵取齐，封为齐王。既破西楚，改封楚王。刘邦称帝，疑信欲反，诱逮入京师，降为淮阴侯，吕后召入未央宫杀之。著有《兵法》三篇，早佚。

⑦ 顶羽：名籍，字羽，下相（今江苏宿迁）人。秦末，随叔项梁起兵，立楚怀王，为次将，随上将军宋义救赵，杀宋义，并其军，破秦入关，自立为西楚霸王，分封诸侯王。汉王刘邦出关中，与战失败，自杀于乌江。

⑧ 未尽：不完全恰当。

⑨ 逆知，预先料到。

⑩ 少：年轻时。

⑪ 梁：项梁，战国时楚将项燕子，秦末，起义兵攻秦，立楚怀王，旋战死军中。

⑫ 资：资财、资本，引申用为凭借、利用。

⑬ 间世：间，“更迭”，引申为超过，即有“超世之才”，超越于时。

⑭ 信平辈：指韩信、陈平等人。韩信、陈平初属项羽，范增不能识彼等才智，未能荐之项羽重用，二人均去楚归汉，佐刘邦攻灭项羽。陈平，阳武（今河南原阳）人。秦末，初投魏王咎，后入项羽军，为都尉，旋归刘邦，任护军中尉，以反间计使项羽疑范增与汉有私，增忿而去。多出奇计，佐刘邦称帝，封曲池侯。惠帝吕后时，任右丞相，吕氏专权，伪不治事，吕后死，定计与周勃等诛杀吕禄、吕产等，迎立文帝，任左丞相。

⑮ 身后：既死之后。

⑯ 王猛：字景略，北海剧（今山东寿光）人。晋桓温北伐入关，往见，扪虱纵谈天下大势，温未能用。入秦，为苻坚谋士，累迁司徒，录尚书事。秦攻燕，留镇邺，都督关东六州事。秦既灭燕，入朝为相，苻坚起兵攻东晋，猛以无隙可乘谏坚，坚不听，终致有淝水之败。

工 鱼

大理出鱼，细鳞而纤长[①]，长不盈尺[②]，多腹腴[③]而味美，名曰工鱼，《云南志》[④]载之，谓土人[⑤]不识江字，因误为工，其说非矣。盖古韵江有工音，如陶渊明[⑥]《停云》诗“时雨濛濛，平陆成江”，李翱[⑦]《别灊山神文》“我亦何功，路沿大江”。大理自昔晓文义，故用古韵，岂昧一江字乎？兹[⑧]非土人不识字，乃修志者不识字耳。当时阁老陈公文[⑨]为云南布政使，实总裁之，顾亦不察！

① 纤长：细长。

② 盈尺：满一尺。

③ 腹腴：腹部肥美。

④ 《云南志》：指明景泰《云南图经志书》。

⑤ 土人：当地生长的人。

⑥ 陶渊明：陶潜，字渊明，又字元亮，寻阳柴桑（今江西九江）人。晋时为彭泽令，郡遣督邮至，吏白当束带见之，潜叹曰：“我不能为五斗米折腰向乡里小儿！”自解印绶归里，作《归去来辞》以明志，遂隐居不仕，以诗文自娱。所作《停云》诗，原句为“停云霭霭，时雨濛濛，八表同昏，平陆成江。”

⑦ 李翱：字习之，陇西成纪（今甘肃临洮）人，一说赵郡人。唐德宗贞元进士，历国子博士、史馆修撰、中书舍人，官至山南东道节度使。卒谥文。曾从韩愈学文，名推当世。著有《论语笔解》《五木经》《李文公集》等书。

⑧　兹：实际。

⑨　陈公文：陈文字简安，庐陵（今江西吉安）人。明景泰间，任云南布政使，累官至文渊阁大学士。

对　句

翰林院学士一人，多或三五人。阁老洛阳刘公健[①]修《会典》[②]成，欲得翰林，一时升学士者十人。时余姚谢公迁[③]以礼书为大学士，在内阁，南昌张公昇[④]为礼书；汤阴袁公守直[⑤]以礼书掌通政[⑥]事；贾公斌[⑦]以礼书掌鸿胪[⑧]事；南都[⑨]礼书忘其名，掌太常[⑩]事；崔礼侍志端[⑪]复进礼书，崔无室家，由神乐观道士[⑫]。京师为之语曰："礼部六尚书，一员黄老；翰林十学士，五个白丁。"朝绅一时盛传，以为的对[⑬]而有讥警[⑭]。盖十学士内五人皆成化戊戌[⑮]阁老万公安所选为庶吉士者，至是三十年而公论终莫掩。予于五人尝见二三人，言固非诬也。第一对句而于时事及万刘二公之隐、皆可考见，人言可畏乃如此。然吏书亦号文部，如许公进[⑯]、刘公宇[⑰]视予所见三人复有间，而人卒不以此置喙[⑱]，岂非终不以文学为职业与？

① 刘公健：刘健，字希贤，河南洛阳人。明英宗天顺进士，孝宗时官至文渊阁大学士，为首辅。武宗时，刘瑾擅权，导帝盘游，健屡谏不听，致仕归。瑾诛，复原官。卒谥文靖。

② 《会典》：指《明会典》。

③ 谢公迁：谢迁，字于乔，浙江余姚人，明宪宗成化进士第一，授翰林院修撰。孝宗时以少詹事入内阁参机务，加太子少保、升兵部尚书兼东阁大学士，与刘健、李东阳同心辅政。武宗嗣位，加少傅，请诛刘瑾，不纳，与刘健同致仕。世宗中，帝手敕促起，入相数月，以老乞归。卒谥文正。

④　张公昪：张昪，字启照，南城（今山东平邑）人。原书作“南昌”，疑误。明成化进士。弘治中官中庶子，累迁至礼部尚书。正德中致仕。卒谥文僖。

⑤　袁公守直：袁守直除本书所载任官外，其他行迹待考。

⑥　通政：明代设通政司，掌内外奏章及臣民密封申奏之件，主官称通政使。

⑦　贾公斌：贾斌，山东商河人。明英宗正统初为山西都令使，累迁至礼部尚书，鸿胪寺卿。景泰间疏论宦官弊害，坐罔言，削为民。

⑧　鸿胪：指鸿胪寺。东汉设大鸿胪，主要职掌朝祭礼仪，北齐改置鸿胪寺，历代沿之，唐一度改称鸿宾寺，元废，明复置，主官称鸿胪寺卿。

⑨　南都：南京。明成祖迁都北京，南京仍仿京师设各部，官制较简略。

⑩　太常：指太常寺。秦置奉常，汉景帝时改称太常，为九卿之一，掌宗庙礼仪，兼掌选试博士。历代沿置，则专为司祭祀礼乐之官。北魏称太常卿，北周称大宗伯，隋以后称太常寺，主官称太常寺卿。

⑪　崔礼侍志端：崔志端除本书所载任官外，其他行迹待考。

⑫　由神乐观道士：自神乐观道士入朝为官。

⑬　的对：最正确的对联。

⑭　讥警：讥刺警世。

⑮　成化戊戌：明宪宗十四年（1478年）。

⑯　许公进：许进，字季升，后改进初，河南灵宝人。明成化进士，授御史，累官至正德时任兵部尚书，先后巡抚大同、甘肃。刘瑾擅权，稍与委蛇，瑾恶之，因去位。卒谥襄毅。著有《平边始末》。

⑰　刘公宇：刘宇，字志大，钧州（今河南省禹州市）人。明成化进士，由知县入为御史，累迁为山东按察使。弘治中擢佥都御史巡抚大同，正德初进都御史，总督宣府、大同、山西军事，入为左都御史，进兵部尚书，又以原官兼文渊阁大学士，结附刘瑾，瑾诛，削官致仕。

⑱　置喙：多说闲话，疵议。

北　岳

马公文升为兵书时，建言北岳当祀于山西浑元州[1]之恒山[2]，今南祭于曲阳县[3]者，始于李唐飞石[4]之祀，而宋地[5]不及北岳所在，故志[6]有恒山飞来之说。今京师在北，恒山在境内，而顾南行以祀北岳，非礼也，请改祀于恒山为允[7]。事下礼部[8]，时倪公岳为礼书，固执志言不可，事遂寝[9]。马公尝语予，倪非以志必可信也，其父谦无子，尝遣祀[10]曲阳之北岳，因私祷神求子，夜梦岳神指旁侍一人与之，后遂生倪公，因名曰岳，以是渠[11]固执不改祀。然舜[12]巡狩所祀北岳，见[13]在浑元州南二十里，彼人[14]犹知奉祀，而顾可往曲阳县西一百四十里祭乎？殊非礼矣。予因思之，信如志所言，则亦唐失河翔[15]，神不飨[16]而飞至曲阳也。宋继唐而王，通无河翔，则踵唐而祀于曲阳，亦理势使然也。今舜祭之地既在山西，而信志言，误矣，借[17]曰神在唐宋已飞来，则在今日亦必欲飞归矣。抑倪无嗣，以侄后，官止太子少保，为吏书一年遂卒，寿止五十有七，其禄位名寿视盐山三公翺[18]、三原王公有间矣，而二公何不闻为神降与？或曰，倪为吏书有名，然二公之名，远出倪上。或曰，倪以骄侈失之，然则为神所降，顾为骄侈以累德，而非神所降，乃复优焉，此殆有不可晓者。予友张御史西铭，临安[19]人也，母梦黄鹤入帐生，仕终御史。举人刘斗[20]，母梦斗[21]降于室中生，故名，仕终广西都司幕职，此尤有不可晓者。

① 浑元州：今山西浑元县。

② 恒山：又名大茂山，在曲阳县西北与山西接壤处。《尔雅·释山》："恒山为北岳。"

③ 曲阳县：今河北晋州市。

④ 飞石：唐代传说恒山为石飞来而成山者。

⑤ 宋地：宋代所辖区域。

⑥ 志：地方志书。

⑦ 允：适当。

⑧ 事下礼部：皇帝以此建议下交礼部审议。

⑨ 寝：完结，停止。

⑩ 遣祀：遣人去祭祀。

⑪ 渠：与"彼""他"同义。此指倪岳。

⑫ 舜：姚姓，名重华，尧帝时命为摄政，使巡行四方。后受尧禅位，国号虞，史称虞舜、有虞氏。

⑬ 见：同"现"。

⑭ 彼人：当地人。

⑮ 河翔：疑为河朔之误。河朔指黄河以北地区，唐中叶后，为藩镇割据。

⑯ 飨：同"享"，受祭祀。

⑰ 借：假设、假若。

⑱ 三公翺：三疑为"王"字之误。王翺，字九臯，河北盐山人。明成祖永乐进士。英宗正统间，以都御史先后出镇江西、陕西，历都督辽东、两广军务，景泰末，入为吏部尚书。卒谥忠肃。

⑲ 临安：指云南临安府，治所在今建水。

⑳ 斗：北斗星。

㉑ 都司幕职：明代都指挥使司为一省军事最高机关，简称都司。幕职，文武官署中有官职品级的佐助人员。

郡　城

永昌城[①]之山曰太保[②]，俗呼为寨子山。旧城于山下，洪武十四年[③]为麓川思伦[④]所屠[⑤]，十六年，指挥寿州李观[⑥]筑今城于山下，又筑子城[⑦]于山上，日轮兵守之。二十三年，观卒，指挥胡渊[⑧]代之，始去子城，而以观所筑之西面移包于山上，盖渊见京师[⑨]城包钟山故也。遂尽灭观之绩以为皆己所筑，故至今亦无碑记，率相传以为渊之绩业，渊子孙又世官[⑩]于此，故再无知者。渊既徙城得宠[⑪]，遂革府为金齿司[⑫]，学[⑬]亦废为仓[⑭]，至今招镇守之祸[⑮]，皆渊作俑[⑯]也。据渊更观之旧而免轮守之兵，既可御寇防险，又使山居城内，林木苍然，其绩亦不可泯，但攘观之功而无文记，又革府为司，废学为仓，以贻镇守之祸，其恶亦不可掩，而宪副林公俊[⑰]创立名宦祠于学宫，而渊首与[⑱]焉，其亦误已。废学之人而祀于学，何居[⑲]？谓宜别祀于所移之城上，斯得[⑳]矣。

① 永昌城：永昌府城，即今保山城。

② 太保：太保山，在今保山市永昌镇西隅，原名松山。明嘉靖间有文澍者，以太子太保致仕归，居此山，因名太保山。

③ 洪武十四年：公元1381年。

④ 麓川思伦：麓川土司名思伦。麓川，今滇边瑞丽一带地方。

⑤ 屠：攻破城邑后残杀居民。

⑥ 李观：原名观音保，寿州人。元末为云南行省左丞，明军入云南，

元梁王兵败自杀，观音保率会城父老出降，傅友德用为裨将，太祖嘉之，赐名李观，命镇金齿，署永昌府事。讨平叛酋段惠，开拓永昌城池，申明律令，边境肃然。

⑦　子城：附于大城之小城。

⑧　胡渊：安徽定远人。明洪武中，以指挥佥事掌金齿事，拓李观所筑城至山上。

⑨　京师：指南京。

⑩　世官：世代相继为官。

⑪　得宠：获得声誉。

⑫　革府为金齿司：废永昌府改为金齿司。

⑬　学：永昌府学。

⑭　仓：仓库。

⑮　镇守之祸：永昌府改金齿司，即应加设镇守，镇守太监每多不法，故视为祸。

⑯　作俑：先时古人以活人殉葬，后渐以泥陶制为人形，是为俑，俑以代替人殉。故以“作俑”喻发端、开始之意。亦称“始作俑”。

⑰　林公俊：林俊，字待问，号见素，福建莆田人。明成化进士。弘治、正德间，以左副都御史巡抚云南。

⑱　首与：首先进入名宦祠奉祀。

⑲　何居：于理何在？从何说起？

⑳　得：恰当、适宜。

麓 夷

正德[①]初，麓川思任[②]叛，屠腾冲，据潞江[③]。时遣云南镇太守太傅[④]黔国沐公晟[⑤]为总兵官，左都督方政[⑥]为左副，右都督沐公昂[⑦]为右副，率师讨之。师至潞江，晟以思任幼尝育子于家[⑧]，决意招[⑨]之。时栅守江[⑩]者，思任黠酋缅检法[⑪]也，已许[⑫]思任决不容渡矣。彼见驻师日久，益骂詈无状。政故武将也，不胜愤，屡请攻之，晟不许。兵驻久，运饷石费三两[⑬]，师多是政[⑭]。政遂夜率所领兵渡江击之，大败其众，走缅检，当时谓之飞渡潞江。政遂乘胜逐北至上江。上江，思任所居也，政率所领围其寨，不能半[⑮]，而兵昼夜追逐，已疲，又夷兵救援益众，乃以旗牌[⑯]取救于晟，日数至，晟不遣，曰："我不曾教他去。"麾下苦言之，乃遣一指挥率少兵往。指挥阴探晟意，给言[⑰]至夹象石遇夷兵，不可进，遂已。政知晟决无援意，遂复送其子瑛过江，瑛与从者攀哭不已，政拔剑叱之曰："汝急去，做将官不死不了！"遂复过江赴敌，夷皆披靡，马蹶[⑱]，夷攒刺之为泥，时正统四年己未正月四日也。麾下尽死，有潜江流而达云龙州者，州夷皆醉之，而后以竹穿其掌，送思任斩之。晟闻政死，遂焚江上运饷，披黑毡，杂败兵归永昌。云南布政使应履平、按察使赖巽以其状闻于朝，朝遣都御史丁某问罪，遣行人曹某祭政，赠政威远伯，谥忠毅，立祠永昌，子瑛招魂归葬，郡人哭皆失声。晟驻永昌久，闻遣官问罪，遂阴遣人告之曰："吾为主将，凡丧师失律，吾皆任之。”遂发永昌，日唯以冷水啖市所卖酥油烧饼，行至楚雄，遂卒，时三月十六日也，年七十二。事闻，朝廷以晟位望素隆，尝辟土安南，今又以敬畏国法自殒，遂赠晟定远王，谥忠敬，寻以子斌[19]请，立祠云南。斌卒，子琮[20]嗣，琮无子，嗣遂绝。正统九年甲子，兵书东鹿王公骥[21]始大征，以政故，历升瑛至河南侯。瑛无他才技，时号方三软，谓头软、口软、膝软也。当骥为总督偕总兵蒋贵[22]来时，政与晟卒已久，而文达李公贤[23]撰《古穰杂录》，谓麓川初叛，沐晟尚在，彼时只遣人宣布朝廷恩威，赦其罪，抚安之，未必不从，遂轻动举兵，又不委晟而另遣将，以致王师失利，适王振[24]操柄逞忿，骥阿其意云云。夫麓川初叛，晟固在镇，晟为总兵，政为左副，昂为右副，统兵数万讨之，在正统三年戊午，政死节上江，在己未正月四日；晟败回永昌在正月五六日；自永昌回，在二月尽，卒于楚雄，在三月十六日；骥总督与贵大征，在九年甲子；事平在十三年戊辰。李为阁老最名，有相业，极遭际一时，国史皆其总裁，庶事皆其综理，顾失实至于如此！然则后世将安所凭哉？良可叹也！至论事理，大意只以为得地与人无益，而劳费万万。殊不思政以左都督死于夷，极惨烈矣，欲不兴师，得乎？尝见杨文贞公士奇[25]作诗《送杨郎中宁[26]从征》，大意与李之见同而不敢露，又见王吏书作《沐忠敬庙碑》，与李所言同，盖李素敬王，而王与杨同朝之见又同，一得沐氏子孙隐蔽溢美之状，中有素见[27]，遂不复疑，李遂据以为真，而以其事迁就之而笔于书而不复考也。夫振之恶虽不可殚述，然其主麓川一事，于国体，于利害，于忠臣义士之冤，于久远之计，自今观之，殊为有得。不然，则历今七十余年，为中外所坏，不知群夷变乱几番矣，何以能帖然如此？嗟乎！如杨、王、李三臣，在我朝可指数，而于史、于事、于是非皆颠倒谬误，致终身莫之省改。此朱子于撰《张魏公碑》而深悔只据渠家草来，所以为大贤不可及与！

① 正德：疑为正统之误。条所记事在正统四年。

② 麓川思任：麓川土司名思任。

③ 潞江：今称怒江，源出青、藏，入云南境，经今怒江傈僳族自治州、保山地区、德宏傣族景颇族自治州出国境入缅甸，流经怒山、高黎贡山间，谷深流急，水力资源丰富，为云南西南边境最大河流。此处疑为潞江坝之误。

④ 云南镇太守太傅：疑为“云南镇守太子太傅”之误。

⑤ 黔国沐公晟：沐晟，字景茂，沐春弟。明初为后都督佥事，进左都督。建文末，袭兄春平西侯爵，镇云南。时麓川一带土司叛服不常，晟讨平之，立孟养、孟定、木邦三土府，镇沅、威远二土州及潞江等五司，并于腾冲置千户所，边地渐定。永乐间，击退八百大甸边寇，以征夷左副将军讨安南，获其酋帅、官属，籍其郡县，封黔国公，进太子太傅。继又平富州沈弦缠、四川黎溪矣的、马龙刀瓮等乱。正统四年（1439年），麓川思任等叛，总兵讨之，败还，行至楚雄，饮药而卒。追封定远王，谥忠敬。

⑥ 方政：安徽全椒人，明正统初官左都督，麓川土司思任叛，为沐晟左副总兵官，率部深入，至上江，阵亡。追封威远伯，谥忠毅。

⑦ 沐公昂：沐昂，字景颙，一作景高，沐晟弟。明洪武中为散骑舍人，进府军左卫指挥佥事。永乐初使云南，遂留府辅镇。正统四年，以右都督为右副总兵官，随晟讨麓川思任。晟死，以都指挥同知继镇云南。六年，从王骥、蒋贵征麓川，进左都督。卒封定远伯，谥武襄。著有《敬轩集》《沧海遗珠》等书。

⑧　育子于家：以之为子，育于家中。

⑨　招：招抚。

⑩　栅守江：据栅守潞江。

⑪　缅检法：缅检，亦作缅简，土司酋长名。法，夷人尊称其酋长曰法。

⑫　许：许诺，保证。

⑬　石费三两：一石食粮费用合银三两。

⑭　师多是政：军中多有人赞同方政渡江攻击的主张。

⑮　不能半：因兵少不能围其寨的一半。

⑯　旗牌：明制，以上面写有令字的蓝旗和圆牌，颁给领兵大员作为传讯信符，称为旗牌。掌旗牌的官亦简称旗牌。

⑰　绐言：谎言，欺人之言。

⑱　踬：被绊倒。

⑲　斌：沐斌，字文辉，初名俨，字可观，沐晟子，明正统五年，袭封黔国公，十年，镇云南。麓川思任势穷逃缅，缅人执之，斌以兵临缅，缅人杀思任，函其首并械其妻来献。十二年，思任子思机据孟养，为边患，斌随王骥讨平之。十四年，贵州水西苗乱，斌率军讨之。卒赠太傅，谥荣康。

⑳　琮：沐琮，字廷芳，沐斌子，袭爵黔国公。成化三年，佩征南将军印为总兵官，镇云南。多善政，平马龙、丽江、剑川、顺宁、罗雄等处叛乱，偕都御史程琮抚定孟密边地，以功加太子太傅。卒赠太师，谥武僖。

㉑　王公骥：王骥，字尚德，束鹿（今河北束鹿）人。明永乐进士，累官至兵部尚书。宣德、正统间，先后统兵三征麓川，军逾孟养，至孟邮海，地在金沙江西，去麓川已百余里，自古兵力所未至，威震诸蛮，勒石班师，还总南京机务。封靖远伯。卒谥忠毅。

㉒　蒋贵：字大富，明江（今广西明江）人。明洪武末年，以燕山卫卒随燕王起兵，后又从征交趾。宣德中为总兵，讨平西边，复随王骥征麓川，封定西伯。

㉓　李公贤：李贤，字厚德，邓州（今河南邓州）人。明宣德进士。

历官至英宗时为吏部尚书，宪宗时进少保、华盖殿大学士知经筵事。卒谥文达。著有《古穰杂录》《天顺日记》等书。

㉔ 王振：蔚州（今河北蔚县）人。明宦官，正统中，掌司礼监，恃宠擅权，廷臣多附之，谀称为翁父。麓川事起，振力主讨伐，王骥等因得建功，滇边以定。十四年，瓦剌叛，振挟英宗亲征，全军覆于土木堡（在今河北怀来东），帝陷贼，振死敌军中。

㉕ 杨文贞公士奇：杨士奇，名寓，以字行，江西泰和人，明建文初，以有文名荐入翰林，充编纂官，永乐初，进左谕德，入内阁，典机务。仁宗时，任礼部侍郎、华盖殿大学士。英宗初年，与杨荣、杨溥同辅政，并称三杨。卒谥文贞。著有《东里全集》《文渊阁书目》《历代名臣奏议》等书。

㉖ 杨郎中宁：杨宁，字彦谧，歙（今安徽歙县）人。明宣德进士，授刑部主事，从尚书魏源巡宣大，随都督吴亮征麓川，以功擢郎中，又随王骥征伐，超拜刑部右侍郎，官终礼部尚书。

㉗ 素见：成见。

巡 抚

成化丁酉①，王端毅公恕来巡抚云南，不挈僮仆，唯行灶②一，竹食罗③一，服无纱罗④，日给⑤唯猪肉一斤，豆腐二块，菜一把，酱醋水皆取主家给状⑥，再无所供。其告示云："欲携家僮随行，恐致子民嗟怨，是以不恤⑦衰老，单身自来，意在洁己奉公，岂肯纵人坏事"云云，人皆录其辞而焚香礼之。后公为吏书，予见公衣服饮食虽不侈而亦如常。后见公祭兄文，有曰："往昔抚滇，人皆言钱能势不可犯，犯即有大祸，惟兄劝从正⑧，果遇祸，兄以死理雪⑨。"从是观之，公畏天悯之⑩固非利害所能怵⑪，而公兄之贤，亦有以助公之气与志也。

① 成化丁酉：明宪宗成化十三年（1477年）。

② 行灶：可移动炊具，如罗锅类。

③ 罗：同"箩"

④ 纱罗：指精细衣服如绸缎等。

⑤ 日给：每日供给。给，供也。

⑥ 主家给状：寓所主人供应据实写给凭条。

⑦ 不恤：不计较，不顾，不爱惜。

⑧ 从正：服从正道，不走歪路。

⑨ 以死理雪：拼死为之申冤昭雪。

⑩ 悯之：怜悯百姓，"之"犹上文"子民"

⑪ 怵：威胁，诱惑。

减　字

唐刘辟[①]，《新书》[②]传曰："始[③]，辟尝病，见问疾者，必以手行[④]，入其口，即裂食之。唯卢文若[⑤]至，如平常，故益与之厚。"《旧书》[⑥]传曰："初，辟尝病，见诸问疾者来，皆双手据地倒行，入辟口，辟因磔食之。唯卢文若至，则如平常，故尤与文若厚。"今按，"双手据地倒行，入辟口"共九字，"手行入其口"，减去"双据地倒"四字，乍[⑦]观之，不知何为说也。曷如《旧书》之明畅乎？前辈非之，信矣。

① 刘辟：字太初，唐宪宗时弘词科进士，佐韦皋为幕僚，皋卒，辟主后务，宪宗以给事中召之，不奉诏，宪宗任之为剑南西川节度使。辟益骄蹇，求统三川，帝纳杜黄裳荐高崇文将神策行营兵讨之，并许辟自新，辟不应。崇文攻取西川，擒辟，送京师斩之。

② 《新书》：指《新唐书》。

③ 始：同"初"。

④ 手行：以手踞地而行。

⑤ 卢文若：刘辟幕僚。

⑥ 《旧书》：指《旧唐书》。

⑦ 乍：初，骤然。

识 见

司马公光[①]，宋之大儒，其所修《通鉴》[②]，如纪武曌[③]，黜中宗[④]，帝曹氏[⑤]，寇昭烈[⑥]，朱子作《纲目》[⑦]已正之矣。至于削去留侯迎四皓事[⑧]，以为子挟父。夫以为挟父，则当载之而论以为戒；不为挟，则当书以为劝；顾从而削去，则太子曷从而不废乎？如有疑似，削之可也。留侯定太子之事，《汉书》[⑨]屡见，如《周昌传》[⑩]亦明言“以留侯策上”，顾削以灭其迹，可乎？又如取李舟[⑪]言，谓“天堂无则已，有则君子登；地狱无则已，有则小人入。”夫天堂地狱之无，岂待疑似，而述舟见道不真之论以教人，是启之矣。朱子谓其气与理不曾会得[⑫]恰到好处，二程[⑬]每引之，终不能上[⑭]，所以识见不真而偏执如此！

① 司马公光：司马光，字君实，世称涑水先生，陕州夏县（今山西夏县涑水乡）人。宋仁宗宝进士，历官至知天章阁待制兼知谏院侍讲。神宗时知永兴军（今陕西西安）。哲宗时，任尚书左仆射兼门下侍郎，主朝政。卒封温国公，谥文正。著有《资治通鉴》《稽古录》《涑水记闻》等书，有《司马文正公集》行世。

② 《通鉴》：指《资治通鉴》，宋司马光纂，佐之者有刘攽、刘恕、范祖禹等。初名《通鉴》，神宗赐名为《资治通鉴》。

③ 纪武曌：《通鉴》以武曌执政及改唐为周时期年号编年纪述史事。

④ 黜中宗：唐中宗继高宗为帝，武曌以太后听政，凡五年，太后废中

宗为庐陵王。《通鉴》纪此时期史事不以中宗为主而以武后为主。

⑤ 帝曹氏：《通鉴》纪三国史事以曹魏为正统。

⑥ 寇昭烈：刘备建蜀汉，庙号昭烈皇帝。《通鉴》以蜀汉非正统，写史事时每以“寇”称。

⑦ 《纲目》：指《通鉴纲目》，宋朱熹编纂。朱熹以《资治通鉴》帝魏寇蜀为不当，改以蜀汉为正统编年纪事。

⑧ 削去留侯迎四皓事：汉高祖即位后，封张良为留侯。高祖爱幼子赵王如玉，欲废太子立之。张良为太子献策，迎商山隐者东园公、绮里季、夏黄公、角里先生四老人为宾客，随侍太子见高祖，高祖素知四人为高士，屡欲迎之而不能致，及见已为太子所用，认为太子能致贤人，遂决定不废长立幼。此事在朱熹《纲目》中未载入。

⑨ 《汉书》：指班固《汉书》，即《前汉书》。

⑩ 《周昌传》：指《汉书，周昌传》。周昌为高祖将，随高祖入关破楚，任中尉，后为御史大夫，封汾阴侯。曾为赵王如意相，高祖欲废长立幼及因张良献策迎四皓为太子宾客等事，《周昌传》中均载入。

⑪ 李舟：唐人，音韵学家。著有《切韵》十卷，已佚。

⑫ 会得：理解贯通。

⑬ 二程：指程颢、程颐。

⑭ 上：到达。全句意为朱熹不能做到气与理方面到达最适当的境界，故识见难免不正确而又固执。

损 卯

金木工构屋交会之处，凿为损卯[①]，殊不晓其义意。偶见《金史》[②]：“张中孚制小舟，数寸，不假[③]胶漆而首尾相钩带，谓之鼓子卯。”则卯字固载于史矣，但二子[④]之名义，终不可解。

① 损卯：损，今作榫，木工于二木相接之处凿成凸凹形使之嵌合，称为榫。卯今作铆，指接合之钉，故亦称铆钉。二木凸凹相接入，不脱落，如有钉，称为榫钉。即后称之“笋头卯眼”。

② 《金史》：元脱脱等撰。引文见《金史·张中孚传》。

③ 假：借助，用。

④ 二子：此处子字疑为“字”字之误。“二字”应为“损卯”。

药名

蓬藟[1]、覆盆子，《本草》[2]各出[3]二条，是矣。下又引唐本注[4]曰："覆盆、蓬藟，一物异名。"今注曰："蓬藟、覆盆之苗，覆盆、蓬藟之子"，则全误矣。缘此，纷纷议论，通不能辨二物。惟《衍义》谓"蓬藟非覆盆也，自别是一种，虽枯败而枝梗不散。"又谓"覆盆子四五月熟，味酸，甘，外如樱桃许大，软红可爱，失采则就枝生蛆。"《图经》谓"茎叶皆有刺，花白，子赤黄如弹丸，下有茎承，下如柿蒂状。"三条为是。然《衍义》又谓软红可爱，则又以蓬藟为覆盆矣。蓬藟初熟软红，覆盆则不红也。殆不如《图经》赤黄之得真矣。然《图经》又谓苗短不盈尺，则又非也。覆盆树与苗，但[5]不甚高也。《衍义》又谓长条，则又以蓬藟杂之矣，覆盆不生条也。《本经》[6]既分为二物，是矣，下又云"一名覆盆子"，则《本经》已误于先矣。蓬藟子初则浅红，熟则深紫，有芒颇长，覆盆子初则黄，熟则赤黄，芒微。蓬藟蔓长，条而甚长，覆盆树生枝而不甚高。蓬藟子味甘酸而深，蓬藟刺大而稀，覆盆刺细而密。蓬藟枝梗枯败而不散，覆盆枝叶四时无一[7]，只是其子形状，其以津液为味，其熟之时皆同，《本经》遂误陈上良[8]识[9]蓬藟为莓，言其形皆是而不能定为蓬藟。寇宗奭知覆盆异于蓬藟而又误以为红，余注则通无所见矣。因据所见辨之，使博物者不眩[10]也。"

① 藁：今写作藟或櫐。蔷薇科植物，野生草本。

② 《本草》：指《本草纲目》，明李时珍撰。李时珍，字东璧，号濒湖，湖广蕲州（今湖北蕲春）人。曾为楚王府奉祠正。医药世家，博览群书，收集验方，亲自采药研制，历时二十七年，撰成《本草纲目》，共收药物一千八百九十二种，附方一万一千零九十六则，插图一千一百六十幅，集我国古代医药之大成。另著有《濒湖脉学》《奇经八脉考》《脉诀考证》等书传世，又有《五脏图论》《命门考》等，已佚。

③ 各出：分别立条。

④ 唐本注：《本草纲目》于每条药名下多引录各家注释，如此处所引唐本注及后所引之今注衍义、图经、寇宗奭等俱是。

⑤ 但：此但字疑为“俱”字之误。

⑥ 本经：《本草纲目》各条药名下所写主条文。

⑦ 一：此一字疑为“异”字之误。

⑧ 良：此良字疑为“而”字之误。

⑨ 识：认识，认为，解释。

⑩ 眩：混淆不清。

卷 三

武帝意

田蚡[①]、窦婴[②]、灌夫[③]之事，武帝令婴于东朝廷[④]辩之，意已有在[⑤]。使汲黯[⑥]、郑当时[⑦]就韩安国[⑧]之论而执[⑨]之曰：夫当罪，不当诛。当罪，罪其横暴；不当诛，推[⑩]其孝勇，宥[⑪]其酒失[⑫]。如此执之以复[⑬]，武帝得人任其断[⑭]，自可以复太后[⑮]而免夫之诛矣。若疑如此恐太后怒，怒亦武帝可据廷臣以为辞而解之矣。观其[⑯]怒一时之不敢言[⑰]曰："吾并斩若属[⑱]！"是一时之臣不能深探[⑲]武帝微意而不肯任怨也。卒之，太后不食，而并婴诛之，是乃群臣成夫、婴之诛耳。当时固不足论也，以汲之劲直而持亦不坚，惜哉！观史当如是，则武帝奉母之私[⑳]，英明之见，不俟欲族[㉑]田蚡，已可见矣。又安国之既废，以五百金饱蚡得之[㉒]，安国之说，固有持两端以阴右[㉓]蚡之意矣。太史公于此不及[㉔]，而于《安国传》[㉕]始发其隐，此其所以为良史与？而观者至今不解此意，亦犹汲、郑之不解武帝意也。

① 田蚡：长陵（今陕西咸阳）人。汉景帝王皇后同母弟，武帝初年，

封武安侯，为太尉，后任丞相，骄横专断。在廷宴时为灌夫辱骂，劾夫，致夫族灭。

② 窦婴：字王孙，观津（今河北衡水）人。汉武帝母窦太后侄，景帝时为大将军，封魏其侯。武帝初，任为丞相，在灌夫骂座事件中牵连入内，被杀。

③ 灌夫：颍阴（今河南许昌）人。汉景帝时以军功为中郎将。武帝初，任太仆，徙燕王相，因事免官。尚任侠，横暴颍川。在廷宴中借酒辱骂丞相田蚡，被劾不敬，被族诛。

④ 东朝廷：汉武帝时大臣议事之处。

⑤ 意已有在：已经有一定主意。

⑥ 汲黯：字长儒，河南濮阳人。汉武帝时历东阳太守、王爵都尉、睢阳太守，常直言切谏。在灌夫骂座事件中，参与廷议。

⑦ 郑当时：字庄，陈（今河南淮阳）人。汉景帝时为太子舍人，武帝时为大司农。在灌夫骂座事件中，参与廷议。

⑧ 韩安国：字长孺，成安（今河南临汝）人。汉景帝时为梁孝王中大夫，武帝时官御史大夫，迁卫尉、材官将军。在灌夫骂座事件中参与廷议，暗中袒护田蚡，致使窦婴被杀，灌夫族诛。

⑨ 执：坚持。

⑩ 推：追论。

⑪ 宥：原谅。

⑫ 酒失：因酒醉以致言行不当。

⑬ 复：回话。

⑭ 断：决定，判决。

⑮ 太后：窦太后，汉武帝母。

⑯ 其：指汉武帝。

⑰ 不敢言：指不敢在骂座事件中发表意见的廷臣。

⑱ 若属：你们这些人。

⑲ 深探：体会，深入了解清楚。

⑳ 私：心中隐藏的想法。

㉑ 族：全族诛杀。汉武帝于灌夫骂座事件后，曾表示欲族诛田蚡。

㉒ 得之：得复原官。

㉓ 阴右：暗中袒护。

㉔ 于此不及：在叙述灌夫骂座事件时，对韩安国贿赂田蚡得以复职之事没有说及。

㉕ 《安国传》：指《史记·韩安国传》。

树　松

太保山北多树而高，南无树而低。天顺[①]初，武功伯徐公有贞[②]安置于此，谓守臣曰：“若南树以松，使与北平[③]，当有官于朝者。”守臣如其言。至成化[④]、宏治[⑤]间，士果有官于朝者。

① 天顺：明英宗年号。

② 徐公有贞：徐有贞，初名珵，字元玉，号天全，吴县（今江苏苏州）人。明宣宗宣德进士，授翰林院编修。英宗正统中，进侍讲。景帝时，由右谕德迁左佥都御史，与石亨等主谋发动夺门之变，助英宗复辟，以副都御史入内阁，加兵部尚书，封武功伯。后被石亨等排挤，坐罪为民，安置金齿卫，即今保山。

③ 使与北平：使之和山北之树一样高。

④ 成化：明宪宗年号。

⑤ 宏治：明孝宗年号。

事 异

郡东南七十里曰施甸长官司[①]者，旧广夷州[②]也，地有名铁毛嘴者，有眢井[③]，深窅[④]莫测，见者毛耸。弘治戊午[⑤]冬，有庄指挥[⑥]逐捕[⑦]，纵一鹘[⑧]搏雉[⑨]，雉入井，鹘随雉入，庄命左右尾之，至井，鹘雉复腾起，而闻井中呜呜有声，众疑为鬼也，则隐隐如人，以白庄，庄命引绳下曳之，则一妇人，遍体衣触风皆碎，而气息仅存。徐饲以粥饮，逾日始能言，曰：奴姓张氏，大理人也，从夫杨拱贸易于施甸。夫奸其叔母，情好甚笃，因绐[⑩]以归宁，至此，则束缚手足，共推入井中，寻下大石如雨，赖避于崖，得不死。徐则所束缚绳索渐断，见井有掬水[⑪]，因取饮之，今四十二日矣。”既出，发尽脱不存。时西安谢御史朝宣适按永昌，庄以告谢，谢谓奸叔母事大，不理，命庄杖其夫而归张氏于父母。世谓妇人饮水，可七日不死，此妇饮水四十二日不死。世谓古井中气多杀人，此妇投之莫测之古井而不能杀，岂天固祐之与？世尝疑《孟子》[⑫]象于[⑬]瞽叟共下土实井而不及舜之事，观此下石如雨而不能中一妇人，况大圣人乎？然供奸叔母而杀无罪之妻，天之所以彰于报者，昭著如此，而谢为巡抚，顾以事大不理，何不畏天之甚？庄指挥言之甚悉，故志之，郡人亦有为传者。

① 施甸长官司：明洪武十七年（1384年）以石甸长官司改名为施甸长

官司，治所在今云南施甸县。

② 广夷州：宋时大理国置，治所在今云南省昌宁县广益乡。元代以其地改置石甸长官司。

③ 眢井：干枯水井。

④ 窅：幽暗。

⑤ 弘治戊午：明孝宗十一年（1498年）。

⑥ 指挥：指挥使，明代于各卫所设指挥使。

⑦ 逐捕：打猎。

⑧ 鹘：亦称隼，鹰类。

⑨ 雉：俗称山鸡，野鸡。

⑩ 绐：假言哄骗。

⑪ 掬水：可用双手捧饮的水。

⑫ 《孟子》：《孟子·万章》载有舜父瞽叟与舜弟象共谋，使舜浚井，舜入，以土实井，而舜已从井旁道逸出的故事。

⑬ 于：此于字疑为"与"字之误。

著　书

昔在京师[①]，得大学士琼山丘公浚[②]所进[③]《大学衍义补》观之，适一客至，曰："观此，见其大病以[④]否？"予以未悉对，则曰："此书于事理治具，无所不该[⑤]，独于宦官通不及一言，盖不逮源流至论[⑥]远矣，岂止落第二义哉？"后悉观之，信然，则客犹未究其立意之失也。盖真西山[⑦]所衍者本也，本正则凡措诸天下国家之事，凡常变、远迩、大小、精粗皆不待言，而其多亦非言之所能尽也。乃欲列目开条以尽之，其事殆未可毕尽而已拘隘[⑧]，失前贤之本意矣。复首论圣神功化之极，为补前书，自以为备，殊不思见道者未必全背于道也。观丘所著《钟情丽集》，虽以所私拟元稹[⑨]，而浮猥鄙亵[⑩]，尤倍于稹。所撰《五伦记》，虽法高明[⑪]，而谑浪戏笑，尤胜高明，乃以此论圣神功化之极，不几于娼家读礼[⑫]乎？合而论之，不过欲人知其学博而幸[⑬]其名传，非真以道见于著作者也。所以其书必欲进，必揣近侍喜，斯[⑭]朝廷刻之，故不敢论及宦官也。

① 京师：首都，此指北京。

② 丘公浚：丘浚，字仲深，琼山（今海南）人。明景泰进士，孝宗时官至文渊阁大学士，卒谥文庄。著有《大学行义补》《史纲》《钟情丽集》《五伦记》等书。

③　进：以著作呈进宫中请皇帝御览。

④　以：此以字疑为“已”或“与”字之误。

⑤　该：同“赅”。包括，全有。

⑥　源流至论：指真德秀所著《大学衍义》。

⑦　真西山：真德秀，字景元，后改希元，人称西山先生，建州蒲城（今福建浦城）人。南宋宁宗庆元进士，理宗端平初为翰林学士，官至参知政事侍读。著有《大学衍义》《文章正宗》《西山文集》等书。

⑧　拘隘：拘泥狭隘。

⑨　元稹：字微之，河南（今河南洛阳）人。举武周贞元明经科，唐宪宗元和初登才识兼茂明于体用科，授左拾遗，历监察御史，穆宗长庆初，官至同中书门下平章事。善诗，与白居易友善，常相唱和，世称元白，以二人诗为元白体，稹所为诗，宫中妃嫔近习多诵之。呼之为元才子。著有《元氏长庆集》《会真记》等书。

⑩　淫猥鄙亵：庸俗下流。

⑪　高明：字则诚，号莱根道人，浙江瑞安人。元顺帝至正进士，曾任处州录士、福建行省都事等职。著有南戏《琵琶记》《柔克斋集》等书。

⑫　礼：泛指有关礼教之书。

⑬　幸：侥幸。

⑭　斯：此。

书　法

《史纲》[①]如曹操书死之类，所以补《纲目》书法[②]之未尽，亦甚有见。独《纲目》书刘备见诸葛亮于隆中，《史纲》易“见”为“访”，殊不知此“见”字不特尊亮能自重，表昭烈下贤，亦本于“将军岂愿见之，此人可就见”[③]之义，以纪实也，可谓尽书法之善矣。《史纲》独易“见”为“访”，欲轻其词以崇贵势，其意必以为本“王访于箕子[④]”之“访”，顾不思武王时为天子，箕子[⑤]时为亡国臣，书访足以尽其实。孔明高卧，其事岂比箕子？昭烈时为汉臣，其尊岂比武王？而以求异[⑥]，昧其实[⑦]，可乎？丘平生博学廉洁，好胜而躁，崇势而隐[⑧]，于此可益见矣。

① 《史纲》：明丘浚著。

② 书法：史家写史，用字用词均必斟酌选择，以表达史实或人物行事的实际情况和作者的评议褒贬，称为书法，又称史笔。《左传·宣公二年》：“孔子曰：‘董狐，古之良史也，书法不隐’。”

③ 将军岂愿见之……：徐庶荐诸葛亮于刘备时语，见陈寿《三国志》。

④ 王访于箕子：朱子《纲目》写周武王释箕子之囚一事，书为“王访于箕子”。

⑤ 箕子：殷纣王叔父，官太师，封于箕（今山西太谷）。纣王无道，力谏，纣王囚之为奴。周武王灭殷，访箕子释之。

⑥ 求异：只求写法不同。

⑦ 昧其实：把事实隐晦不明。

⑧ 隐：隐藏，掩饰。

功　业

淳安商文毅公辂①，自乡试②至廷试③皆第一，百五十年再无比，但人不传其功业。然观成化中，太监钱能怙宠敷虐④，滇人如在水火而无敢言者。公独奏请推举刚正有为、智识超卓大臣一员，巡抚云南，遂得三原王公以南京户侍改左副都御史，以去能苏困⑤，此亦后来典机务者所未见也。乃王公举劾能罪，而眉山万公安、大名王公越⑥乃受能赂，沮⑦之。皆任事大臣也，而贤不肖相远如此！

① 商文毅公辂：商辂，字弘载，号素庵，浙江淳安人。明英宗正统进士，历任兵、吏部尚书，谨身殿大学士。土木堡之役，英宗被瓦剌俘去，佐郕王监国，以兵部尚书入阁参机务，力主抵抗瓦剌。英宗复位，被黜为民。宪宗时以原官起复，为相十余年。卒谥文毅。著有《蔗山笔尘》，并有《商文毅疏稿略》《商文毅公集》行世。

② 乡试：明清时，每三年在各省省会举行考试一次，称为乡试。

③ 廷试：明清时，每三年一次在乡试之次年春季在京师举行考试，先由礼部主持，称为会试，会试取录后，再由皇帝在殿廷亲自命题复试，称为廷试，亦称殿试。

④ 怙宠敷虐：仗恃得皇帝宠信，在地方无法无天，虐待百姓。

⑤ 去能苏困：劾罢钱能，苏解地方百姓困苦。

⑥ 王公越：王越，字世昌，河南浚县人。明景泰进士，英宗天顺初，以山东按察使迁右副都御史巡抚大同，宪宗成化时，兼抚宣化，进右都御

史，总督陕西、宁夏、延绥军务，官至掌都察院事，交通内监汪直，进兵部尚书，直败，被劾削职为民。孝宗时起复，勾结中官李广，以兵部尚书总制甘凉。李广被诛，忧惧死。

⑦　沮：阻止。指阻碍王恕欲永远劾罢钱能等宦官的行动。

乡　音

北方士夫[①]不能唇音，如以武为五，以尾为矣，以望为旺，以袜为乞，以茂为冒之类，难以数举。吾乡不能齿音，如以事为四，以之为知，以使为死，以齿为耻，以诗为尸之类，亦难以数举。若如江南、江西、闽、广之有乡谈[②]者，则又不胜举其失何音矣。同年[③]储户侍巏尝言，不必相訾[④]，唯读书审音而用心于言语者方正[⑤]，此言最是。

① 北方士夫：泛指北方人士。

② 乡谈：地方口音土语。

③ 同年：科举考试同榜考中者互称同年。

④ 相訾：互相指责，彼此非议。

⑤ 方正：才算是正道。

三　臣

眉州万公安、济南尹公旻、三原王公恕，皆举戊辰[①]进士，成化、弘治间居官一品。其存心律己，为国忧民，验[②]之于弘治以来，万衰特甚，尹次之，王益盛。天之报施，随人善恶而应，未尝少爽[③]，为大臣者于此观之，亦可猛省矣。

① 戊辰：明英宗正统十三年（1448年）。

② 验：检察，验证。

③ 爽：差误。

书 误

《大学衍义补》祭五祀条下，引《周礼》大宗伯[1]“以血祭[2]祭五祀”，按古注疏，大宗伯以血祭祭五祀者，乃勾芒、蓐收、玄冥、祝融、后土五方帝[3]之祀，非人家[4]门、井、户、灶、中霤[5]之五祀，故序[6]于五岳之上，其为五方帝明甚。今乃引为门、井、户、灶、中霤之证，误矣。

① 大宗伯：周官名，掌邦国祭祀典礼。

② 血祭：杀牲祭祀。

③ 五方帝：古有五行之官，分掌有关金、木、水、火、土五方面事务，赐以姓氏，位列上公，祀为贵神。《左传》：“木正曰勾芒，火正曰祝融，金正曰蓐收，水正曰玄冥，土正曰后土。”

④ 人家：普通百姓家。

⑤ 中霤：屋檐接水管道。

⑥ 序：次序，地位。

武侯论

尝疑武侯、昭烈欲复汉，而不知桓、灵[①]宠任阉宦，贼害忠良，尽失天人之心，非成、哀[②]之比，及读吕温[③]《武侯庙记》，则温固有此论矣。但温欲[④]武侯谕民曰："我欲安时[⑤]，非为汉也。"此则不可。盖昭烈固汉之子孙，不当叛汉自便，以求成功，此武侯所以有"先帝每与臣论此事，未尝不叹息痛恨于桓灵"之说[⑥]，盖其君臣之义，亦庶几明道不计功[⑦]之识矣。若如温言，明言桓灵不君，我则为民义士，先已轻之也，此其君臣所以痛恨之意，正在于斯之难，武侯岂无温之见哉？至司马公[⑧]论昭烈，只以族属疏远为言，而以南唐[⑨]比之，其乖误已甚，朱子固正之矣，而论者只辩其非疏，则亦非尽理之论。盖人君之命，由于得天，本于德故，天佑民归，皆以一德。昭烈虽不能纯一于德，然在当时，比之操权[⑩]，可谓有德矣。虽非汉之宗室，其志在匡时，其才堪遏操，固君子之所当从，而后世之所当与[⑪]也，岂可校[⑫]其亲疏哉？若以疏论而黜之，则见[⑬]存之刘婴[⑭]，其视光武[⑮]孰亲？则当责光武以奉婴而不当自立矣。《通鉴》既知不责光武奉婴，或立刘氏之亲且贤者，固可以昭烈于汉为疏远而比之南唐哉？在当时则汉不当复，势不可复，在昭烈孔明则当以复汉为义，而不计其势之难，温岂足以知此！

① 桓、灵：指东汉桓帝、灵帝。

② 成、哀：指西汉成帝、哀帝。

③ 吕温：字和叔，一字化光，河中（今山西永济）人。唐德宗贞元进士，官左拾遗，顺宗时进户员外郎，出为道州、衡州刺史。著有《吕衡州集》。

④ 欲：希望、想。

⑤ 安时：安定时势，安抚人民。

⑥ 说：指诸葛亮《前出师表》中所言。

⑦ 明道不计功：深明大义不计较个人私利。

⑧ 司马公：指司马光。

⑨ 南唐：唐末，李昇在金陵（今江苏南京）称帝，国号唐，史称南唐。李昇自谓李唐宗室，但与李唐血统疏远难稽。

⑩ 操、权：指曹操、孙权。

⑪ 与：认可。

⑫ 校：计较。

⑬ 见：同“现”。

⑭ 刘婴：西汉平帝婴儿。王莽篡汉，光武起兵复汉，未尊奉平帝婴儿为号召。

⑮ 光武：王莽篡汉，刘秀起兵复汉，庙号光武。

刻 报

袁盎、晁错[①]皆天资刻薄，私己自矜之人。盎如毁绛侯[②]，卒致绛大与结交；说申屠嘉[③]，卒致申引为上客；见窦婴言吴所以反，皆由晁错。错于因淮南王[④]死，即劝文帝斩丞相御史，以谢天下。夫淮南王罪当死，苦之[⑤]出文帝意，于丞相御史何干？盖错必有私怨于丞相御史，故因文帝之信己而陷之，史失载矣。错竟斩于盎之谮，盎卒刺于梁之贼，而窦婴右盎以杀错，亦以飞语[⑥]为田蚡所戮，据其死皆不以罪，而刻深私己，争逐势权，倾夺智计，而天各类应之无少爽者，皆天道孔赫[⑦]之不可掩者。迁《史》[⑧]不论及此，而以变古乱常，不知时变断之，末已？

① 晁错：字丝，颍川（今河南禹州）人。汉文帝时为太常掌故、太子家令，景帝时任御史大夫。吴楚七国反，为袁盎等所谮，被杀。

② 绛侯：周勃，江苏沛县人。秦末，从刘邦起兵，以功为将军，封绛侯。惠帝时任太尉，吕氏擅权，与陈平等定计诛杀吕禄、吕产等，迎立文帝，任右丞相。

③ 申屠嘉：梁（今河南商丘）人，汉高祖时为都尉，文帝时为丞相，封故安侯。景帝时，反对晁错变更法令，气愤呕血卒。

④ 淮南王：刘长，汉高祖长子，封为淮南王。文帝时，阴谋叛乱，事泄被拘，谪徙严道邛邮（今四川邛崃），道中不食死，谥厉。

⑤ 苦之：难于说明，苦于不好说。

⑥ 飞语：流言，无稽之言。

⑦ 孔赫：非常明显。

⑧ 迁《史》：司马迁《史记》。

善　富

善富[①]二字，班《书》[②]言任氏[③]折节[④]为力田[⑤]，役人争取贱贾[⑥]，任氏独取贵[⑦]。此意最好，盖富而不善，必为奸利，既为奸利，必致祸败矣。

① 善富：做好事致富。

② 班《书》：班固《前汉书》。

③ 任氏：姓任的人。

④ 折节：屈己下人。

⑤ 力田：务农。

⑥ 贱贾：要价低。

⑦ 贵：要价高。

灵 哥

幼闻灵哥者，居济宁[①]之鲁桥，能预言祸福，本猴也，因窃陈希夷[②]所炼丹药食之，遂灵通至今。今所居，必择人妻少有色者，以其夫为香通而居其家，问事者踵至，香通家为设绛帐[③]居之，于绛帐前传语。时来两京[④]，京师则多居鲜鱼巷，问事者瞻拜，先自索钱，曰：“不可轻易[⑤]我，香通要高钱[⑥]”，足数方告之。正德间，家因会女客失一银物，遣老婢往问之，既多与香钱，只曰：“其物已为人窃毁用矣”。问其人姓名，只曰：“我说其名，人来怪我”，香通因不说。老婢回言，家人不平，遣再问之，索多如前，始曰：“物是孙少卿家剑童[⑦]毁用了，再不可得矣。”老婢恐再问而犹不得，则起立于旁伺之。至久，问事者尽去，帐中问还有人否？其香通不知老婢之伺于后也，答曰“无有”，即揭帐，老婢见帐中一猴据床而坐，随闻空中传呼声，遂不见矣。出，只见香通之妻艳妆盛饰，年可二十余，自看裁青纱绝[⑧]里妇敬礼。夫希夷今尚不存，而猴窃其丹药反灵通久长如此，此一不可晓。仙家炼神离形，谓之脱胎，今聚则故形，散则无见，虽仙家莫兼，此二不可晓。仙之术日，出神之后，再无嗜欲，今孜孜求钱，盛为张设，此三不可晓。仙家丹成升举之后，再无男女之欲，今日依少妇，择色宣淫，此四不可晓。仙家采炼，皆用童女，今只用有夫之妇人以长生，此五不可晓。仙家丹成即不食烟火之食，今日食炙鸡烧酒，又能变化不测，此六不可晓。仙家绝世，今时与人为猜枚[9]赌酒之戏，为戏谑人世之谈，此七不可晓。既通灵变化矣，不知老婢之在旁而误见其故形，此八不可晓。既能人言矣，又不能为人形，此九不可晓。夫有形体则不能不病，有嗜欲则不能超世，今于饮食财色之好，皆与人同而加甚，于形体、于嗜好仍与猴同，而通灵过之，此十不可晓也。且于张平叔以后，谓为天仙者，凡几人矣，而音绝神泯，再无征矣，而猴之长生注世[10]反如此。今自侯王以上，士夫以下，罔不崇奉之曰上圣，曰灵仙，而不敢正其妖，其渎乱男女已甚，而不敢禁其事，更日崇之信之，何也？

① 济宁：山东济宁。

② 陈希夷：名陈抟，字图南。真源（今河南鹿邑）人。相传生于唐末，先后隐居武当山、华山，服气辟谷，炼丹修持，常一睡百余日不起。宋太宗时曾入朝，赐号希夷先生。晚号扶摇子。端拱初卒。

③ 绛帐：东汉马融授徒讲学，坐高堂，施绛纱帐，后人以绛帐为围幕之美称。

④ 两京：指北京、南京。

⑤ 轻易：随便，小看。

⑥ 高钱：高价钱。

⑦ 剑童：捧剑侍童。

⑧ 袍：与“袍”同。全句意为香通妻随便看着裁制青纱袍的邻里妇人对她敬礼。

⑨ 猜枚：二人互出指呼数赌胜负饮酒，俗称猜拳。

⑩ 注世：加入人间。

着　忙

朱参政应登[①]尝言，康状元海[②]谓东坡《范增论》后数句忙杀东坡，盖以峻快斩截[③]为着忙也，此亦有见矣，然不免溺于一偏。缘康之文全学《史记》之纡徐委曲，重复典厚，而不知峻快斩截亦《史记》所不废，如《韩信传》中“任天下武勇”以下“载我以其车”一节可见。东坡于此等得之，而今日举业[④]宗之，康见之熟而遂以为忙，不知《史记》为文，如王右军[⑤]作字，欧[⑥]师其劲，颜[⑦]师其肥，虞[⑧]师其匀圆，各成一体，皆可取法，不可以己好典重纡徐而遂轻彼峻快斩截也。必欲备之，斯可矣。然康此言却是自己有见识，不随众欢喜，所以能自立于古文[⑨]也。

① 朱参政应登：朱应登，字升之，号凌虚。江苏宝应人。明弘治进士，历陕西提学副使，迁云南参政。善诗文，与李梦阳、何景明等合称明十才子。著有《凌虚集》行世。

② 康状元海：康海，字德涵，号对山。武功（今陕西眉县）人。明弘治状元，授修撰。武宗时，坐刘瑾党免官。盖古文、杂曲，为明前七子之一。著有《中山狼》杂剧，《浩东乐府》、《对山集》等。

③ 峻快斩截：意为苏东坡《范增论》对范增的论断十分明确，毫不含糊。

④ 举业：科举业务，指应试时按规定格式作文，不得稍有出入。

⑤ 王右军：王羲之，字逸少，临沂（今山东临沂）人。晋孝武帝太元

间任右军将军、会稽内史，世称王右军。善书，以《兰亭集序》最名世。

⑥　欧：欧阳询，字信本，临湘（今湖南长沙）人。仕隋为太常博士。唐太宗时官至太子率更令、弘文馆学士，封渤海男。书学王羲之而险劲过之，人称率更体。

⑦　颜：颜真卿，字清臣，临沂人。唐玄宗开元进士，累迁侍御史、平阳太守，与叔兄景卿起兵讨安禄山，拜户部侍郎、河北招讨使，乱平，迁刑部尚书。代宗时为尚书右丞，封鲁郡公。德宗时改太子太师。李希烈反，奉命往谕，希烈缢杀之。谥文忠。善书，笔力遒婉，世称颜体。著有《颜鲁公集》。

⑧　虞：虞世南，字伯施。浙江余姚人，仕隋为秘书郎。唐太宗时为弘文馆学士，改秘书监，封永兴县公，官至银青光禄大夫。谥文懿。善书，丰趣秀逸，著有《北堂书钞》。

⑨　古文：六朝时，文尚骈俪，唐韩愈倡复三代之旧，世遂从之，称为古文。

女色

女色败国，固不俟论，然观自古以色著名者多不善终，如妺喜[①]、妲己[②]、褒姒[③]、戚夫人[④]、赵飞燕[⑤]、赵合德[⑥]、潘淑妃[⑦]、张丽华[⑧]、杨太真[⑨]、宋刘贵妃[⑩]之类，不可枚举。唯武曌[⑪]始以媚名，卒僭天子位，以寿终，盖古今天地之大变，难以常理论也，然色亦不闻如前之美[⑫]。

① 妺喜：夏桀王妃，有施氏女，色美无德，好冠带佩剑，桀嬖之，昏乱失政，汤伐桀，桀兵败，与桀同死于南巢。

② 妲己：殷纣王妃，有苏氏女，纣嬖之，唯言是从，残暴失政。周武王伐纣，斩之。

③ 褒姒：周幽王妃，褒国姒姓之女。幽王宠之而不好笑，幽王举烽火征诸侯，诸侯兵至而无寇，褒乃大笑。后申侯与犬戎攻周，幽王举烽火，诸侯兵不至，王与褒姒均被俘杀。

④ 戚夫人：汉高祖妃，戚姓，生子如玉，与吕后争立太子。高祖死，吕后斩其四肢，剜眼熏耳，饮以哑药，置之厕中，呼为人彘。

⑤ 赵飞燕：汉成帝后。初为宫人，学歌舞，以体轻号飞燕，成帝宠之，进婕妤，许后废，立之为后，与其妹合德日事蛊惑，成帝暴死。平帝立，废为庶人，自杀。

⑥ 赵合德：赵飞燕妹，同事汉成帝，封昭仪，平帝立，与姊同被废死。

⑦ 潘淑妃：南朝刘宋文帝妃，本以貌进，未见赏。帝好乘羊车，经诸

妃房，车停入幸。潘密令左右以盐水洒地，车至，羊辄舐地不去，帝谓“羊乃为汝徘徊，况于人乎？”遂爱倾后宫。

⑧ 张丽华：南朝陈后主妃，容色端丽，常靓妆临轩，宫中遥望，飘若神仙。尤才辨强记，百司启奏，后主置丽华于膝上共决之。国亡，丽华与后主俱投景阳井，隋军出之，斩于青溪中。

⑨ 杨太真：名玉环，初为女道士，号太真。入宫，玄宗嬖之，封贵妃，姊妹均显贵，堂兄杨国忠操纵国政，致有安禄山之乱。随玄宗出奔至马嵬坡，六军不发，赐缢死。

⑩ 刘贵妃：益州华阳（今四川成都）人。幼孤，宋真宗纳入潜邸，大中祥符中立为皇后。真宗夜批奏章常在左右，渐干朝政，曾夺李宸妃子以为己子，即仁宗。仁宗即位时年幼，刘垂帘听政十一年，颇用外戚内侍。卒谥章献明肃。

⑪ 武曌：即武则天，自创曌字为名。并州文水（今山西文水）人。初以才人事唐太宗，号为媚娘，太宗死后为尼。高宗即位，召入为昭仪，立为后，执朝政。高宗死，先后立中宗、睿宗而又废之，自称神圣皇帝，改国号为周。后中宗复位，上尊号为则天大圣皇帝，病卒。

⑫ 不闻如前之美：意为武曌不及前列妹喜等人貌美。

贝原

云南用𧴩[①]不用钱，𧴩即古之贝也。今士夫以为夷俗，殊不知自是前古之制，至周始用钱，故货贝[②]每见于古书。《穀谷梁传》[③]："贝玉曰含"；《货殖传》[④]载之不一[⑤]。东方朔[⑥]曰："齿如编贝[⑦]"；《文中子》[⑧]曰："苏威[⑨]好钟、鼎、珪、玺、钱、贝"，皆谓此也。又制字[⑩]者如：财、货、宝、赂、贿、贾、贡、贵、贤、资、觊、赍、宾、赋、质、贲、赏、赠、贻、赞、𧹞、赡、赆、贽、赙、买、卖之类，不可尽举，罔不用此，则贝为宝货固始[⑪]。上古礼，含用贝玉[⑫]，其重尤可见，而顾以用𧴩不用钱为讥诮，不亦异乎？

① 云南用𧴩：明顾炎武《肇域志》云："贝，俗𧴩，本南海甲虫，滇人用以代银，其数一颗为一妆，四妆为一手，四手为一苗，五苗为一索，九索折银一钱，凡市井皆用之，甚便。"下有注云："夷以为饰，故曰妆。夷屈大拇指数之，故曰手。总以穿之，故曰索。"

② 货贝：以贝为货币。

③《穀梁传》：《春秋》三传之一，传为战国时人穀梁赤著。此处引文见《穀梁传》隐公元年。

④ 《货殖传》：指司马迁《史记·货殖列传》。

⑤ 载之不一：《货殖列传》中有多处用贝的记载。

⑥ 东方朔：字曼青，平原厌次（今山东惠民）人。汉武帝时为太中

大夫，每以诙谐幽默辞语谏刺时政。善辞赋，《汉书·艺文志》著录《东方朔》二十篇。此处引语见《汉书》本传。

⑦　编贝：整齐排列的贝。

⑧　《文中子》：又名《中说》，隋王充门人福郊、福时录其师言词而成，体裁略似《论语》。此处引语见《文中子·周公》。

⑨　苏威：字元畏，陕西武功人，初仕北周，位开府。隋文帝时任太子少保，炀帝时拜尚书右仆射、开府仪同三司。

⑩　制字：制作文字。

⑪　始：此处原文缺一字。今补录。

⑫　含用贝玉：古人死，以玉含其口中，称为含礼，亦有用贝之美好如玉者。

卷 四

字 误

萑音桓，荻也，见《前汉书·货殖传》。今程文[①]避讳，于权字尽去木，是萑字矣，其可乎？要惟[②]省木之点，斯可矣。

① 程文：明清科举应试文字均有一定规范程式，违者不录，避讳亦为其中之一。

② 要惟：只要、仅须。

子　西

《朱子注问》[1]子西[2]曰："彼哉，彼哉！"谓子西卒召白公[3]以致祸乱。按《史记》，白公胜，太子建之子，平王[4]之嫡长孙也。建为费无忌[5]诱平王夺其妻而欲杀之，故出奔。胜时又未有罪，校之昭王[6]之生，其出尤正。子西既逊[7]昭王而立以为君，则召白公亦天理之难泯，又恐其在吴为楚患也，此不足为子西病，乃以此为孔子所外[8]，恐未然。若只以其不能革楚之僭王[9]，又纳郑赂[10]为之起兵，以致白公仇之而作乱，事理岂不实[11]？子西岂可辞乎？

① 《朱子注问》：书名，宋时人所辑，收录入《朱子文集大全类钞》中。《注问》中有孔子评楚子西"彼哉、彼哉"句，认为是孔子对子西有不满之意，本条即对此作评议。

② 子西：春秋楚令尹，名申，字子西。楚平王听费无忌言，出太子建而纳为太子迎娶之秦女，子西召在吴之太子建子名胜者回楚，以为巢大夫，称白公，平王卒，迎立昭王。后白公起兵攻惠王，子西被白公所杀。

③ 白公：楚平王太子建子，名胜，幼在吴。建被平王废黜，子西召胜回楚为巢大夫，称白公。平王既卒，子西立昭王，吴兵攻楚，昭王出奔，惠王应嗣，白公起兵杀令尹子西、子期于朝而劫惠王，叶公子高讨之，白公兵败自杀。

④ 平王：楚平王名弃疾，听费无忌言，出太子建而纳为建迎娶之秦女，又囚太子建师父伍奢，并召奢长子尚回都，诛杀伍氏全家。奢次子伍员奔吴。平王卒，子西迎立昭王，伍员佐吴王阖闾起兵攻楚，入都城郢，掘平

王墓，出尸鞭之。

⑤ 费无忌：楚大夫，有宠于平王。平王听其言，出太子建而纳秦女，又谗害朝中大臣多人，后为令尹囊瓦所杀，并灭其族。

⑥ 昭王：楚昭王名壬，平王子。平王卒，子西迎立之。吴攻楚，出奔于外，使大夫申包胥赴秦求救，终败吴复楚。

⑦ 逊：谦让恭谨。指子西迎立昭王时的态度。

⑧ 外：不满意。

⑨ 僭王：平王死，应立太子建，而子西迎立昭王壬，昭王为建弟，是僭也。

⑩ 郑赂：郑被兵，赂子西求救，子西说昭王发兵救郑。

⑪ 实：此处原书空白，今补录。

缪 谥

古君臣多有“缪”谥[①]，按《谥法》[②]，名与实爽[③]曰缪。然秦缪公[④]称五伯[⑤]，何以谥缪？《史记》蒙毅[⑥]谓杀三良[⑦]以从死，退百里奚[⑧]非其罪，故号曰缪公。又宋改谥秦桧曰缪丑，则缪为恶谥明矣。然汉昭烈谥张翼德[⑨]曰桓，谥关云长[⑩]曰壮缪，则固以缪为美矣。若恶谥，昭烈为之伐吴不可谏止，关之忠勇盖世，昭烈肯以加之乎？在宋之先，晋秦秀[⑪]欲以缪丑谥何曾[⑫]，而武帝[⑬]不从，则以缪为恶又不止宋矣。或古者假借以缪为穆欤？然《谥法》穆缪各异，固不俟假借也。今人书，或书秦穆，或书秦缪，竟不可辨。

① 缪谥：以缪字为谥。人死将葬，诔列其行为给予一二字适当简括称号为谥，多用于帝王、贵族、大臣、名士。上古有号无谥，周时始有谥。秦始皇以为子议父、臣议君，废之。汉时复行谥，历代因之，至清不废。

② 《谥法》：书名，宋苏洵撰。据前人所列谥，删定考证，除其糅杂，凡取一百六十八谥、三百十一条，新改二十三谥，新补十七条。后人议谥时多遵之。

③ 爽：不符合。

④ 秦缪公：名任好。春秋时秦国君。

⑤ 五伯：古代诸侯国中较为强有力者，诸侯听之，尊称为伯，又呼为霸。春秋时先后有五霸，即齐桓公、晋文公、宋襄公、秦穆公、楚庄王。

⑥ 蒙毅：秦将蒙恬弟，始皇时官上卿。

⑦ 三良：春秋时秦子车氏之三子奄息、仲行、鍼虎，有德行，人称为三良。秦穆公死时，杀三良及从死者一百七十七人以殉葬。

⑧ 百里奚：秦穆公相，佐穆公成霸业，后罢弃。

⑨ 张翼德：张飞，字翼德，亦作益德。涿（今河北涿州）人。汉末，从刘备起兵，官宜都太守，进车骑将军，后为部将刺杀。

⑩ 关云长：关羽，字云长。河东解（今山西临猗）人。从刘备起兵，恩若兄弟。守下邳，刘备兵败为曹操所执，优遇甚厚，封汉寿亭侯。后弃曹寻归刘备，守襄阳。刘备已定益州，以羽督荆州事。孙权袭破荆州，被杀害。刘备倾蜀军伐吴。

⑪ 秦秀：字元良。云中（今山西原平）人。晋武帝咸宁中为博士。

⑫ 何曾：字颖孝。夏阳（今武汉市）人。初仕魏，为司徒，封朗陵侯，入晋拜太尉，进爵为公。卒谥元。

⑬ 武帝：指晋武帝。

论　贤

《史纲》论刘静修[①]不仕元，与其《退斋记》之讥许衡[②]仕元，义最明正。至以静修作《渡江赋》为幸[③]元灭宋，且谓刘生长燕北，为见闻习染所局[④]，如卢挚[⑤]之徒谓宋为淮夷，此殊不知静修矣。观静修诗有云："世人遥指降王道，好似周家七岁儿[⑥]。"又云："都无三百年间事[⑦]，寡妇孤儿又被欺[⑧]。"则其非宋取国之不义，已有素矣，此《渡江赋》之根底也。弘治中，刑部潘员外府[⑨]作《孔子通记后记》而及[⑩]于静修，亦以《过江赋》为疑，遂与内江刘检讨瑞[⑪]计[⑫]，以为静修必别有所见而不能剖[⑬]，刘以问志淳，曰："此何难剖之有？"刘异而求其说，曰："静修之节，决不事夷狄之元，故《退斋》之记作，静修之见，尤不足篡周之宋，故《过江》之赋成。此其识见精峻，造诣纯洁，可与夷齐[⑭]伯仲。丘窥见其一而妄拟之，固非矣。潘不得其道而委于不可知，不亦误乎？刘谓有史笔[⑮]而惜潘不及闻此云。

① 刘静修：宋末元初人。原籍河北，写有《退斋记》《过江赋》等文。

② 许衡：字仲平。河内（今河南泌阳）人。元世祖召为国子祭酒，议事中书省，拜中书左丞。卒谥文正。著有《鲁斋遗书》。

③ 幸：高兴。

④ 局：局限。

⑤ 卢挚：字处道，号疏斋。河北涿州人。元世祖至元进士，官至翰林院大学士承旨。著有《疏斋集》。

⑥ 周家七岁儿：周世宗子方七岁，赵匡胤夺其位而建宋。

⑦ 三百年间事：宋建于960年，亡于1279年，共三百一十九年。三百年，大略言其整数。

⑧ 寡妇孤儿又被欺：宋得国于周寡妇孤儿，失国时亦为寡妇孤儿。

⑨ 潘员外府：潘府，字孔修，号南山。浙江上虞人。明成化进士。孝宗时为长乐令，迁南京兵部主事，历员外郎，擢广东提学副使。著有《孝经正义》等书。

⑩ 及：涉及。

⑪ 刘检讨瑞：刘瑞，字德符。四川内江人。明弘治进士，选庶吉士，授检讨。武宗时，任浙江提学副使。世宗时，累官至南京礼部右侍郎。卒谥文肃。

⑫ 计：商议，讨论。

⑬ 剖：分析明白，说清楚。

⑭ 夷齐：伯夷、叔齐，孤竹君之二子。周武王起兵伐纣，二人叩马阻谏，武王灭殷，耻食周粟，饿死于首阳山。

⑮ 史笔：史家据事直书的笔法。

桂 辨

桂有桂树之桂，有桂花之桂。桂树则《楚辞》[①]桂酒、箘桂[②]之类，即今医家所用，取其气味辛甘，乃用其皮也。桂花之桂则诗词所言，今人家所植，取其香气馥烈，乃尚其花也。今类书[③]载桂，通不别白[④]，虽白孔《六帖》[⑤]亦然。

① 《楚辞》：汉刘向辑屈原、宋玉、景差诸赋，附以贾谊、淮南小山、东方朔、严忌、王褒诸作及向所自作《九叹》，合为《楚辞》十六篇。王逸又益以己作《九思》及班固二叙，勒成《楚辞章句》十七卷，且为作注。宋洪兴祖撰《补注》十七卷，朱熹作《楚辞集注》八卷、《辨证》二卷、《后语》六卷。清王夫之又作《楚辞通释》。

② 箘桂：即中药中之肉桂。

③ 类书：采集群书有关材料，依其内容，分门别类编排，以备检索的书称为类书，如《艺文类聚》《太平御览》《古今图书集成》《佩文韵府》等。

④ 别白：分别解说明白。

⑤ 白孔《六帖》：唐白居易撰《六帖》三十卷，宋孔传撰《续六帖》三十卷。后有合两《六帖》而析成百卷本。其书仿《北堂诗钞》之例，杂采成语故实，以备辞藻之用。其名六帖者，或谓唐科举试帖经，以满六帖者为通经也。

刘 豫

刘豫[①]迁汴[②]，与民约曰，自今不用宦官。则当徽宗任童贯、李彦[③]、杨戬[④]之时，所以取怨于民者深矣。豫以进士叛逆，绝似刘辟，辟即败灭，而豫卒僭天子，善终保首领，不惟豫有金虏之恃，其才亦优于辟矣，视其与民约者可见。

① 刘豫：字彦游。景州阜城（今河北阜城）人，宋徽宗政和进士，为殿中侍御史，历河北提刑，知济南府。金人南侵，出降，金以之知东平府，充京东西淮南等路安抚使。高宗建炎四年，金人册立为皇帝，国号大齐，都大名府，后迁汴。屡引金人入寇、屡败，金人恶之。在位八年，为废曹王，徙居临潢（在今内蒙古），病卒。

② 汴：今河南开封。

③ 李彦：北宋末宦官。徽宗宣和初，为西城所提举，入知内侍省，搜刮人民财物，虐杀极惨重，累官至翊卫大夫、安德军承宣使。钦宗立，杀之。

④ 杨戬：北宋末宦官。徽宗时，官至彰德军节度使，入知内侍省，迁太傅。曾创西城所，搜刮京东、西及淮西、北人民财物，极尽凶残。死于宣和三年。

肃政扁

《水东日记》[①]载都察院堂中，扁[②]肃政二字，谓前元有此号，建文[③]中亦有此衔号，当撤去。夫仍前元之号者如恩荣宴[④]，如各藩称省之类不一[⑤]矣。又建文中亦有此号，何其过耶？以叶文庄之贤，去建文已久，而言犹若是，则又无怪蹇忠定[⑥]建言当时也。同年杨主事循吉[⑦]既致仕，尝遣子奏复[⑧]建文帝号，当时孝庙[⑨]亦不之罪，则圣德明睿广大，与叶之见天渊矣。然观叶载太监沐敬之事[⑩]，又与此异，无乃一时未之思耶？

① 《水东日记》：明叶盛撰，多记朝廷旧典掌故，考据颇详。叶盛，字与中，江苏昆山人。明英宗正统进士，授兵科给事中。土木堡之变，协守北京有功，升都给事中。景泰二年，擢山西右参政，协赞独石、龙门等处军务。天顺中，历两广、宣府巡抚。宪宗时，任礼部右侍郎，迁吏部左侍郎。卒谥文庄。著有《水东日记》《叶文庄奏议》《泾东稿》《菉竹堂集》等书。

② 扁：同“匾”。

③ 建文：明惠帝年号。

④ 恩荣宴：明廷试榜发后，赐宴中试者于礼部，称恩荣宴。

⑤ 不一：很多，不止一项。

⑥ 蹇忠定：蹇义，初名瑢，字宜之，巴县（今重庆市）人。明洪武进士，授中书舍人。建文中，升吏部右侍郎，永乐时进吏部尚书。历仁宗、宣宗两朝，均以元老重臣为朝廷倚重，加爵至少师。卒谥忠定。

⑦ 杨主事循吉：杨循吉字君谦，号南峰，吴县（今江苏苏州）人。明成化进士，授礼部主事，弘治初致仕归。著有《吴邑志》《吴中故实》《杨南峰遗集》《松筹堂集》等书。

⑧ 奏复：上奏请恢复。

⑨ 孝庙：指明孝宗。

⑩ 载太监沐敬之事：叶盛著作中载有涉及沐敬之事。

班　史

班固《汉书》与《史记》不同，已有《史汉同异》[①]及《容斋》亦间言[②]之矣。偶观《季布传》[③]，“曹丘生[④]云：楚人谚[⑤]曰：‘得黄金百斤，不如季布一诺。’”此即当时语，无容易[⑥]者。班书减“斤”，一二字遂使文义全萎[⑦]，岂直[⑧]《新唐书》之病[⑨]乎？

① 《史汉同异》：即《班马异同》，宋倪思撰。作者以《汉书》多本《史记》而增损其文，因取两书逐字逐句加以比较，以参观得失。

② 间言：偶有言及。

③ 《季布传》：《史记》《汉书》均有《季布传》。季布，楚人。初为项羽部将，数围困刘邦，汉朝建立，被刘邦搜捕。由游侠朱家通过夏侯婴向刘邦进言，得赦免，因为郎中，后任河东守。季本楚地著名游侠，重然诺，人信其言，有“得黄金百斤，不如得季布一诺”的谚语。

④ 曹丘生：曹丘为复姓。曹丘生乃秦末楚国辩士。

⑤ 谚：民间流传的语句。以通俗口语反映出深刻的道理。

⑥ 易：改变。

⑦ 萎：萎败，不成样子。

⑧ 直：特，独也。

⑨ 病：弊病。意为《新唐书》亦有此病。

秽言

张彩[①]为郎中时，常言父子之性非正，其原只为求女色之乐。每闻之，殆欲掩耳。近观《孔融传》[②]载路粹[③]诬奏孔融与祢衡[④]言，父子无亲，只为情欲，则悖理伤道之论，前固有之矣。

① 张彩：安定（今甘肃定西）人，明弘治进士，自郎中累官至吏部尚书，加太子少保。以附刘瑾致显贵，瑾诛，下狱死，锉尸于市。

② 《孔融传》：见《后汉书》本传。孔融，字文举，鲁国（今山东曲阜）人。汉灵帝时为侍御史，历官至虎贲中郎将。董卓专权，出为北海相，时称孔北海。献帝建安中，入为将作大匠，迁少府，拜太中大夫。正色立朝，触怒曹操，被杀。

③ 路粹：字文蔚，陈留（今河南开封）人。汉献帝建安初为尚书郎。历军谋祭酒，典记室，附曹操，官至尚书令。后坐违禁诛。

④ 祢衡：字正平，平原（今山东平原）人。恃才负气，孔融荐之曹操，操怒其慢，使说荆州牧刘表，表不能用，为江夏太守黄祖所杀。

巾 帻

曹操欲杀孔融，令路粹奏融秃巾微行[①]，注谓不加帻[②]也，则巾帻之辨[③]已可见矣。又《谢安传》[④]，桓温[⑤]诣[⑥]安，值安理发，久而方罢，使取帻，温见，留之曰："着帽进"，其重如此。今制，皆用网巾，则秃巾之推[⑦]也。吏、隶、生员、齐民，于上各加巾，私[⑧]则加小帽。又加大帽，则帻之推也。温使着帽进，而免其戴帻，则帻固如今之乌纱帽[⑨]，而帽固如今之大帽、小帽，盖欲便之，不用礼服，所以为重安[⑩]也。

① 秃巾微行：古代裹头或束发的纺织物称为巾。秃巾谓只用巾，未加帻于巾上。出行而不使人知，称为微行。

② 帻：覆于巾上的纺织物。

③ 辨：不同，分别。

④ 《谢安传》：指《晋书。谢安传》。谢安，字安石，陈郡阳夏（今河南太康）人。东晋孝武帝时，位至宰相。

⑤ 桓温：字元子，谯国龙亢（今安徽怀远）人。东晋穆帝永和初，任荆州刺史，简文帝时，以大司马镇姑孰（今安徽当涂），专擅朝政。

⑥ 诣：参见，到门请见。

⑦ 推：演变，演化，变相。

⑧ 私：私下，在家内。

⑨ 乌纱帽：官帽。

⑩ 重安：敬重谢安。

珠履客

今人多言珠履[①]客三千，至《白帖》[②]所载亦然。按《史》[③]，平原君[④]客三千，其上客皆蹑[⑤]珠履，则珠履乃三千客中之上客方蹑，非三千客尽蹑也。

① 珠履：缀珠为饰的鞋。

② 《白帖》：指《白孔文帖》。

③ 《史》：指《史记》。

④ 平原君：名赵胜，战国时赵惠文王弟，封于东武城（今山东武城），号平原君。

⑤ 蹑：脚穿着。

诏　语

今世承宋儒[①]之说，若谓宋以前无深知义理[②]，深知义理皆自宋始者。夫宋儒论义理诚精，然以今日踵[③]其说而漫无真知者观之，却去前远甚。尝见汉人诏[④]中多精[⑤]，不暇一一[⑥]。只如成帝制东平王[⑦]傅相曰："夫人之性，皆有五常[⑧]，及其少长，耳目牵于嗜欲，故五常错[⑨]而邪心作，情乱其性，利胜其义。"此数语于性情义利处，何其精深明白也，恐非后世词臣[⑩]所及。

① 宋儒：此专指宋代理学家，如周敦颐、张载、程颢、程颐、朱熹等。

② 义理：讲求经义，探究名理之学。宋儒以"四书""五经"等儒家典籍为主，深究其内涵意义，号称理学。

③ 踵：跟随，继承。

④ 汉人诏：汉代诏书。

⑤ 精：此处原书缺字。今补录。

⑥ 一一：逐一。

⑦ 东平王：汉成帝所封于山东泰安的王。

⑧ 五常：亦称五伦、五典，谓人际关系的五种正道。有二说：一谓父义、母慈、兄友、弟恭、子孝；一谓仁、义、礼、智、信。

⑨ 错：乱。

⑩ 词臣：侍从皇帝左右专拟制诏令的官员。

狐媚

狐之惑人，载于杂说家[1]明矣。永昌有施姓子，以丹青[2]为业，年十七时，以元宵[3]看灯回，遇一妇人，极艳美，施诱之至家，遂昏惑。其父母遍延[4]诸术家，莫能治。或教以群犬逐之，遂绝。尝面询其人，则曰“彼妇虽黑夜视之，而形容光艳。”具见当时自不悟也。然其人年七十余矣，至今无他。

① 杂说家：即杂家。战国至汉初糅各学派思想的一部分学者，《汉书·艺文志》列为“九流”之一，并指出杂家“兼儒墨，合名法”为其特点。

② 丹青：绘画。

③ 元宵：农历正月十五日为上元节，当日晚称为元宵，亦称元夜。唐代以来有观灯的习俗，故又称灯节。

④ 延：请。

恶 符

金完颜亮之弑逆、乱伦、好杀、嘉兵①，矫伪、沉湎②、冒色③，与隋杨广④同，后举中国而受诛于扬州又同，其历国⑤与年寿大约又同，其得谥又同，而遗臭后世又同。天理昭然，莫此为甚，可以为君人者之炯戒⑥也。

① 嘉兵：崇尚武力。

② 沉湎：沉迷于酒。

③ 冒色：以美色为头等大事。

④ 杨广：隋炀帝。

⑤ 历国：在位时间。

⑥ 炯戒：亦作炯诫，即彰昭著的警戒。

注书误

《论语》“君子无所争，必也射乎。”朱子以“唯于射而后有争”解“必也射乎”，盖以决辞[①]为义而属上句矣。及“何事于人，必也圣乎”，朱子又以“疑而未定”解“必也圣乎”，而属下句矣。二句皆孔子之言，文义气脉皆同，若通作疑而未定解，于理岂不尤顺，于孔子当时之辞气，岂不畅乎？况此二解又非引言[②]，而皆出朱子，而前后顿异，良不可晓。或谓朱子不可妄议，则宁失孔子本义而徇[③]朱子，可乎？夫孔子圣也，朱子贤也，贤者不免有时而误，又何疑哉？观朱子于程张[④]亦辨其非，主于理之是而已。

① 决辞：断定之辞。

② 引言：引用文句。

③ 徇：屈从。

④ 程张：指二程及张载。

僭称公

春秋时，晋、郑、齐、卫皆以侯僭称公，《春秋》则书其实。其实鲁亦以侯僭称公，《春秋》则仍其旧，胡氏[①]以为臣子之词，是已。独宋以公爵而未尝少僭，竟无人表其实，何也？至偃[②]方僭王，不久即灭于齐矣。

① 胡氏：指胡三省《资治通鉴音注》中语。

② 偃：战国时，宋末代君主名偃，自称宋王。

宦官名

周宦官、阉人，寺人[①]其职也。秦始有中府车令[②]，汉唐因之，而中谒者、中常侍、中尉类，以中字名其官矣。洪武初，始以监正、监副、监丞名，门正、门副名，永乐初，始改监正曰太监。夫天子之三公方曰太，再上而天子之元子，又上而天子之亲，乃以太称。今中人之职亦曰太，其视汉唐宋止以中名者，却盛[③]矣。然汉唐宋至有封王侯将相之名者，则视我朝存没[④]止于太监者，又远矣，使再不以太监家人弟侄为侯、为伯、为锦衣官，则前代更不可及矣，洪武之制，岂不冠今古哉？

① 寺人：寺同“侍”。《周礼》：“寺人掌王之内人及女宫之戒令。”注云：“寺之为言侍也。”

② 中府车令：疑为”中车府令”之误。中车府令，秦官名，主乘舆辂车者。《说文》叙云：“中车府令赵高作《爰历篇》”，赵高为秦宦官，位至中丞相。

③ 盛：原意为茂盛繁荣，此处意为更好、更合适、更胜一些。

④ 存没：引申为兴衰成败。

荐 贤

华容刘东山[①]公为兵书时，极意荐才，于是群趋竞进。时张綵为稽勋员外郎，欲求越次[②]之举，又值北虏[③]火筛[④]张甚，遂以谈兵动刘，刘极推许，间[⑤]以语志淳。因素知彩之大奸险，无学术，贪财好色，好乱而谈兵，亦妄也，颇谓不然。刘遽曰："吾无才而居此，故急于取才耳。"对以"就才之中，须少有行检，若通无行，恐才不可独任。"刘不怿，后竟以佥都御史荐。时泌阳焦公芳[⑥]为吏书，而吴郡王公鏊[⑦]为吏侍，灵宝许公进初为兵书，焦亦才彩，而王、许固不可，乃止，而彩怨予特甚。及彩再附刘瑾，起为文选郎中，无何，升佥都御史，即转吏侍，予遂有南都之行。后彩伏诛，语犹不置予[⑧]，君子之难于知人，小人之深于报怨，言语之不可不密，三事皆可为戒也。

① 刘东山：刘大夏，字时雍，号东山，华容（今湖北监利）人。明成化进士，授兵部职方郎中，历官至孝宗时为兵部尚书。卒谥忠宣，有《刘忠宣公集》行世。

② 越次：不依顺序，超例升官。

③ 北虏：指入侵之北方民族，如瓦剌、鞑靼、吐鲁番等。

④ 火筛：为北方人名。本书卷五《大臣》篇有"火尚书"，同卷《并坐》篇有"北虏火筛寇边，势甚猖獗"句。

⑤ 间：有时。

⑥ 焦公芳：焦芳，泌阳（今河南唐河）人。明天顺进士，累擢至侍讲学士。正德间官吏部尚书，附刘瑾，得以兼文渊阁大学士，累加少师、华盖殿大学士。以事怒瑾，惧致仕归。瑾诛，言官交劾，削职，卒于家。

⑦ 王公鏊：字济之，吴县（今江苏苏州）人。明成化进士，授编修。弘治时以侍讲学士充讲官。正德初，历户部侍郎进尚书，文渊阁大学士。卒谥文恪。著有《姑苏志》《震泽集》《春秋词命》《史余》等书。

⑧ 语犹不置予：意为刘东山言语间仍不赞同我的意见。

评　画

世多画《七贤过关图》，不知七贤为谁，各载其说[①]。按《陶靖节集[②]圣贤群辅录》："魏嘉平[③]中，阮籍[④]、嵇康[⑤]、山涛[⑥]、刘伶[⑦]、阮咸[⑧]、向秀[⑨]、王戎[⑩]并居河内[⑪]，共为竹林之游，世号七贤。"袁宏[⑫]、戴逵[⑬]为传[⑭]，孙统[⑮]为赞[⑯]。又七人仕晋，皆有名，则必是此七人矣。且图一人骑牛，则河内多有此，而晋人多乘牛，亦屡见于别书也。

① 各载其说：各人所记不同，各说各的。

② 《陶靖节集》：即《陶渊明集》。

③ 嘉平：三国魏齐王曹芳年号。

④ 阮籍：字嗣宗，陈留尉氏（今河南尉氏）人。三国时，仕魏为步兵校尉，世称阮步兵。有《咏怀》诗八十余首，及《达庄论》《大人先生传》等作品，后人辑有《阮嗣宗集》行世。

⑤ 嵇康：字叔夜，谯郡铚（今安徽宿州）人。三国时，仕魏为中散大夫，世称嵇中散。被钟会陷害，为司马昭所杀。善鼓琴，以弹《广陵散》著名于世，并著有《琴赋》。有《嵇中散集》行世。

⑥ 山涛：字巨源，河内怀县（今河南武涉）人。晋武帝时，官大鸿胪、吏部尚书。累官至右仆射，加侍中。卒谥康。原有集，已佚，今有辑本《山涛集》行世。

⑦ 刘伶：字伯伦，沛国（今安徽宿州）人。三国末，仕魏为建威将军，后入晋，以对策不合时旨而罢。嗜酒，著有《酒德颂》一篇。

⑧ 阮咸：字仲容，陈留尉氏人。晋初，官散骑侍郎，出为始平太守。精通音律，卒于家。

⑨ 向秀：字子期，河内怀县人。仕晋为黄门侍郎、散骑常侍。好老、庄之学，著有《庄子注》，早佚，后郭象承其旨著《庄子注》，今存。

⑩ 王戎：字浚仲，瑯琊临沂（今山东临沂）人。晋惠帝时，累官至尚书令、司徒，贪财好货，时人鄙之。

⑪ 河内：河内郡，晋初河内郡治野王（今河南沁阳），当今河南省黄河以北地区。

⑫ 袁宏：字彦伯，陈郡夏阳（今河南太康）人。东晋时，为谢向参军，后为桓温记室，官至东阳太守。著有《竹林名士传》，已佚。另有《后汉记》传世。

⑬ 戴逵：字安道，谯郡铚县（今安徽宿州）人，晋人，隐居不仕，善鼓琴，工书画，著有《释疑论》，绘有《孙绰高士像》《胡人弄猿图》等。晚岁专刻佛像，为世所珍，今不传。

⑭ 为传：为竹林七贤作过传。

⑮ 孙统：事迹不详。

⑯ 为赞：为《七贤过关图》题赞词。

密　词

《桯史》[①]载宋徽宗《玉虚密词》[②]而引禹汤罪己[③]以兴终之，又按蔡絛[④]《国史后补》具载徽宗教门尊号[⑤]及唐武宗[⑥]《会昌投龙文》称号，此最善学迁《史》为《武帝纪》[⑦]意。为君至败国矣而信[⑧]尚犹若此，则终无时而改悟矣，其必为囚虏何疑！

① 《桯史》：宋岳珂撰。载南、北宋杂事，凡十五卷，一百四十余条。

② 《玉虚密词》：已佚。

③ 禹汤罪己：《左传》庄公十一年："禹汤罪己，其兴也勃焉。"

④ 蔡絛：字约之，号百衲居士，别号无为子，兴化军仙游（今福建仙游）人。宋蔡京子，官至徽猷阁待制。京老，代父决朝事。京败，流白州（今广西博白）死。著有《西清诗话》《铁围山丛谈》《国史后补》等书。

⑤ 教门尊号：宋徽宗崇信道教，自称教主道君皇帝。

⑥ 唐武宗：唐代皇帝。在位时，禁佛教，好道教神仙术，终因服金丹致死。

⑦ 《武帝纪》：指《史记·武帝本纪》。

⑧ 信：迷信。

奏减隶

莆田彭公韶[①]为吏侍时，人不见其笑容，殆可比宋包拯[②]。乃迁刑书，遂奏减百官柴薪皂隶之半，朝士为一喧[③]，以为今俸不实支，校前代已薄，所仰给者在此，而欲递减，其何以养廉？事下兵部，兵书马公[④]奏不可减，遂如旧。佥谓彭治书老[⑤]，不识“既富方谷[⑥]”一句，询其由，盖欲论内臣[⑦]一二事，故言此以示无偏。曾不知即此[⑧]而其素望[⑨]亦损，不特掩其论内臣之美意也。大臣行其所无事，不当容心[⑩]如此。

① 彭公韶：彭韶，字凤仪，福建莆田人。明天顺进士，授刑部主事，进员外郎。成化中，屡以疏论忤旨下诏狱。后历官四川副使，广东左布政使，应天、顺天巡抚，吏部左侍郎，弘治时，由刑部右侍郎进尚书。引疾归，卒谥惠安。著有《彭惠安集》《政书》行世。

② 包拯：字希仁，安徽合肥人。宋仁宗天圣进士。历官监察御史，京东、陕西、河北转运使，三司户部副使，改知谏院，迁龙图阁直学士，河北都转运使。入知开封府，权御史中丞、三司使，官至枢密副使。卒谥孝肃。在官不避权贵，不苟言笑。有《包孝肃奏议》行世。

③ 一喧：一时喧哗不满。

④ 马公：指马文升。

⑤ 治书老：读书不通达。

⑥ 谷：与“裕”通，此处作保养解，《老子》第六章：“谷神不死，是谓玄牝。”河上公注：“谷，养也，人能养神则不死，神谓五脏之神也。”

⑦ 论内臣：劾论宦官贪婪。

⑧ 即此：因此。

⑨ 素望：向来已有的声望。

⑩ 容心：用如此心思。

交 阯

交阯[1]，唐尧宅之[2]，汉州之[3]，逮吴[4]割据亦然，宋不竞[5]始失[6]，迄元之强大，竟不能郡县之如汉也。云南，汉不能通，至唐妻以公主[7]，至三围成都[8]，抗衡中国，然今卒为郡县。说者谓元兵由西域出大理后[9]，故地势顺下云南，而我朝开拓以之[10]，是已。然元划厓山[11]，屠闽广，因称兵[12]交阯，势亦无不顺矣，而竟不能有之，何耶？我朝永乐初，破交阯，立布政司[13]以复汉旧，伟矣，寻又弃为外国，岂地合散，自有数耶？抑人谋之不臧也？郡中[14]一指挥，调自交阯，历三世而家之。明珠独异等伍[15]，则凡所以失交阯之民心而再不取者，其以是耶？洪熙宣德间，既弃交阯矣，至弘治初，莆田彭公韶撰《名臣录》，亦述当时之说，以赞大臣之功，此譬诸人家父祖遗有田土为强窃所占，其家干[16]度[17]一时力难争，因弃之以省讼[18]妨业可矣，顾张之[19]以为功，无乃不可乎？以交阯之势校之云南，则沐昭静王[20]、张吏书[21]之功深且广矣。

① 交阯：亦作交趾。古以今五岭以南地区称为交阯，包括两广及越南北部。

② 唐尧宅之：宅，意为有人民居住，引申为管辖。《尚书·尧典》云："申命羲叔，宅南交。"以地在南，故曰南交

③ 汉州之：汉武帝置十三刺史部，交阯为一部。东汉末，改为交州。

④ 吴：指三国时吴国，时交州属吴。

⑤ 不竞：国势软弱。

⑥ 始失：交阯在唐代为安南都护府地，五代后晋时独立，国号为瞿越、大越等。宋太祖开宝八年（975年）封其王为交阯郡王，南宋孝宗隆兴二年（1164年）改封为安南国王，此后即称其国为安南，其辖地为今越南全境。

⑦ 唐妻以公主：《资治通鉴》唐僖宗中和三年冬十月："以宗室女为安化长公主妻南诏。"王崧《云南志钞·封建志》"中和三年，拜嗣曹王（李）龟年宗正少卿为云南使，徐云虔为副使，送公主诣南诏。时帝幸成都，隆舜遣使朝行在，上表款附。"隆舜，南诏国主。

⑧ 三围成都：唐文宗太和三年（829年），南诏蒙嵯巅攻陷戎、嶲州，直到成都城外。懿宗咸通十年（869年），南诏军侵入西川，进围成都。次年又至。

⑨ 元兵由西域去大理后：蒙古宪宗三年（南宋理宗宝祐元年，1253年），忽必烈率军自青海，经西藏，以革囊渡金沙江攻灭大理国，遂平云南，建云南为行省。

⑩ 以之：明军定云南，就元云南行省置云南省。

⑪ 划厓：厓山亦作崖山，在今广东省新会区南。元世祖至元十六年（南宋赵昺祥兴二年，公历1279年），元军追击宋军至此，宋将陆秀夫负帝昺沉海死，南宋遂亡。

⑫ 称兵：用兵。

⑬ 立布政司：明成祖永乐五年（1407年），在今越南河内立交阯承宣布政使司管辖其地，至宣宗宣德二年（1427年）弃。

⑭ 郡中：指永昌府。

⑮ 明珠独异等伍：明珠和一般珠子不同

⑯ 家干：家内有才能的人。

⑰ 度：自己衡量

⑱ 省讼：免得引起纠纷。

⑲ 张之：夸大。

⑳ 沐昭静王：静疑为“靖”字之误。昭靖为沐英谥号。沐英，字文英，安徽定远人。元末，从朱元璋起兵，为元璋养子，积军功至大都督同知，封西平侯。洪武十年（1377年），与傅友德、蓝玉领兵平云南，留镇十年，多有德政，越南宾服。卒谥昭靖，追封黔宁王。

㉑ 张吏书：张紞，字昭秀，号鹦庵，陕西富平人。明洪武中举明经，官至通政司左参议。洪武十五年（1382年）出为云南左参政、左布政使。在滇十七年，与镇府相处无间，治行为天下第一。惠帝时，入为吏部尚书。著有《云南机务抄黄》等书。

洒　削

《史记·货殖传》：“洒削，薄技[①]也。而到氏鼎食[②]。”《汉书音义》[③]以洒削为治刀剑名，《索隐》[④]以洒削为磨刀以水洒之。又《方言·剑削》[⑤]：“关东[⑥]谓之削，音肖。”按《周礼》六齐[⑦]，五分其金而锡居二，谓之削杀矢之齐。又曰鲁之削，又曰筑氏为削，长尺薄寸，合六而成规，欲新而无穷，敝尽而无恶。郑注曰：“削，今之书刀也。”又注曰：“古人未有纸笔，以刀雕字，谓之书刀，亦如笔也。”别注[⑧]解说极明，亦以雕字之说为不通，而引子张[⑨]书诸绅[⑩]为证，则削为书刀，为削竹简之用无疑矣。但洒、注为以水洒之，虽近而事义终欠明，《周礼》注者以为加纯钢使锋利，若今之剃发刀，于事理是已，然钢乃炼铁之精为之，非锡也，以为锡即今之铅，然铅体柔，又非钢之利也。且五分其金而锡居二，为削与杀矢之齐，金锡半为鉴燧之齐，则五分其铁而铅居二，又何以为锋利乎？铅可名锡，古字同也，铅为纯钢，又非事理所有，此殊不可晓。意洒字有淬厉之义，而非只以水洒之也。则《音义》与《索隐》所解虽近是，而皆未究极[⑪]二字之义。

① 薄技：浅薄的技术，亦称为小技。《淮南子·道应训》：“臣有薄技，愿为君行之。”《法言·吾子》：“或问吾子少而好赋，曰然，童子雕虫篆刻，俄而曰，壮夫不为也。”

② 到氏鼎食：到字疑为“郅”字之误。《史记·货殖列传》原文即为郅氏。应劭《风俗通义》：“殷时有郅，侯国，因氏，汉有郅都、郅恽。”鼎食，列鼎而食，指王侯富贵之家，食则列鼎。

③ 《汉书音义》：此书情况待考。

④ 《索隐》：指唐司马贞《史记索隐》。

⑤ 《方言·剑削》：《方言》书名，相传为汉扬雄所著，“剑削”为《方言》中篇名。

⑥ 关东：汉定都陕西长安（今西安），以函谷关或潼关以东之地区称为关东。

⑦ 《周礼》六齐：《周礼·考功记》：“金有六齐：六分其金而锡居一，谓之钟鼎之齐；五分其金而锡居一，谓之斧斤之齐；四分其金而锡居一，谓之戈戟之齐；三分其金而锡居一，谓之大刃之齐；五分其金而锡居二，谓之削杀矢之齐；金锡半，谓之鉴燧之齐。”六齐者，六种合金，即六种青铜。

⑧ 别注：分别注明。

⑨ 子张：名师，孔子弟子。

⑩ 书诸绅：绅为古代士大夫束在衣外的大带。《论语·卫灵公》：“子张书诸绅。”

⑪ 究极：深入研究清楚明白。

史　易

《旧唐书·崔胤[1]传》言“胤制衣带手书[2]以通意[3]于孙德昭[4]，其词缓[5]”，《新书》作“斩带为誓”其语急[6]，诚使有据[7]，则可矣，不然，何从以制衣带为斩，以通意为誓哉？语言轻重在词臣，此刘静修之所以叹也！

① 崔胤：字昌遐，亦字垂休，清河武城（今山东武城）人。唐僖宗乾符进士，累迁至御史中丞。昭宗景福时，以户部侍郎同中书门下平章事，与朱温相结，尽诛宦官，进侍中，封魏国公。胤知朱温欲篡夺，思握兵自固，为温所杀。

② 衣带手书：用衣带亲手写信。

③ 通意：通达己意。

④ 孙德昭：盐州五原（今陕西定边）人。世为州校，唐昭宗时，累升迁至左神策指挥使。光化三年（900年），宦官刘季述等废昭宗而立太子裕，崔胤密书德昭，使讨季述，德昭遂与都将董彦弼、周承诲等杀季述等，迎昭宗复位，因拜同平章事，充静海节度使，赐名李继昭。后入梁，为左卫大将军，末帝立，拜左金吾大将军。

⑤ 其词缓：谓《旧唐书》言词缓和。

⑥ 其语急：谓《新唐书》语意峻急。

⑦ 诚使有据：意为如果真的有根据。

光 武

汉光武[①]于兄缜[②]，恩礼极薄，盖始谋者缜也，结豪杰者缜也，创洪业者缜也，其见杀于更始[③]而不哭，有以[④]也。及即帝位，谓宜首加缜封而褒示天下，然后封其二子可也，顾迟迴[⑤]至建武十五年，始因封诸子而赠为公，又至十七年，公皆进王而始赠为王。观寇恂[⑥]劝耿况[⑦]不奉王郎[⑧]，亦曰："昔王莽时，所难独有伯升焉，今大司马刘公伯升之弟，可扳附[⑨]也。"况遂奉光武，则缜之功泽，亦自可见，而迟录其功，又绝无特异昭宣[⑩]之典，至于刘盆子[⑪]之兄恭[⑫]，杀于刘辅，遂为之捕，王侯宾客坐死[⑬]数千人。朱鲔[⑭]等杀缜，及降，竟不行杀缜之罪，夫恭之功之亲，视缜何啻百十，何于恭之仇报之如彼，而于缜之仇忘之如此，律[⑮]以兄弟之仇不反兵而战之经[⑯]，则光武薄于兄之恩义甚矣；而后世通不论及！

① 汉光武：刘秀，字文叔，南阳蔡阳（今湖北枣阳）人，汉皇族。王莽篡汉，与兄刘缜起兵复汉，初附刘玄，卒灭莽，平各地乱，称帝，改元建武，迁都洛阳，是为东汉，庙号光武。

② 缜：刘缜，字伯升，刘秀长兄。王莽篡汉，与秀起兵复汉，号称柱天都部，初附刘玄，攻占宛（今河南南阳），立刘玄为天子。因与刘玄争权，为刘玄所杀，光武即位后，追封齐王，谥武。

③ 更始：刘玄，字圣公，刘缜、刘秀族兄。王莽篡汉，同起兵，初参加平林起义兵，后与绿林起义军合，自号更始将军，势益强大，被推为天

子，改元更始，各地响应，遂破灭王莽，都长安，赤眉军攻入长安，被杀。光武即位后，追封淮阳王。

④　有以：有原因

⑤　迟迴：徘徊拖延。

⑥　寇恂：字子翼，上谷昌平（今北京市）人，世为地方豪强。刘秀占河内，任之为太守，后历任汝南、颍川太守，封雍奴侯。

⑦　耿况：扶风茂陵（今陕西兴平）人。西汉末，以明经为郎，王莽时，为率调连率。后归光武，封隃麋侯。卒谥烈。

⑧　王郎：即王昌，赵国邯郸（今河北邯郸）人。王莽时，自称汉成帝子，名刘子舆，被汉宗室刘林及邯郸大豪李育等立为汉帝，都邯郸。光武兵攻入邯郸，被杀。

⑨　扳附：攀缘而上。

⑩　昭宣：明白宣布。

⑪　刘盆子：泰山式县（今山东泰安）人。汉远支皇族，投入赤眉起义军，被拥为帝，年号建世，率军攻入长安。以关中饥，撤军东走，降于刘秀。

⑫　恭：刘恭，刘盆子兄。初为赤眉军所虏，后降于更始，拜侍中，封式侯，更始为赤眉将谢禄杀死，恭收藏其尸。至光武建武中，恭寻谢禄杀之，系狱，赦不诛，后为刘辅所杀。

⑬　坐死：因此案连带被罪而死。

⑭　朱鲔：淮阳（今河南淮阳）人。王莽时，参加绿林起义军，攻入南阳，称新市兵，附更始，封为大司马，曾劝更始杀刘縯。镇关东，屯洛阳。后以洛阳降光武，授平狄将军，封扶沟侯。

⑮　律：衡量。

⑯　经：道理，规范。《礼记·中庸》："凡为天下国家有九经，曰：修身也。……"

漆 齿

《新唐书·南诏传》曰："茫，君号也。永昌南有茫天连、茫鲊、茫施，皆楼居，无城郭，有漆齿、金齿、银齿三种夷，见人以漆及镂金银饰齿，寝食则去之。"今茫市长官司[①]去郡四百余里，皆大伯夷[②]也。多以酸石榴皮及药染齿使黑，初无金银镂饰者。又漆齿既黑，亦无寝食脱去之理。黑齿则信然，谓之漆，谓之为饰见人，寝食脱去，皆妄传也。

① 茫市长官司：明以元金齿安抚司改置，辖今盈江一带地方，茫市今作芒市。

② 大伯夷：清道光《云南通志稿》："大伯夷在笼川以西，男女剪发纹身，妇人跣足染齿，以包布裹其首。居喜近水，男女皆袒浴于河，妇人谨护两乳，谓此非父母所生，乃天地所赐，不宜人见也。男逸女劳，纺织负担不辍。"

中人敝

唐代宗时，李宝臣[①]攻田承嗣[②]，垂亡[③]，代宗遣中人[④]冯希倩劳宝臣，宝臣归绢百匹，希倩抵[⑤]之不为礼，致宝臣二与承嗣和。后承嗣复猖，天子竟不知也，终之唐室灭藩镇之手，岂一朝一夕之敝[⑥]乎？

① 李宝臣：原名张忠志，字为辅，安禄山假子，史思明死，以恒、易、梁、定、易五州降唐，赐名李宝臣，任成德军节度使，封赵国公。代宗大历十年（775年），奉命讨魏博节度使田承嗣，为朝廷派往宦官冯希倩所慢，转与田合。德宗立，进司空，旋为妖人刺死。

② 田承嗣：平州卢龙（今河北卢龙）人。初为安禄山将，后降唐，任魏博等州防御史，后升为节度使，封雁门郡王。代宗立，以骄恣不臣，诏贬永州刺史，上书请罪，复原官。卒赠太保。

③ 垂亡：势将败亡，指田承嗣。

④ 中人：宦官。

⑤ 抵：抛掷。

⑥ 敝：同“弊”。

卷 五

六科称

《水东日记》谓公文[①]承旨[②]皆称五府[③]六部[④]、都察院、六科给事中[⑤]。景泰间，李显[⑥]为都给事中，强加都字为失。又云："今止称六科，亦未为当。"夫五府都督，其官也；六部尚书，其官也；都察院都御史，其官也，今以为未当，则是仍称六科给事中为当矣，如此则五府、六部俱当加官名如六科，又何以独称其衙门乎？五府有都督、同知、佥事，六部有侍郎，都察院有副都御史、佥都御史，如李显要称六科都给事中，则当称五府都督、六部尚书、都察院都御史也。今以为非而不称六科都给事中，却又以称六科为未当，则必称六科给事中为当，则五府称都督、同知、佥事，六部称侍郎，都察院称副都御史、佥都御史，乃与六科称给事中一体矣，其可乎哉？盖府、部、都察院以都督、尚书、都御史为尊官，以同知、佥事、侍郎、副、佥都为佐贰，六科以都给事中为尊官，以左、右给事中、给事中为佐贰，今只称六科，正与府、部之称相合，顾又非彼而是此，殆不可晓。

① 公文：官署来往文书。

② 承旨：皇帝侍从官奉皇帝指示下行文书。

③ 五府：汉代以来以太傅、太保、太尉、司徒、大将军为五府，设置称谓因时而有不同，明代沿用其名，但非常设官署。

④ 六部：明代沿隋、唐以来旧制，设吏、户、礼、兵、刑、工六部，为朝廷行政机构，直接对皇帝负责办事。

⑤ 六科给事中：明初沿前代设给事中，辅助皇帝处理奏章，稽核违误得失。洪武六年，分设吏、户、礼、兵、刑、工六科给事中，分别稽核驳正六部得失。每科设都给事中总其事，又设左、右给事中以辅之，下设给事中若干员办理事务。

⑥ 李显：字荣宗，湖南桃源人。明成化进士，授户部主事，升至户科都给事中，出知江西南康府，仿朱熹白鹿洞规，兴学劝士，乞休归卒。

称父母

今天下士夫皆称本府州、县官为父母大人，称者以是外得忠厚之名，内取身家之利，见称[①]者以是外托尊崇之名，内获结托之利，故交相尚而不可解矣。然《书》[②]曰："元后[③]作民父母"，《诗》[④]曰："岂弟[⑤]君子，民之父母。"《大学》《孟子》亦屡见之，则父母二字，皆人君之称也，今通以加之府州县官，甚至邻州县封府，又甚至主簿、典史；又甚至称府官为祖父母，称布政司官为曾祖父母，是等府于人君之上，而布政司又尊无与[⑥]加矣。揆[⑦]以天子作民父母之义，岂不僭乎？夫俗称天子亦曰爷爷，爷爷亦祖父之称也，乃又加曾字于上，是比爷爷之称尤重矣，岂不悖乎？设使诚以坟墓桑梓[⑧]之故，则亦不应以天子之称加之，况称之如此其尊。一不得利则明劾阴构[⑨]，造谤诋毁，无所不至，有父母之义者，固如是乎？盖缘[⑩]乡宦[⑪]始于求利于有司[⑫]，故为此不情之称而不耻，有司喜于见尊于乡宦，故安受过情之谄而不辞。夫不耻则又获名誉之美，不辞则又取交通[⑬]之利，故上下相尚，既乖于礼，尤病于民，而通不可变矣！或谓孔子何以称鲁为父母之国？曰：孔子只以父母所生之国称之，初不闻其称郰邑[⑭]长为父母，亦不闻其称鲁君为父母也。且周为封建，鲁自君国[⑮]，孔子亦未尝以父母称鲁君。今天下四海统于天子，至尊无对，而以《诗》《书》所称天子之称加于府州县之臣，可乎？建安杨府丞旦[⑯]为考功郎中时，尝言不忍以父母二字加于人，虽人不悦，我竟[17]不忍改。志淳甚是其见，因推而论之。

① 见称：即被称。

② 《书》：指《尚书》，亦称《书经》。

③ 元后：人君、君上。

④ 《诗》：指《诗经》。今通行的《诗经》为西汉毛亨、毛苌传本，故又称为《毛诗》。

⑤ 岂弟：同恺悌，意为和易近人。

⑥ 与：做语气助词，无义。

⑦ 揆：忖度，衡量。

⑧ 桑梓：桑和梓是古代家宅旁边常栽种的树木，后以桑梓为故乡、乡里的代称。

⑨ 明劾阴构：公开揭发，暗中陷害。

⑩ 缘：因为、由于。

⑪ 乡宦：退居乡里的官员

⑫ 有司：官吏。官吏职有专司，故称有司。

⑬ 交通：互拉关系，相互利用。

⑭ 鄹邑：古邑名。亦作“郰”“陬”。春秋鲁国地，孔子的家乡。在今山东曲阜东南。

⑮ 自君国：自君于所封之国。

⑯ 杨府丞旦：杨旦，建安（今福建建瓯）人。明成化弘治间，官考功郎中，出为云南永昌府丞。

⑰ 竟：终于。

田双

《辍耕录》[①]言田一双为四亩云，因见《云南杂志》[②]始知之。近见《唐书·南诏传》言田一双为五亩，官给田四十双，则为田二百亩，且与招客先开四十双之句合，恐陶偶未之见耳。

① 《辍耕录》：即《南村辍耕录》，元末陶宗仪撰。

② 《云南杂志》：方国瑜《云南史料目录概说》“云南志略”条云：“不详《云南杂志》为何书，惟疑出自李京《云南志略》之《杂志》或《附录》。”

大 臣

王嘉[①]为丞相，以谏董贤[②]增封忤哀帝得罪，当时议郎[③]议，犹以为圣王于大臣，在舆为下御，坐为起[④]，疾病视之无数，进之以礼，退之以义，今嘉罪虽著，大臣裸刑就笞[⑤]，非所以重国也。以是观汉于大臣，虽有诛戮，不逮于宋，然礼之亦重矣。弘治四年，礼部火[⑥]尚书耿公裕[⑦]，侍郎倪公岳、周公经[⑧]，皆送锦衣卫镇抚司[⑨]去衣笞二十，而倪体肥硕，去衣经时，尤憎多口。后耿倪二公皆为吏书卒官，周为户书去位，一时有识谓三公皆时望，在位通不及十年，孰若下狱后从容以疾求去为优也。此所谓裸形就笞者与？

① 王嘉：字公仲，平陵（今陕西咸阳）人。汉哀帝时为丞相，封新甫侯。哀帝宠董贤，诏增封贤二十户，嘉封还诏书，极谏，帝诏嘉诣廷尉，嘉叹曰："幸得充备宰相，不能进贤退不肖，死有余辜。"遂不食呕血死。后追谥忠。

② 董贤：字圣卿，云阳（今陕西淳化）人。汉哀帝幸臣，与帝同卧起。尝昼寝，身压帝袖，帝欲起，不欲动贤，乃断袖而起。封高安侯，年二十二官至大司马、卫将军。帝崩，王莽劾贤，罢归第，自杀。

③ 议郎：汉置，属光禄勋，掌顾问应对，地位较中郎、侍郎、郎中略崇。东汉后废。

④ 坐为起：皇帝见大臣进见，不坐而起，示优礼也。

⑤ 裸刑就笞：刑应为"形"字之误，本条末即为"裸形就笞"。意为露体被笞。

⑥ 火尚书：经历不详。按：火为姓，《明史》本传，即有火真其人；明洪武时，有火原洁，曾任翰林侍讲。

⑦ 耿公裕：耿裕，字好问，河南卢氏人。明景泰进士，累官至孝宗时为礼部尚书。卒谥文恪。

⑧ 周公经：周经，字伯常，号松露，阳曲（今山西太原）。明天顺进士。累官至武宗时为礼部尚书。卒谥文端。

⑨ 锦衣卫镇抚司：明太祖置锦衣卫掌刑狱，卫设西、北二镇抚司，北镇抚司专理诏狱，直接取旨行事。清废。

中 庸

志淳居学官时，见一官问中庸二字所出，曰："中出《尧》①之执中，庸出《易》②之庸德。"近观《周礼·大司乐》③以乐德教国子曰：中和祗庸孝友，郑氏④训庸为有常，则中庸二字，周公⑤已全具⑥于此矣。

① 《尧》：指《尚书·尧典》。

② 《易》：指《周易》，又称《易经》。

③ 《周礼·大司乐》：即《周官·大司乐》。

④ 郑氏：指汉郑玄。

⑤ 周公：周武王弟，名旦，因采邑在周（今陕西岐山），其后封鲁，为公爵国，故称周公。相传《周官》为周公所作。

⑥ 全具：完全说清楚。

覆 杯

杜诗《教儿》[①]“且覆掌中杯”，虞注[②]以覆为饮酒。见《家语》[③]：“孔子问子路[④]，使者云‘醢[⑤]之矣。’孔子遂覆醢。”《韩非子》[⑥]：“子路要[⑦]作沟者于五父之衢[⑧]而餐之，孔子使子贡[⑨]往覆其饭。”则覆字之义甚明，而覆杯为不注酒不待言，虞何以不考？

① 杜诗《教儿》：杜甫《教儿》诗。杜甫，字子美，原籍湖北襄阳，迁居巩县（今河南巩义）。唐天宝初，避乱至陕西凤翔，谒见肃宗，授左拾遗。肃宗还长安后，出为华州司功参军。寻弃官至蜀，为剑南节度使严武参谋，武表之为检校工部员外郎，故世称杜工部。晚年出蜀，病逝于湘江途中。善诗，与李白齐名，世称李杜，有后人辑编《杜工部集》传世。

② 虞注：指虞集《杜诗注》。虞集，字伯生，号邵庵。四川仁寿人。元成宗大德初，以荐授大都路儒学教授，历国子助教、博士。仁宗时，改太常博士，历集贤修撰，除翰林待诏，屡官至文宗朝升至奎章阁侍书学士，领修《经世大典》。卒谥文靖。著有《道园学古录》《道园类编》《杜诗注》等书。

③ 《家语》：指《孔子家语》，原书久佚，今传本为三国时魏王肃所编造。

④ 子路：仲氏，名由，字子路，亦字季路，春秋时鲁国卞（今山东泗水）人。孔子弟子。曾为鲁季孙氏家臣，后适卫，为卫大夫孔悝宰，在卫贵族内讧中被杀。

⑤ 醢：肉酱。古代酷刑之一，即把人剁成肉酱。

⑥　《韩非子》：韩非，战国末韩国贵族，荀卿弟子，主以法治国，为法家主要代表人物。为韩出使秦，秦始皇极重视之，拟重用，为李斯、姚贾等构陷，死于狱中。原有著作多篇，后人搜集其遗作并加入他人论述其学说文章编成《韩非子》二十卷，凡五十五篇行世。

⑦　要：邀请，邀约。

⑧　五父之衢：五父，地名，在今山东曲阜东南，孔子之母殡于此。衢，路也。

⑨　子贡：端木氏，名赐，春秋时卫国人，孔子弟子。经商曹、鲁间，富至千金。历仕鲁、卫，聘问各国，与诸侯分庭抗礼，名重一时。

礼 服

《辍耕录》谓元以妇人礼服曰袍，乃达旦[①]称，汉人[②]则曰团衫，南人则曰大衣。今自京师及天下皆称妇人礼服曰袍，岂沿习已深与？

① 达旦：即鞑靼，古族名，世居漠北，蒙古兴起，为蒙古所灭并，故蒙古亦称为达旦。

② 汉人：元代分民人为四等，各等人待遇有差别先后。一等为蒙古本族诸姓人，包括原达旦人；二等为色目人，即蒙古外族诸姓如钦察、唐古、回回等；三等为汉人，即先被蒙古征服的北方汉人，包括高丽、女真、契丹等族人；第四等为南人，即中国南方蒙古最后征服地区的人。

生 口

《魏志·王昶传》[①]注云："任嘏[②]与人共买生口[③]，各雇八匹。"则名牛、马、驴、骡为生口，旧矣。

① 《魏志·王昶传》：指陈寿撰《三国志·魏志·王昶传》。王昶，字文舒，晋阳（今山西太原）人。魏明帝时，累官至司空。卒谥穆。著有《治论》《兵书》等书。

② 任嘏：字昭先，博昌（今山东博兴）人。魏文帝时为黄门侍郎，累迁至河东太守。

③ 生口：亦作牲口，即牲畜。

赖　子

今人以物相质不还曰赖，然《左传》[①]："今郑人贪赖其田"，则赖之为义，亦有本矣。

① 《左传》：指《春秋左氏传》，亦称《左氏春秋》，相传为春秋时左丘明撰，清经今文学家认为系汉刘歆改编，近人认为系战国初年人所编，书据孔子《春秋》，列举史实以解释《春秋》条文所记史事。

转注训

志淳幼读《解》[①]曰："转注[②]如考老之类，假借[③]如令长之类。"窃疑令长以圈法[④]之字多，故可言类，若考老则不见其类也，殊不能自决。近见王柏《正始之音》[⑤]引长为长长[⑥]，行为行行[⑦]，为转注，而以考老之训[⑧]为非，极为有理，乃知许慎以考老之类为转注，以令长之类为假借者，真误也。《四书大全》[⑨]小注亦漫[⑩]取之，不复致察，况初学之士哉？或疑如此则转注似假借矣，殊不知假借如豪、能二字，本二兽也，假借之，言人之有德有才为豪、为能也。假借如本字无义意而借用之，转注于本字有义意而圈别之，故不同也。必如是然后转注二字之解方明，转注者转其声而圈注之也。且考老之类，今除二字，其类何在乎？以此见宋人之学犹精深于今。今人为举业[⑪]所限，一得登科，再不事学矣，何由能精博？盖《四书大全》之成彼名一时者，亦只据许慎之谬而不及王柏之说，则又无怪乎今之为举业者矣。

① 《解》：指许慎《说文解字》。许慎，字叔重，汝南召陵（今河南郾城）人。东汉中，曾任太尉南阁祭酒、洨（今安徽固镇）县长。

② 转注：古人分析汉字的造字方法而归纳出来六种条例，即象形、指事、会意、形声、转注、假借，合称为六书。转注，《说文解字》叙云："转注者，建类一首，同意相受，考老是也。"即谓一类意义相同的字，应该属于

一首之下。后来各家解释不相同，有以一首指字形上同一部首的，又有以一首指字源上同一韵或一声的，又有以一首指同一主要意义的。此三种形转、音转、意转，都可以互相转化解释，故称之为转注。

③ 假借：六书之一种。《说文解字》叙云："假借者，本无其字，依声托事。"即谓语言中某些词有音无字，借同音字来代替，故称之为假借。

④ 圈法：本意为用笔对文字作圈点。古人读书如遇假借之字，读音与原字不同，即在该字四角圈明应读的音，以此表示非原字字声和字意，而应读如所圈处的音，并即知此字在此处的字意，故称圈法。

⑤ 王柏《正始之音》：王柏，字会之，初号长啸，后改鲁斋，婺州金华（今浙江金华）人。南宋经学家，著有《读易记》《书疑》《诗疑》《鲁斋集》《研几图》等书，有名于时，卒后宋恭帝德祐中赐谥文宪。《正始之音》为所著书中之一篇。

⑥ 长为长长：长字有两音两意；一为长短之长，读如常；一为长官、首长之长，读如涨。

⑦ 行为行行：行字有两音两意：一为行动之行，读如形；一为行业、银行之行，读如航。

⑧ 训：训诂，解释。

⑨ 《四书大全》：明成祖时胡广等奉敕撰，专收程朱学派儒家注释"四书"文句，颁行天下，为作科举文不能逾越的范围标准。

⑩ 漫：随便，不加研究。

⑪ 举业：科举应试文字。

用私报

宋人尝拟张浚于孔明，周密及他书辨之明矣。复有一事如私[①]汪伯彦[②]之引进，而与秦桧奏复其官，不知孔明可为此否？又秦桧既罢，黄龟年[③]等论之，其奸著矣。其乞扈从不许，高宗犹在疑似之间也，因浚，始召赴行在[④]。浚初不过以桧从汪伯彦学，而浚为伯彦所引进故也。私意盘结[⑤]，基祸如此，乃欲复仇中国，其可得乎？浚复言，与之共事，始知其暗[⑥]，非初不知如胡安国[⑦]也，溺于伯彦之旧而昧于公也，亦非真知其暗也，后为桧逐而方有此言也。史[⑧]信浚知桧暗之言，而不察浚以私昧之于始，岂浚之本心也哉？桧之奸恶而才足济之，夫岂暗者？若曰暗于主和，不肯复仇，以异浚见，亦其奸之至者，而顾以为暗，岂得其实乎？宜乎桧能倾浚而中高宗之意也。浚之起桧于前，王次安[⑨]之保桧于后，其揆一也。

① 私：内心感激。

② 汪伯彦：字廷俊，安徽祁门人。宋徽宗时进士，知相州。赵构使金，以兵迎护，及构即位，知枢密院事，进右仆射，与黄潜善同居相位，专权自恣。建炎初，主谋迁扬州，不作战守之计。扬州失陷罢职。后历知池州、宣州，以进《中兴日历》擢检校少傅、保信军节度使。

③ 黄龟年：字德邵，永福（今福建永泰）人。宋徽宗时进士，高宗中，累官至侍御史。力劾秦桧组党擅权，被削职，迁中书舍人，复被劾去职，闲居卒。

④ 行在：皇帝出巡所在地。

⑤ 盘结：勾结、连结。

⑥ 暗：昏聩如黑暗。

⑦ 胡安国：字康侯，福建崇安人。宋哲宗绍圣进士，曾任中书舍人兼侍讲，累至给事中。卒谥文定。著有《春秋传》《资治通鉴举要补遗》等书。

⑧ 史：一般史家。

⑨ 王次安：疑为王次翁之误。王次翁，字庆鲁，山东济南人。南宋高宗时，知道州，除广西转运使。累官至御史中丞。附秦桧，士夫耻之。

筇　竹

杜诗“桤[①]林碍日冷风叶，筇竹和烟滴露梢。”虞注桤甚明而不注筇。尝见《唐书·南诏传》：“吐蕃[②]颙城将杨万波约降事泄，吐蕃以兵五千守，韦臯[③]将击破之。万波与筇官拔颙城以来[④]。”又《旧唐书·吐番传》亦有筇官、大筇官之称。又《韦皋传》擒筇官四十五人，擒主筇官节度，则筇固吐蕃之地名，筇竹盖筇地所产之竹也，故以对桤林。

① 桤：木名。我国分布于四川、贵州、陕西等地。木质坚韧，可制器具，亦可充薪。

② 吐蕃：亦作吐番。今西藏地。西藏有吐伯特之称，即吐蕃之转音。藏族在7世纪至9世纪间，建立政权，称雄西土。与中土通，亦屡为边患。在唐代，其首领松赞干布、弃隶缩赞先后与唐文成公主、金城公主联姻，吸收中原文化，历朝入贡不绝。元世祖时，改称乌斯藏，明清时均称西藏。

③ 韦臯：字城武，万年（今陕西西安）人。唐代宗大历间，历官监察御史、权知陇州行营留后事。德宗建中时，守陇州，升左军吾大将军，贞元时，任剑南西川节度使，多次击败吐蕃，封南康郡王。顺宗立，诏检校太尉，卒谥忠武。

④ 来：归降。

并 坐

弘治中，北虏火筛寇边，势甚猖獗。时钧阳马公文升以少傅兼太子太傅为兵书，朝廷特所倚重，命阅兵于教场，又命司礼监①太监李荣同阅。马欲与李并坐，往返言再三，竟不允，遂各居一幕②而递阅之。夫以保傅之官，掌大司马之柄，又值弘治之世，内臣之自尊犹若此，无怪乎汉唐之末造③也。

① 司礼监：明内府官署。原掌内府礼仪、传递文件等事。武宗时，刘瑾恃宠专权，遂干朝政，掌机密，实权逾首辅。

② 幕：帐篷。

③ 末造：将亡的时代。

迁　狱

永昌文庙东有镇抚司[1]，每考讯榜掠[2]，声彻礼殿[3]。志淳在学[4]时，随类[5]告迁[6]于上司，皆难之。后常山樊公莹[7]为御史，至永昌，佥[8]以樊有清声[9]，亟往告焉，难之尤甚，时成化己亥[10]也。无何，有内臣来镇守，伪好文，试往告焉，即迁去。于无几何，有言于后之镇守者，又即迁于城之东，至今上下便之。夫前之居上者，贪污不事事，宜其难矣，樊以廉洁著名，而于义事亦如此！诚使有制不敢擅迁，则内臣皆即日迁之，不闻在上以制非之者。使于事理当迁，又可以畏惧如是也！今御史巡按归[11]，皆考[12]“不推奸避事，方复[13]。”道求其实，称此五字，以樊之名，或有歉[14]已！

① 镇抚司：明沿元制，于诸卫设抚司。永昌时为金齿卫，故有镇抚司衙门。

② 考讯榜掠：审案动刑。

③ 礼殿：文庙殿宇。

④ 学：指永昌府学。

⑤ 类：众人。

⑥ 告迁：请求搬移。

⑦ 樊公莹：樊莹，河北常山（曲阳）人。明成化间以御史为永昌知府。

⑧ 佥：众也。

⑨ 清声：清正名声。

⑩ 成化己亥：明宪宗成化十五年（1479年）。

⑪ 归：回去。

⑫ 考：考查、考绩。

⑬ 不推奸避事方复：不推诿惩治奸恶，不避开难为之事，才能复职任事。

⑭ 歉：不足，有愧。

论人物

临川吴氏[①]谓张留侯、诸葛武侯、狄梁公[②]、范文正公[③]功业不同，而同为百代殊绝[④]之人物，遭时虽有异，易地则皆然。此皆根本宋儒成说以立论，而非真知四人者也。盖武侯之出处与学力才识，殊非三公所能知，亦非三公所能及，此所以谓之三代以上之人物也。假曰不然，则请质[⑤]之：三顾方起，与相从于留[⑥]者孰重？子弟死义于国[⑦]，与倡王诸吕[⑧]者，遗教[⑨]孰得？才由于学，学由于静[⑩]，与事黄石，以智计名者[⑪]孰正？身都将相而取信于天下，与事女主[⑫]而取愧于姨母者孰优？以益州之地而振动中国，司马氏畏服以世[⑬]，与举中国之大而困于西羌[⑭]，以币获免者孰愈？或曰，此所任有专否[⑮]也。曰，所任有专否，正由于所蕴[⑯]之不同。所蕴之不同，是以随时以就功名，而出处有不及，此正在所由之学术未精纯，而所养之才力未充大也。学未精纯，才未充大，苟使三公处汉末，不免仕吴与魏，必不仕吴魏，亦不过少优于法正[⑰]、蒋琬辈而已，何以同诸武侯哉？或又曰，留侯功业大，程子称其有儒者气象，识者尝以并论，恐不可少。则曰，程子取其去之知[⑱]，而言其学其正[⑲]，固非武侯比也，须深思方得之，岂可袭人言以自诬哉？故曰吴氏之言，皆踵宋儒成说以立论，而非真知其人者也。

① 临川吴氏：临川，今江西临川。吴氏，不详所指。

② 狄梁公：狄仁杰，字怀英，并州太原（今山西太原）人。唐初举明经，任并州都督府法曹，入为大理丞，迁侍御史，历宁州、豫州刺史。武后天授初，任地官侍郎同凤阁鸾台平章事，后为来俊臣诬陷下狱，贬彭泽令，转魏州刺史、幽州都督。神功元年，复入为相，出任河北道行军副元帅、河北道安抚大使，复入为内史。病卒，追封梁国公。

③ 范文正公：范仲淹，字希文，吴县（今江苏苏州）人。宋真宗大中祥符进士，仁宗天圣中为秦州兴化令、西溪盐官，宝元三年任陕西经略副使。庆历三年入任参知政事，后出任陕西四路宣抚使。卒谥文正。有《范文正公集》行世。

④ 殊绝：特异而无人可及。

⑤ 质：质对，据事实讨论。

⑥ 相从于留：张良在留（今江苏沛县东南）加入刘邦起义军。

⑦ 子弟死义于国：诸葛亮子瞻守绵竹，魏军攻入，瞻子尚及全家殉国。

⑧ 倡王诸吕：张良附吕后，王吕禄、吕产等。

⑨ 遗教：留给后世的影响。

⑩ 才由于学，学由于静：诸葛亮诫子弟云："静以修身，俭以养德。非淡泊无以明志，非宁静无以致远。夫学，须静也，才，须学也。非学无以广才，非志无以成学。"

⑪ 与事黄石，以智计名者：张良于圯下遇黄石公，得《阴符兵法》，后以智计佐刘邦成功业。

⑫ 事女主：狄仁杰事武则天。

⑬ 以世：当世。

⑭ 困于西羌：范仲淹历在陕西任军事要职，但于军事上无进取，是困也。西羌，指西夏。

⑮ 所任有专否：职责专一或不专一。

⑯ 蕴：蕴藏，指内在学术。

⑰ 法正：字孝直，郿（今陕西眉县）人。汉末，事益州牧刘璋，奉命邀刘备入川拒汉中张鲁，遂为刘备谋士，佐备夺取益州，任蜀郡太守，官至尚书令，护军将军。

⑱ 去之知：此处原本缺三字，今补录。

⑲ 学其正：此处原本缺三字，今补录。

字 义

妙、好、媺[1]三字皆从女，儒、仙、佛三字皆从人。古人制字，固不可谓无意。至于人之所需为儒，人而居山为仙，人而弗[2]人为佛，其意义又各有在。

① 媺：古“美”字。音美，使物美善。

② 弗：意为不，不是，不像。

左 右

左右之尚[①]，各说家不一，然观《前汉，百官表》[②]：十，左庶长[③]；十一，右庶长；十二，左更；十三，中更；十四，右更。则官次尚左，与今同，但中犹在左下右上。今五军都督府[④]与各卫所[⑤]则以中为尊矣。

① 尚：同“上”，尊也。

② 《前汉·百官表》：指《汉书·百官表》。

③ 左庶长：春秋时，秦置庶长及更，掌军政大权，相当于各国的卿及将军。商鞅变法，制定爵位，以第十级至第十八级为庶长及更爵品，第十级左庶长，第十一级右庶长，第十二级左更，第十三级中更，第十四级右更，第十五至十八为普通庶长或更。

④ 五军都督府：明初设五军都督府，洪武中，改为中、左、右、前、后五军都督府。分领在京各卫所及外地各都司卫所。

⑤ 卫所：明初于要害地设卫、所，一郡者设所，连郡者设卫。各有中、左、右卫或所。

子 纠

程子以齐桓公[①]为兄，子纠[②]为弟，朱子取之。按《春秋》传[③]：昭公二十二年[④]，王室乱，刘子、单子[⑤]以王猛[⑥]居于皇[⑦]；秋，刘子、单子以王猛入于王城[⑧]。注：猛未逾年称王，以猛为宜立也。是故《春秋》之谊[⑨]，苟宜立也。则纠虽未得国，成[⑩]之为子纠，猛虽未得京师，成之为王猛。又按《荀子》[⑪]曰："齐桓前事，则杀兄而争国。"则子纠为兄，在春秋、战国皆然，当时必无误。至程子始以为弟，而朱子取之，莫考所自。窃意程子因孔子称管仲[⑫]，而以召忽为匹夫匹妇之谅[⑬]，无以释其意，故以纠为弟而求合孔子谅忽而功仲之意。朱子至此章亦费力辩论，故不得不取程子之言以为据。然尽废当时之实而以子纠为弟，当亦不可。尝因是而求，得所以不必以子纠为弟，诬桓公为兄，而于孔子之言，《春秋》《荀子》之实，自不相病之论，此不暇载[⑭]。

① 齐桓公：姜姓，名小白，齐襄公弟。襄公在内乱中被杀，小白回国取得政权，任用管仲为相，国力日强，以尊周攘夷为号召，联合诸侯，击败楚国，安定王室，诸侯奉之为伯，为春秋五霸第一个霸主。死后，庙号桓公。

② 子纠：名纠，齐襄公弟，故称公子纠。齐国内乱，出奔于鲁，襄公被杀，率傅召忽及管仲因鲁军回国。时小白已先回齐，立为齐君，率军击败鲁军，迫鲁国杀子纠，召忽死之，管仲被囚送齐，小白用之为相，遂霸诸侯。

③　《春秋》传：《春秋》有左氏、公羊、穀梁三传，此指《春秋公羊传》及《春秋穀梁传》。

④　昭公二十二年：鲁昭公二十二年（前520年）。

⑤　刘子、单子：鲁国大夫。

⑥　王猛：周王室公子，名猛。猛以王室乱，出奔鲁，鲁大夫刘子、单子奉迎，以兵护送至齐之皇，欲立为王，未成而周乱平，已立新君，猛仍以公子身份回国，《春秋》书此事件仍称之为王猛。

⑦　皇：齐国境内地名。

⑧　王城；周王城，在今河南洛阳。

⑨　谊：与“义”通。

⑩　成：疑为“称”字之误，下同。或释为随便、将就。

⑪　《荀子》：传为荀况著，时人尊号为卿。汉人避宣帝讳询，改称孙卿。春秋赵国人，游于齐，三为祭酒，后入楚，春申君用为兰陵令，著书终老，有《荀子》传世。

⑫　孔子称管仲……句：《论语·宪问》：“子路曰：‘桓公杀公子纠，召忽死之，管不死。曰未仁乎？’子曰：‘桓公九合诸侯，不以兵车，管仲之力也，如其仁，如其仁。’子贡曰：‘管仲非仁者与？桓公杀公子纠，不能死，又相之。’子曰：‘管仲相桓公，霸诸侯，一匡天下，民到于今受其赐。微管仲，吾其披发左衽矣，岂若匹夫匹妇之为谅也，自经于沟渎而莫之知也。’”。

⑬　谅：诚信，遵守信用。

⑭　此不暇载：意为对此不必浪费时间、笔墨。

书二义

杜诗《古人》已用“三冬[①]足年少，今开万卷余。”其意以学书为诗书之书矣。按《东方传》[②]云：“学书三冬，文史足用。”乃今之字书，在汉则史书[③]、篆、隶之类也，故曰文史足用。观其下曰：“十五学击剑，十六学诗书。”则前三冬所学为字书可知。今为诗率承杜，误以为诗书之书矣。

① 三冬：三年。王先谦《汉书补注》：“三冬谓三年，犹言三春、三秋耳。”

② 《东方传》：指《汉书·东方朔传》。

③ 史书：指《史籀篇》。《史籀篇》，字书名，旧说为周宣王时太史籀撰，原书已佚，今存《说文解字》中所引《史篇》及所录籀文二百二十三字，字体与石鼓文及春秋时金文相同。近人王国维有《史籀篇叙录》《史籀篇疏证》。

王　孙

幼诵王维[1]“芳草年年绿，王孙归不归”之句，不晓所以，问之郡中人，皆不对。偶见《本草》[2]，说曰：“草，一名王孙。”则知维诗之命意矣。

① 王维：字摩诘，祖籍山西祁县，河东（今山西永济）人。唐玄宗开元进士，历官左拾遗、监察御史、给事中、太子中允，肃宗乾元中，转尚书右丞，世称王右丞。工诗善画，宋苏轼称维“诗中有画，画中有诗”。晚营别墅于陕西蓝田之辋川口，因聚其田园诗称《辋川集》，并有《王右丞集》行世。此处所引为王维《送别》五绝诗中后二句。

② 《本草》：指李时珍《本草纲目》。

长 杨

唐人[①]“朝元阁[②]上西风急，都入长杨作雨声。”只以长杨作宫名，故不可晓。后值今乔礼书希大为太常少卿祀西岳，为予言，亲历其地，有杨数株，犹在阁基之西，非宫名也。

① 唐人：唐代人。按所引为杜常《清华宫》诗句。

② 朝元阁：道观名。在今陕西西安骊山。

卷 六

文 姜

幼时读《春秋》至于"夫人姜氏[①]薨，葬我小君[②]文姜。"便不可晓。及长而问之治《春秋》者，不过本胡氏[③]说，以先书夫人孙[④]于齐，及哀姜薨于夷[⑤]，齐人以归，为谨[⑥]之于始而已。恐是说终牵强不可通也。夫以文姜之通兄弑夫，其淫恶与武瞾埒，而圣人书法仅仅若此，朱子谓平生不敢说《春秋》，又谓《春秋》自难理会，其谓是夫？

① 姜氏：姜姓，名文姜，齐僖公女，鲁桓公夫人。桓公与文姜如齐，文姜与兄襄公通，桓公怒，文姜以告襄公，遂杀桓公，而归丧于鲁。文姜留齐，死于夷，齐人亦归其丧于鲁，鲁人称之为哀姜。

② 小君：古代称诸侯夫人为小君。《春秋·穀梁传》庄公二十二年："小君，非君也，其曰君何也？以其为公配，可以言小君也。"

③ 胡氏：指胡三省。

④ 孙：与"逊"通，暗适也。《春秋·穀梁传》庄公元年："夫人孙于齐。"范宁《春秋集解》："孙，逊遁而去。"

⑤ 夷：齐国地名。

⑥ 谨：告诫，提醒。

因革义

自三皇[①]、五帝[②]、三王[③]，皆建号[④]，唯秦政[⑤]自以为德兼三皇，功过五帝，遂称皇帝。自三代以上皆封建[⑥]，唯秦政遂罢侯置守[⑦]，自汉高以上皆无年号，唯汉武帝始立年号。夫秦皇、汉武皆公论所不与[⑧]，其所建置，则后世不可易者如此，岂非其人则非，其计则是，所以足为后世法耶，又唐、虞、夏、商、周、秦、汉、晋、隋、唐、宋，皆以封国[⑨]之名，建有天下之号，元以夷狄入主中国，封国既无氏姓，又逆[⑩]其臣，始仿拓拔改姓[⑪]之意而为有天下之号曰元，且妄释唐虞之字，以就其以义立号[⑫]之计。至皇朝[⑬]继之，因亦以义立号，而万世不可易，抑岂其人则夷，其义则夏，所以足为天下贞[⑭]耶？《易》[⑮]大“随时”之义，《书》[⑯]“垂”善无常主”之训，《大学》[⑰]“憎而知其善”，其此之谓也。不然，《春秋》书天王，而石勒[⑱]之僭王为是，有虞以氏号，而霸先[⑲]之号陈为得矣，此岂易言也哉？此岂易识也哉？

① 三皇：传说中的远古帝王。有六说：（一）天皇、地皇、人皇，见《史记·补三皇本纪》引《河图》《三五历》；（二）天皇、地皇、秦皇，见《史记·秦始皇本纪》；（三）伏羲、女娲、神农，见应劭《风俗通义》引《春秋纬·运斗枢》；（四）伏羲、神农、祝融，见班固《白虎通义》；（五）燧人、伏羲、神农，见《白虎通义》引《礼纬·含文嘉》；（六）伏羲、神农、共工，见刘恕《通鉴外纪》。

② 五帝：传说中的古帝王。有三说：（一）黄帝、颛顼、帝喾、唐尧、虞舜，见《大戴礼》《史记·五帝本纪》；（二）太皞（伏羲）、炎帝（神农）、黄帝、少皞、颛顼，见《礼月令》；（三）少皞、颛顼、帝喾、唐尧、虞舜，见《尚书序》、皇甫谧《帝王世纪》。

③ 三王：三代之王，即夏禹、商汤、周文、武王。

④ 建号：建立国号。

⑤ 秦政：秦始皇名政。

⑥ 封建：王者以爵位与人建国立邦也。三代有之，至周而备，其爵有公、侯、伯、子、男五等，其地以百里为公、侯国，七十里为伯国，五十里为子、男国。春秋战国时，强凌弱，众暴寡，互相兼并，天子不能制。秦并六国，其制遂废。

⑦ 罢侯置守：秦始皇废封建，置郡县，尉官治其事。

⑧ 与：赞誉，心许。

⑨ 封国：未称帝时所受封的国号。

⑩ 逆：接受，迎合。

⑪ 拓拔改姓：拓拔为北魏之姓，《魏书·官氏志》云："黄帝子昌意少子悃，受封北土，黄帝以土德王，北谓土为拓，谓后为拔，故以拓拔为氏。"南北朝时，其后拓拔珪建立北魏，统一北方，与南朝对峙。传至孝文帝，迁都洛阳，改以元为皇族姓氏。

⑫ 以义立号：故称庶民为元元，《战国策·秦策一》："制海内，子元元。"鲍彪注云："元，善也，民之类善，故称元。"《史记·孝文帝本纪》："以全天下元元之民。"司马贞《索引》："按姚察云，古者谓人云善，言善人也，因善为元，故云黎元。其言元元者，非一人也。"元世祖以蒙古入主中国，仍号蒙古，至元八年，始议改国号，因仿北魏，改称为元，在改元诏书中阐明安抚人民之义，故改以元为国号，是取元字之义也。

⑬ 皇朝：指明朝。朱元璋以庶民起兵，灭元建号为明，盖取"明"之字义。

⑭ 贞；与“正”通。

⑮ 《易》：指《周易》。《易》有随卦，以随时为吉。

⑯ 《书》：指《尚书》。《尚书》中有“善无常主”句。

⑰ 《大学》：指《四子书》中之《大学》有“恶而知其美”句。此处引为“憎而知其善”，疑误。

⑱ 石勒：字世龙，上党武乡（今山西榆社）人，古代羯族。十六岁聚众起兵，建号赵，史称后赵，自称赵王，后改称帝。

⑲ 霸先：陈霸先，字兴国，吴兴长城（今浙江长兴）人。南北朝时梁将，受封陈王，篡梁自立，即以陈为国号。

微 子

或问朱子，以武王既诛纣矣，时微子[①]为纣兄，又贤，立以为君，夫岂不可？朱子不答。愚以为使武王如或人之见，则武王不足以为圣人矣。盖圣人之心，大公无我，圣人之道，与时偕行，天之生纣，已绝商命矣，武王奉天，敢昧此意以利其名哉？又当时八百之诸侯同奉周矣，武王复立微子，则八百之诸侯可能听武王以立微子哉？借曰听武王而立微子矣，则四海之民仇纣者，可能帖然而安乎？况已诛天子，再复臣位，虽以武王之圣能处之无嫌，而周之公刘[②]后稷[③]之业，子孙百世之计，九州四海之乱，有不自我而作乎？观《书经》理[④]商士之文告[⑤]，则民犹思商，自苏氏[⑥]以为在周为顽，在商为良，遂沿习莫考。夫不靖者，皆纣之党也，溺纣之荒淫乐逸以有位于朝者，何啻[⑦]飞廉[⑧]辈数人而已哉？此其党与，实繁有徒，所以诱惑齐民，又不可胜计也。乃指为在商为良，岂不误哉？夫民则去恶归善也，士则假善恣[⑨]恶也，若以为真而与之，则乱从兹起，不但公刘、后稷不血食，而贻祸罔极，武王殆亦宋襄[⑩]之流矣。天命人心之去留，圣人精义入神之大用，于斯焉在？此岂胶固浅见所能测乎？或疑莽、操、懿、温[⑪]之贼，得斯说而肆，是不然，公私、理欲、诚伪之不同而已。尝疑朱子之不答，意盖在此。

① 微子：名启，纣庶兄，封于微（今山东梁山西北，一说在今山西潞城东北），子爵国，故称微子。为纣卿士，数谏纣，不听，去之。周武王灭纣，以微子代殷后，封公爵国于宋，都商丘（今河南商丘南）。

② 公刘：古代周民族领袖，传为后稷曾孙。夏末，率周族迁豳（今陕西旬邑西南），后渐繁富。

③ 后稷：名弃。尧、舜时为农官，教民耕种。农官之长称稷，《左传》昭公二十九年："稷，田正也。"孔颖达疏云："正，长也。稷是田官之长"。传为周民族始祖，周人尊之为后，称后稷。

④ 理：此处原书缺字，今补录。

⑤ 文告：《尚书》有《大诰》篇。武王诛纣后，命周公东征，平殷遗民之为乱者，作《大诰》示天下。

⑥ 苏氏：不详。或谓指有苏氏。有苏氏己姓，即纣宠妃妲己之国（在今河南济源西北）。周初，其领袖苏忿生率其民迁居温（今河南温县西南）。至周襄王二年（前650年），灭于狄。

⑦ 啻：仅只，仅有。

⑧ 飞廉：亦作蜚廉，纣谀臣。《史记·秦本记》："蜚廉生恶来，恶来有力，蜚廉善走，父子俱以材力事殷纣。"

⑨ 恣：放纵。

⑩ 宋襄：宋襄公名兹父，春秋时宋国君，继齐桓公后为春秋五霸之一。史传其讲究仁义而不切合实际，以致被楚击败于泓水。

⑪ 莽、操、懿、温：莽指王莽，篡汉自立为新。操指曹操，逼汉献帝封为魏王，其子丕终于篡汉为魏。懿指司马懿，以兵逼魏齐王曹芳封为晋公，其子司马昭继为晋王，昭子炎终于篡魏为晋。温指朱温，唐将，赐名全忠，封梁王，代唐称帝，国号梁，史称后梁。以上四人均假天授人归之名，获得政权。

无间言

汉《杜邺传》[①]，谓孔子善闵子骞[②]能守礼，不苟从亲，亲之所行，无非礼者，故人无可间[③]也。顾又不及[④]昆弟，其亦以是而无间欤？如此解，则闵子之为孝尤大矣，然后[⑤]过于求深[⑥]，但视今之为举业学者，口耳循习，中无所知则优矣。

① 《杜邺传》：指《后汉书·杜邺传》。杜邺，字子夏，繁阳（今河南临颍）人。东汉哀帝时，官凉州刺史。

② 孔子善闵子骞：《论语·先进第十一》："子曰：'孝哉闵子骞，人不间于其父母昆弟之言。'"闵子骞，名损，春秋鲁国人，孔子弟子。

③ 间：离间，挑剔，说闲话。

④ 不及：没有涉及。

⑤ 后：指不及兄弟句。

⑥ 过于求深：过分深入推论。

诸葛堰

城南八里有堰[①]，溉田甚广，旧名诸葛堰。每岁修堤，竹木为害[②]特甚。成化戊子[③]，高邮朱御史皑[④]以甓[⑤]易之，迄今无扰，可谓才而惠矣。今祠于名宦[⑥]。

① 堰：堤坝。

② 竹木为害：修堤时用竹木甚多，有害于民。

③ 成化戊子：明宪宗四年（1468年）。

④ 朱御史皑：里籍待考。

⑤ 甓：砖。

⑥ 祠于名宦：奉祀于保山名宦祠。

刚　明

华容王户侍俨[①]在部时，值考察京官，而吏部与都察院皆虑致怨[②]，则决于其长[③]。时户书正缺[④]，王慨然任之。独户部所黜属官最多，竟亦无怨之者，可谓刚明矣。后王两被劾于言官，人疑其为此，王曰："不然，兹有由[⑤]。吾巡抚河南，藩司[⑥]以修黄河岁用之夫[⑦]请曰，夫当分送某内臣，某阁老，某尚书、侍郎，吾允之仍旧[⑧]而已，布政某，初亦不计[⑨]灵宝许户侍郎[⑩]罢官家居也，其二子皆居言路，所以每劾由此。"词气和平，殊可敬也。

① 王户侍俨：王俨，字民望，湖南华容人。明成化进士，累官至户部侍郎，巡抚河南，武宗时以忤刘瑾罢，戍边。瑾诛，赦还，卒。

② 致怨：招人怨恨。

③ 决于其长：取决于所在部院长官。

④ 正缺：当时没有。意为户部尚书缺位。

⑤ 兹有由：此事有原因。

⑥ 藩司：布政使。

⑦ 夫：夫役名额，意为浮报民夫的工银。

⑧ 仍旧：惯例。

⑨ 不计：没有在意留心。

⑩ 许户侍郎：里籍无考。

人 事

予为验封主事[1]，见司务厅[2]遣使送布按府[3]书帕[4]，因谓二僚曰："此加诸文选[5]，考功[6]犹有谓[7]于吾辈何居[8]？"一僚曰："此何足计，二司正郎[9]，此时已有织金币[10]二矣。"予以尝任文选主事，亦皆如此，笑曰："正郎行事，主事岂容知耶？"再任稽勋[11]员外郎，又值司务送书帕，因又曰："验封犹有谓为封赠也，子斯何居？"一僚又所云如前。后任考功文选郎中，惩[12]斯言，决无私受，然果有书帕之外之币，殆亦言之过甚也，然苦却[13]之矣。后皆以为薄彼[14]，如今陆兵书完[15]为江西宪长[16]时，别[17]馈币一端，不受。后在南京，常与之会，终是介意[18]也。又南京金兵侍泽[19]考满，钧阳马公问询予曰："金亚卿[20]于汝有人事[21]否？"答以有扇四柄，帕二方，书二册。马曰："于吾之礼几乎数十两，汝岂无半乎？"一时愤辩伤急[22]，公微哂曰："吾子为陆安知州，考满，买茶作吏部人事，吾所知也。"则又辨曰："茶为礼，时志淳为主事，亦不多值[23]，以老大人故，亦各有书与帕答之。"公徐曰："若如汝言，则今吏部司属争求入[24]，何意哉？"予乃为公反复辩论，且云为求人事货利而入者，岂曰皆无，但亦愚耳。果曰求利，虽何官不可求利，果志不在利，如老大人不受金亚卿之币，岂待强乎？公稍解。出遇太仆少卿杨晋叔[25]，问所以，备述告[26]之。杨曰："子言诚是，但云何官不可求利，亦过激。"予请其故，杨曰："我升出已三月矣。比为考功时，虽乡里宁有一帕相餽乎？以此谓子言过也。”后予每与马公争用人，不从，则通不复言，或即退。公始曰：“吾今知汝矣。假使今日行事者，于汝家得金千两，吾亦知是人寄汝家者，非以他也，但不可太直，终为身名累耳。”当时感公知之而不然其家，后乃知公子为锦衣㉗者，每来嘱事，不从，时谤于公，公不信而阴访之，久乃有此说，公可谓详慎无私于子矣。然予竟以不然公教而致败，则公亦有见于未来者欤？或谓公名迹多为于子溺爱而损，何以云无私于子哉？予特以其知予一节言耳。

① 验封主事：吏部验封司主事，主持官吏之验看任用。

② 司务厅：明于六部中设司务厅，掌督催稽缓，勾销簿书。

③ 布按府：布政使司及按察使司。

④ 书帕：指书籍及包书之布帛。明时入觐之官及官吏间每以一书一帕相餽为礼，万历后，多改用银。

⑤ 文选：吏部文选司。

⑥ 考功：吏部考功司。

⑦ 有谓：有理由。

⑧ 何居：没有关涉，没有理由。

⑨ 正郎：主管司事郎中。

⑩ 织金币：织金帕，较布帛帕高级。

⑪ 稽勋：吏部稽勋司。

⑫ 惩：警惕、鉴戒。

⑬ 苦却：尽量拒绝。

⑭ 薄彼：看不起他。

⑮ 陆兵书完：陆完，字全卿，号水村，长洲（今江苏苏州）人。明成

化进士，授御史。正德时，历官江西按察使、左佥都御史、巡抚宣府、兵部侍郎、太子少保、兵部尚书、吏部尚书。以通宁王宸濠，谪戍福建清海卫。

⑯ 江西宪长：江西按察使。

⑰ 别：特别，另外。

⑱ 介意：于心不安，有愧于心。

⑲ 金兵侍泽：金泽，字德润，湖北江陵人。明成化进士，历官右都御史、巡抚江西、南京兵部侍郎。

⑳ 亚卿：卿之副职。金泽官兵部侍郎，为尚书之副职，故云。

㉑ 人事：送礼往来。

㉒ 愤辩伤急：怒而辩解，态度急躁，有失体统。

㉓ 值：价值、价钱。

㉔ 入：进入，此指入吏部为官。

㉕ 杨晋叔：里籍无考。

㉖ 告：此处原本缺一字。今补录。

㉗ 锦衣：官服，意为已做官。

与　除

洪武之制，外卫军[①]七分屯粮，三分操备[②]，盖以七人所种之谷养三人也。但初则一军授田二十亩，种谷三石二斗，牛犁，岁征谷五十石入屯仓。每月支谷二石，岁支二十四石为家小粮，支三石二斗为种谷，是征五十石入仓，其实在官止二十二石八斗也。后官吏为奸，屯仓既远，渐不可支七分，军岁纳粮五十石，益困，每告诉，皆云莫可改。后都指挥张麟[③]精审其弊，遂为奏改，名曰“与除”，谓以家小食谷二十四石及种谷三石二斗皆与君[④]，而除其岁征之谷也。然后之纳亦多弊，遂照例以米四斗折谷一石，使岁纳米九石一斗二升，于是军不困而官易征，迄今便之。夫立法以谷，在军易费，曾不知官吏之奸为尤大也。然在上者皆委之制而不恤，麟以武弁能念人困，又能身任其事而垂便利于永久，可谓贤矣。麟廉甚，靖远伯王公骥能知而重之，今亦列于滇之人物云。

① 外卫军：京师以外的卫所屯军。

② 操备：操练守备。

③ 张麟：字仲祥，安徽凤阳人。明正统中任安徽都指挥，后随王骥征麓川，刘文征天启《滇志》有传。

④ 与君：此处疑有误字。

永　昌

永昌攸始[①]，《后汉书》极详。自洪武二十三年[②]，武官欺诞[③]，以为金齿，后虽王靖远[④]辈立学校，然竟不知在后汉已有学校文章也。然岂惟王公辈，虽以丘文庄[⑤]之博学多闻，其载诸《史纲》者，犹夫前也。以是知考古之不易。

① 攸始：创始久远。

② 洪武二十三年：公元1309年。

③ 欺诞：欺蒙荒唐。

④ 王靖远：指王骥。

⑤ 丘文庄：指丘浚。

益 州

益州，今四川成都府也。诸葛武侯所谓“益州疲弊”[①]者是也。然汉武帝以滇王国置益州郡，则今云南至大理亦益州也。《汉志》[②]所谓“分益州置永昌郡”者是也。今人知四川为益而不知滇为益者多矣。

① 益州疲弊：见武侯《前出师表》。

② 《汉志》：指《汉书·地理志》。

金 齿

金齿[①]，非地名也。事见于汉唐，至元代，缅伐八百[②]，为金齿夷所遮[③]，遂伐金齿诸国，此正东汉所谓永昌徼外之夷，即今大伯夷种也。后元立通西府[④]于银生甸，即金齿夷之地。地有蒙乐山[⑤]，最后不能守，移金齿卫于永昌府。洪武十六年，永昌府为思伦所居，指挥李观犹以通西府印来署掌永昌府事。又元初设大理金齿等处都元帅府于永昌，则内外之分犹严。自指挥胡渊革永昌府为金齿司，彼武夫逞私，固无所知，然王靖远骥、杨刑侍宁[⑥]能复立学校，为碑记，竟不知其原，而以金齿夷名误称至今，祇可叹也。

① 金齿：古族名，族人多以金饰其齿，因以金齿称之，居滇西南边鄙及缅甸沿边地方，相传为今傣族祖先。

② 八百：指八百媳妇，土司名，相传其酋长有妻八百，各领一寨，故名。居滇边及今缅甸掸邦东部沿萨尔温江东至湄公河一带。

③ 遮：阻拦。

④ 通西府：南诏置通西府，治银生甸，地在今景东县东境，属银生节度使。此处谓元立通西府，疑误。

⑤ 蒙乐山：在景东县东境至镇沅县，亦名无量山。南诏时封为南岳。

⑥ 杨刑侍宁：指杨宁。

老　佛

朱子感兴[1]于老、佛[2]二字，意有轻重，人尝疑之，累见杂说[3]中，此无他，佛之害大，老之害小故也。然亦朱子亲见白玉蟾[4]辈而悦之，所以其词尤不觉右之也。然终不往从，此朱子所以为正也。但道虽正矣，而亦未究其终[5]。刀圭[6]入口，白日飞升[7]，如此，何飞升者三五十年，人或见之，过此，则再不可见，盖所炼之神久亦散也。若曰彼仙者固长在，曷[8]于空中二三岁一游，则慕其道者自多，又何必如吾儒著书立教以导人也？著书以导，人学其道，则彼固自知不能以其所炼之神，长存天地间也。既不能长存，则勤苦弃世若彼，而终归澌泯[9]消散，竟何益哉？由是又为蓬莱五城十二楼[10]、三清[11]仙籍之说以救之，正犹佛本见其类之贪竞淫污，一切绝之以为大快而死矣，而恐人不尚[12]，又为轮回报应[13]之说以救之也。老有飞升长生之事，而人终不知其飞升之不可长，故朱子亦信之。佛有轮回报应之说，而人终不知更生[14]之事为间有[15]，是故杨叔子探环[16]之事咸书之，殊不思仙佛殊术异技，若要之，久揆之道，则自可不辨而明矣。以朱子尚以所见信其事而不要其终，则王缙[17]、柳子厚、苏[18]黄[19]以下至宋景濂[20]，以儒附佛而终不悟者，又足言哉？宜乎自王公以上，齐民以下，历千余载，冥然曰释曰道，日新月盛，而与圣人之教相终始也，噫！

① 感兴：觉得有兴趣。

② 老、佛：指当时道教和佛教。

③ 杂说：指朱子有关老佛的评论。

④ 白玉蟾：名葛长庚，字如晦，又字白叟，号海琼子。琼州（今海南海口）人，一说福建闽清人。南宋宁宗嘉定间，学道武夷山，诏征赴京师，应对称旨，命馆太乙宫，封紫清明道真人。为道教南宗五祖之一，世称紫清先生。著有《海琼问道集》《海琼白真人语录》《海琼玉蟾先生文集》等书。

⑤ 未究其终：对道理未能穷究其所以然。

⑥ 刀圭：原为量药之具，此指道家服食的药物。

⑦ 白日飞升：白日飞上天成为神仙。《魏书·释老志》："积行立功，累德增善，乃可白日升天，长生世上。"

⑧ 曷；与"何"通。

⑨ 澌泯：消灭，如水之蒸发无余。

⑩ 五城十二楼：道家传说仙人居海中仙山，有五域十二楼。《汉书·郊祀志》："方士有言，黄帝时为五城十二楼以候神人，名曰迎年。"

⑪ 三清：道教所尊之三神，即玉清元始天尊，上清灵宝道君、太清太上老君。道书谓此三神居天外仙境，称三清之境，即玉清、上清、太清。

⑫ 不尚：不以为然，不信崇。

⑬ 轮回报应：佛教认为众生各依所行善恶业因，一直在六道（即天、人、阿修罗、地狱、饿鬼、畜生）中生死相续，升沉不定，有如车轮旋转不停，有何因即有何报，丝毫不爽，故称轮回报应。

⑭ 更生：再生，死而又生。

⑮ 间有：少有，亦即无有。

⑯ 杨叔子探环：待考。

⑰ 王缙：字夏卿，山西永济人。玄宗开元中，举草泽文辞清丽科，授御史。天宝间，历官至黄侍郎、同平章事。信佛而贪，后贬括州刺史，迁太

子宾客，留司东都。

⑱ 苏：指苏轼。苏轼喜佛书，常与僧侣友。

⑲ 黄：指黄庭坚。黄庭坚，字鲁直，号山谷道人，晚号涪翁，分宜（今江西修水）人。宋英宗治平进士，哲宗时为校书郎、迁著作郎、擢起居舍人，知鄂州。绍圣初，贬涪州别驾。徽宗崇宁初，羁管宜州而卒。工诗文，善书，为苏门四学士之一，与东坡齐名，世称苏黄。有《山谷内外集》行世。

⑳ 宋景濂：名濂，号潜溪，浙江浦江人。隐居东明山。明初，书币征除江南儒学提举，主修《元史》，官至侍讲学士承旨，知制诰，以老致仕。后因长孙宋慎牵涉胡维庸党案，全家谪茂州，道中病卒。英宗正统初，追谥文宪。著有《潜溪集》《潜溪录》及《宋学士文集》等行世。

咏鹦鹉

郡有一士，以所题《鹦鹉》诗告先人[①]，先人尝诵之，曰："此可以名汤鹦鹉，以对郑鹧鸪矣，惜远地无张之[②]也。"因志之："翠阁香闺带绿阴，忽闻灵舌啭娇音。总将怀袖温存意，不称云林自在心。笼络反因毛羽误，矜夸休羡赋辞深。龙山烟雨春雏小，莫道渔罗著意寻。"[③]

① 先人：指张志淳父。

② 张之：为之赞誉宣传。

③ 此诗为郡人汤琮所作。

韩　信

太史公论韩信，以为学道谦让，不伐功[①]矜能，可比周召[②]、太公[③]，后世血食[④]矣，不务出此，天下已定，乃谋叛逆，夷灭宗族，不迹宜乎！予尝思之，虽使信谦让不矜伐，终亦不免。盖信唯用兵取胜，以图富贵其身，初不在于为民。如置军死地以破赵，自将三十万先合饵项羽不利而却[⑤]，其以无罪死于赵楚者，盖不知几万矣，欺其愚而愚不悟，凡信之用兵，皆此类也。信所杀无罪之人不减楚，天道固以夷灭宗族报之，岂不矜不伐所能免乎？前乎信如白起[⑥]，后乎信如杨素[⑦]，不族诛于其身，必干[⑧]其子孙，天道昭昭，不可掩也。太史公只据事立论，未尝深求，若曰学道，则固非信之所能矣。

① 伐功：夸耀功劳。

② 周召：指周公旦、召公奭。二公皆佐周武王灭殷而安天下。

③ 太公：指太公望，佐周武王灭殷。

④ 血食：受牲享祭。

⑤ 却：退后。

⑥ 白起：战国末秦昭王将，官左庶长、大良造，领兵先后攻取韩、魏、赵、楚等国地多处。封武安君。攻楚别都鄢时，引水灌城，溺死楚军民数十万人。败赵于长平时，坑杀赵降卒四十万人。功高自傲，被昭王赐剑自杀。

⑦ 杨素：字处道，陕西华阴人。北周时官大司马，入隋，任尚书左仆射，越国公，掌朝政。拥立炀帝，封楚国公，官司徒。奢横逾常，隋亡，自杀。

⑧ 干：累及。

卷 七

夷种贵

伯夷种唯思伦氏[①]最贵，洪武中尝屠永昌，擒守城指挥王真[②]，后遣使往谕，方放还王真[③]。至正统初，思仁遂叛[④]，尽取孟养宣慰[⑤]之地，孟养宣慰刀王宾挈家来诉，养于永昌。暨沐忠敬[⑥]征之而败，王靖远[⑦]始大征而破之，思仁走缅甸死。时刀王宾已死，绝，靖远以缅匿思仁与子思机，不获，遂以思仁所取孟养之地畀[⑧]缅人，缅以其长子银起莽居守，方以思仁尸与思机解京师。无何，思仁幼子复为众所立而攻孟养，缅不能御而畏杀其子，遂尽以孟养地还思氏而保银起莽归缅，却以状上，求得孟养并听盏[⑨]沿江之地。思氏亦状上言缅不能抚其人民，愿立思氏，永当朝廷差发[⑩]。时大征之后，兵力已废，王因允其请，使居孟养，岁当差发，立誓金沙江干[⑪]方许过江，盖知夷种独贵而深防之也。然后虽无官，其地自尊之如王者，既幸[⑫]王允其请，凡中国使至，皆不遣坐，多馈始得侍坐，虽千百户[⑬]皆然，毋敢怠。成化中，太监钱能势炽，时遣京官求绿玉、琥珀诸宝，京官皆小辈，贪其重利，始与上下坐，复与并坐矣。至弘治初，给外夷金牌信符，兵部只据官制有孟养宣慰使司，遂颁给以金牌信符至滇，云南镇守及布政司亦莫辨。时土酋思禄最能事[14]，遂以此遍谕其所统，势益张，乃取遮些外国[15]，拓地益广。值猛密[16]叛木邦[17]，事久不平，巡抚官以兵部督逼，适值毛参政[18]急于求进[19]，因以平猛密自任，张[20]大喜，许毛功成，保之代己，遂会镇守，俾用兵挟抚[21]，相机乘之。毛往访计于腾[22]，有千户尹铭言，唯调孟养兵，猛密即可破，毛信之，遂以银牌调兵孟养。孟养见毛势轻，不与，则愤猛密叛木邦而得官，与之则弱[23]，乃以羸兵来，随毛攻猛密。猛密既轻毛势，又欺兵少，则宣言曰："天兵且退后，毛官人要孟养杀我，与他杀了看。"孟养兵原无斗志，又无甲胄，遂大败，毛烧营逃出，猛密设伏要之[24]，歼十七[25]。孟养怒，因复起兵过江败猛密，遂占蛮莫十七处不回，而旧画江不过之誓，始不守矣。时绵州金御史献民[26]巡按，汉兵饿死于道、伤于兵者甚众，欲奏，以阁老谢公迁庇毛，不敢，欲不言，事迹甚露，乃具略节星都察院，后毛降贵州按察副使，兵备赵炯降汉中府同知，孟养遂过江不可制矣。毛乃以策干京师，云南巡抚承前意，乃以使功不如使过，保毛复往抚，孟养益无所畏。毛遂嗾巡抚请兵征孟养，事下兵部，兵部请[27]遣官再勘。孟养乃入贡，诉无叛情，误致大罪，愿以蛮莫等地归之朝廷，且请比普安州[28]米鲁叛逆伏诛，寻以其族为土官例，欲复宣慰司如旧。内阁洛阳刘公健以为无官彼亦自王其地，有官则可制，与吏书马公[29]欲议许之，而内阁谢公迁以毛故，议不许。值刑书闵公珪[30]，浙人也，亦右毛而与兵书刘公善，竟不许，而遣归。孟养思禄死，子立复弱，地复归于猛密矣。然靖远画江不过之防，终不可守，基祸将来，此其端欤？

① 思伦氏：思氏，名伦，伯夷酋长。明洪武初，置麓川宣慰司，以思伦为麓川宣慰使，后叛服无常。

② 王真：陕西咸宁（西安市长安区）人，起卒伍，积功至燕山右护卫百户。洪武初，从军入云南，官指挥，守永昌。

③ 王真：此二字疑衍。

④ 思仁遂叛：事见本书卷二“麓夷”条。

⑤ 孟养宣慰：明永乐二年，以孟养士府改置孟养军民宣慰司，治所在孟养，后沦入缅甸，在今缅甸喀钦邦境内。

⑥ 沐忠敬：指沐晟。

⑦ 王靖远：指王骥。

⑧ 畀：给与，送给。

⑨ 听盏：孟养边地名。

⑩ 差发：当差，派遣，使用。

⑪ 江干：江中无水。

⑫ 幸：依势，占恃。

⑬ 千百户：指卫所千户、百户官。

⑭ 能事：有才能。

⑮ 遮些外国：遮些以外土地。遮些，孟养边地名。外国疑为“外围”之误。

⑯ 猛密：亦作孟密。土司名，明成化中，分木邦西部置孟密安抚司。

⑰ 木邦：亦作孟邦、孟都，土司名。元至顺间置木邦路，治所在今缅甸兴威，辖境当今缅甸掸邦东北部地区，明洪武中改为土府，永乐初改置木邦军民宣慰使司。万历初，沦入缅，清初再度内属，乾隆后又沦属缅。

⑱ 毛参政：名福寿，字用钦，明正统中为参将，随王骥征麓川，以功进左都督，封柱国伯，改名毛胜，镇腾冲，迁云南参政，封南宁伯，卒谥庄毅。

⑲ 求进：想立功。

⑳ 张：姓张者，名不详。依上下文意疑为当时云南主政大员。

㉑ 挟抚：威胁使之就范。

㉒ 腾：指腾越军民指挥使司。

㉓ 弱：力量削弱。

㉔ 要之：截击。

㉕ 十七：十分之七。

㉖ 金御史献民：金献民，字舜举，绵州（今四川绵阳）人。明弘治进士，授御史，历官至世宗时擢左都御史、兵部尚书。

㉗ 请：疑为“许”字之误。

㉘ 普安州：明永乐十三年改普安安抚司置，治所在今贵州盘州西北。

㉙ 吏书马公：指马文升。

㉚ 闵公珪：闵珪，字英，乌程（今浙江吴兴）人。明天顺进士，授御史，历官至刑部尚书，卒谥庄懿。有《闵庄懿集》行世。

烈 女

郡中一指挥，有四女，而死，其妻大肆淫荡，女皆淫奔非类。中一女已纳聘久，夫家知其母与姊妹宣淫，欲退亲取原聘礼，其母固与争讼，不与。女善解之，使还其聘。聘还，女遂自缢死。夫家闻而路祭[①]之。徐访之[②]，方悉其贞，可谓难矣。

① 路祭：在灵柩经过的路旁祭奠。

② 徐访之：慢慢调查了解。

分 羹

汉高分羹之语[①]，先儒以大义非之。至永新刘公定之[②]作《宋论》，亦引此恕高宗和金为母为可哀而不可非，皆不足以究汉高为智之大、用权之精也。盖其所以敢为是言以欺羽者，必其内能阴结项伯以有恃，而史失载也。观伯自受珠夜去[③]之后，而范增剑舞之计，俱沮破[④]于伯，而终易姓受封[⑤]，则自太公、吕后被执之后，汉高有不阴通伯而求其保护者乎？伯既可恃，则为此分羹之说以老[⑥]羽，乃所以全太公、吕后也。合羽欲烹太公而伯止之之言并观之，则分羹之言，亦与伯预通之矣。卒之太公、吕后自归，非汉高用智行权之善，能及兹乎？而后世竟不识也。亲由[⑦]身也，身有痼疾[⑧]，久则致死，其人只知爱身而不敢针砭[⑨]，毒药恐不能愈而速致死，其子知用毒而可得生，则仁人君子是其父乎，是其子乎？即此可见汉高之善于救亲矣，而观[⑩]非之，岂不迂哉？苟以于亲不忍为此言，此正迂儒之常谈，而宋高宗之见也，曷足以救其父哉？如我朝己巳之变[⑪]，所以不与野先[⑫]求和而一意战守，乘舆[⑬]自反，其有得于用智精而处权当矣。使汉高日为哀求祈请而无项伯用，则太公死于羽矣，安望五日一朝[⑭]之庆哉？

① 汉高分羹之语：见《史记·项羽本纪》。略谓项王与汉王俱临广武而军，相守数月不下，而楚粮已绝，项王患之，急欲战而汉军不出，乃于军

前设高俎，以汉王父太公置其上，告汉王曰："今不急下，吾烹太公。"汉王曰："吾与项羽俱北面事怀王，约为兄弟，吾翁即若翁，必欲烹若翁，幸分我一杯羹。"项伯以"为国家者不顾亲"劝项王，乃止。

② 刘公定之：刘定之，字主静，号呆斋，江西永新人。明正统进士，授编修，进侍讲。累官至宪宗时以太常少徕兼侍读学士入内阁，寻进工部左侍郎，迁礼部左侍郎，卒于任。著有《宋论》《呆斋集》《否泰录》《易经图解》等书。

③ 受珠夜去：项羽怒刘邦先入关破秦，设宴于鸿门，欲于席前杀之。项伯与张良为旧交，夜入汉营告张良，因见汉王，汉王以金珠宝物酬项伯，请向项王解说，项伯允之，乘夜驰回，以汉王不欲背楚说项王，并于次日宴会中以身护汉王，使项庄于舞剑时未能击汉王，汉王赖以得免回营。

④ 沮破：破坏。

⑤ 易姓受封：刘邦灭楚，项伯归汉。高祖即位，赐姓刘氏，封射阳侯。

⑥ 老：窘困，无计可施。

⑦ 由：与"犹"通。意为相同，相似。

⑧ 痼疾：久治不愈之病。

⑨ 针砭：古代以砭石为针的治病法，后世泛称金针治疗与砭石出血为针砭。

⑩ 观：此字疑有误。或谓为"竟"字之误。

⑪ 己巳之变：指明英宗正统十四年己巳（1449年）土木堡之变。是年，瓦剌酋也先率军攻明，宦官王振挟英宗亲征，败退至河北怀来县东之土木堡，英宗被俘北去，王振死于军中。后和议成，瓦剌送还英宗复位。

⑫ 野先：也先之另一译音。

⑬ 乘舆：皇帝车辇称乘舆，因用为皇帝之代称。

⑭ 五日一朝：汉高即位后，尊太公为太上皇帝，五日亲往朝拜一次。

纪 传

《史记》于项羽为本纪，最见其据实立名。观鸿门之宴[①]，羽东向[②]，范增南向，汉高北向坐，张良西向立。一时分封王侯，其以人君自处而众亦尊以为君也可见。故《史记》据实而为纪，而汉前亦无议[③]之者，又可见汉世人才风俗之正，犹近古也。至班固始改为列传[④]，然则羽当时行事，果与张耳[⑤]、彭越[⑥]辈埒乎否也？况羽有诛秦之功，其视朱温篡唐，不啻鹏鷃之不侔[⑦]。欧阳《五代史》[⑧]犹以温为本纪，谓纪实善恶自见，曾不以羽纪为是，何哉？班固好谀，遂启后世之曲笔[⑨]，殊不足取也。若谓推尊本朝，则如司马祯氏[⑩]列为世家亦可已。然迁《史纪》之矣而[⑪]不曰楚，不曰霸王，而曰项籍，至汉则曰高祖，是其轻重之间亦精矣。世知尚迁《史》而不知其识正见精，远出好谀之班固，动称曰“史汉”“班马”，故少别[⑫]于此，俾有真识定见者裁之。

① 鸿门之宴：指《史记·项羽本纪》中所述鸿门之宴一节。鸿门在今陕西西安临潼。项羽入咸阳，驻军于此，在军中设宴，欲于席前杀刘邦。

② 东向：身子正对着东方。

③ 议：不同之论。

④ 改为列传：指班固《汉书》改《史记》之《项羽本纪》为《项羽列传》。

⑤ 张耳：大梁（今河南开封）人。秦末，与陈余同起兵，为赵王武臣

丞相，项羽分封诸侯时，立为常山王，后附刘邦，改立为赵王。

⑥ 彭越：字仲，昌邑（今山东金乡）人。秦末起兵，归刘邦为将，封梁王。刘邦称帝，被告谋反，杀之。

⑦ 侔：相等。

⑧ 欧阳《五代史》：指欧阳修《五代史》，世称《新五代史》。

⑨ 曲笔：史家写史，不据事直书，称为曲笔。

⑩ 司马祯氏：疑为“司马贞氏”之误。司马贞，字子正，唐河内（今河南沁阳）人，曾官朝散大夫、弘文馆学士。著有《史记索引》三十卷，又作《三皇本纪》以补《史记》之不足。在《史记索引》中，曾谓项羽应列为世家。

⑪ 之矣而：此处原本缺三字，今补录。

⑫ 少别：略为辨白，简单说明。

曹操姓

曹操父嵩①，本夏侯氏，为中常侍②曹腾③养子，故冒曹姓。尝疑操当为王时，必能知其本姓矣，而终子孙不改所冒以复本姓之故不可得。偶见《杜琼传》④，言当涂高为魏，因言古者名官职不言曹，始于汉以来，名官尽言曹，吏言属曹，卒言侍曹，此天意也。因知此等谶纬⑤，操岂不饱闻而饫听⑥之？所以封魏公，进为王，终冒曹姓而不复夏侯者，其欲篡汉而代之，无往而不极其奸谋耳。

① 嵩：曹嵩，本姓夏侯，字巨高，谯（今安徽亳州）人。东汉桓帝时为司隶校尉，灵帝时擢大司农、大鸿胪，官至太尉。

② 中常侍：秦置，侍从皇帝，出入宫禁。西汉沿之，亦尝为列侯至郎中的加官。东汉则专以宦者为之，用以传达诏令、掌理文书，权力日重。至魏，以中常侍与散骑合并，称散骑常侍，改为正官，不再以宦者充任。

③ 曹腾：字季兴，谯人。东汉顺帝时为中常侍，进大长秋，出入宫禁四十余年，历四帝。桓帝初，封费亭侯。

④ 《杜琼传》：见《三国志·蜀书》十二。原传云："杜琼，字伯瑜，蜀郡成都人也。少受业于任安，精究安术，刘璋时辟为从事。先主定益州，领牧，以琼为议曹从事。后主践祚，拜谏议大夫，迁左中郎将、大鸿胪、太常。为人静默少言，阖门自守，不与世事。……后进通儒谯周……：'昔周征君以为当涂高者魏也，其义何也？'琼答曰：'魏，阙名也，当涂而高，圣人取其类而言耳。'又问周曰：'宁复有所怪耶？'周曰：'未达也。'琼又曰：'古者名官职不言曹；始自汉以来，名官尽言曹，吏言属曹，卒言侍曹，

此殆天意也。’琼年八十余，延熙十三年卒。著有《韩诗章句》十余万言。”按：任安字定祖，四川绵阳人。东汉末年，游学太学，通《孟氏易》学，兼通《数经》，又从同郡杨厚学图谶。杜琼精究安术，即指《孟氏易》学、及《数经》暨图谶等学术。又杜琼与谯周对话中所谓“当涂高者魏也”“官尽言曹”“吏言属曹”“卒言侍曹”等语，均属隐语，暗示代汉者为魏，官吏下卒均为曹姓下属也。又《后汉书·袁术传》云：“（袁术）少见谶书，言代汉者为当涂高，自云名字应之，遂有谶逆之谋。”注云：“当涂高者魏也。术自以术及路皆是涂，故云应之。”按：魏，古字作“巍”，原意为高，故以当涂之高者为魏。袁术字公路，袁姓为春秋时袁涛涂之后裔，袁术认为其姓名与字俱与涂字有关，当代汉为天子，故有僭逆之谋也。

⑤ 谶纬：即谶录图纬占验术数之书。谶者，诡言隐语，预示吉凶。纬者，儒家经学之支流，辄以经文推衍旁义，故作神秘之言，近似术数占验，二者合称为谶纬，此类图书，汉代颇为流行，今已少见。

⑥ 饱闻而饫听：知道很多，如吃饱饭一样。

禅授

王莽篡汉，则假[①]之周公之居摄[②]，其攻翟义[③]，则全拟《大诰》[④]，然当时皆能识之，后之者亦不复可见矣。曹操之篡汉，则假之尧舜之禅授，且诒谋于丕[⑤]，专拟唐虞，当时唯豪杰斯能识之。后之者，自晋、宋、齐、梁、陈、东西魏、北齐、后周、隋、唐、五代、宋，罔不遵其制。然则操之奸雄才略优于莽者，此亦可见。使操不值[⑥]昭烈、武侯与吴之君臣，其一天下也，无难事矣。予尝为之论曰：昭烈、武侯不幸而值操，操不幸而值昭烈、武侯，不然，邪正虽殊，德力虽异，均可以一天下矣。

① 假：借口，援引为例。

② 居摄：周成王即位，年幼，周公代理政事，史称居摄。

③ 翟义：字文仲，汝南上蔡（今河南上蔡）人。西汉末，历南阳都尉，任东郡太守。汉平帝死，王莽居摄，义聚众讨莽，立汉宗室刘信为帝，自任大司马柱天大将军。后为王莽所败，被杀。

④ 《大诰》：《尚书》篇名。周武王立殷后，以管叔、蔡叔、霍叔监之，武王崩，三监及淮夷叛，周公率军东征，作《大诰》以谕军民。

⑤ 诒谋于丕：以假尧舜禅授之名这一策略传子曹丕，曹丕篡立时，亦即用禅授之名。

⑥ 值：遇到，相逢。

诗 意

《归田诗话》[①]载所作《还珠吟》以短[②]张籍[③]“还君明珠双泪垂，何不相逢未嫁时”[④]之句。殊不知张因当时已居节度使幕下[⑤]，而知张者又辟[⑥]之，故张作此吟以答之而道其实，非立意以为教也。瞿宗吉不原张意，而拟以正之，已昧张意旨。又云杨复初题其后云，义正词工，使张见之亦当心服。夫义虽正矣，初不知原张之心与事，张何由服乎？秖[⑦]益张不博考之叹耳。

① 《归田诗话》：瞿佑撰。瞿佑，字宗吉，钱塘（今浙江杭州）人。明洪武中，以荐历任仁和、临安、宜阳三县训导，永乐中升周王府右长史，以诗获罪，谪戍保安十年，仁宗即位，大赦释归，复原职，入内阁办事。著有《归田诗话》《存斋遗稿》《乐府遗音》等书。

② 短：压低。

③ 张籍：字文昌，吴郡（今江苏苏州）人。唐贞元进士，为太常寺太祝，后历任水部员外郎、国子司业等职，世称张水部或张司业。后有宋人重编之《张司业集》传世。

④ 还君明珠……：句见张籍《节妇吟（寄东平李司空师道）》诗。

⑤ 节度使幕下：在节度使署中为幕宾。唐贞元中，李师道任平卢淄青节度使，时张籍在节度署中。李师道，高丽（后改朝鲜）人，继兄李师古为节度使，领有平卢淄青等十二州地，加司空。与淮西节度使吴元济通，遣使刺杀宰相武元衡，刺伤裴度。淮西平后，朝廷集诸镇兵围之，为所部都知兵马使刘悟所杀。

⑥ 辟：推荐，赞誉。

⑦ 秖：与“只”“适”字同义。

文繁简

《国语》[①]载晋侯[②]使随会[③]聘于周一事，《左传》襄公十六年亦载之，共七十余字，其视《国语》共四百三十八字者，繁简何如也？然以文章观之，则《左传》之文劣矣。夫二书均左氏笔也，而繁简之间，优劣顿异，知文章者固不可徒以简为上也。意左氏必有以著于《传》为不足，顾又于《国语》发之与？

① 《国语》：春秋时左丘明著，记春秋时各国史事，可与《左传》参证，故有《春秋外传》之称。

② 晋侯：指晋文公。

③ 随会：晋正卿士会，字季，食邑于随（今山西介休东南），故称随会。后改食邑于范（今山东梁山西北），故又称范会。卒谥武，故亦称随武子、范武子。

盗娼仁义

郡有偷儿，知一家夫不在，而其母与妻织布且毕，夜伺之寝，将穿窬[1]取之。至久，姑詈其妇，怒而先寝，俄而妇自经[2]于机旁，偷儿大呼，其邻与姑起而救之，妇得不死。又一贱娼，滇士有事至者，醉宿其家，有银数两在袖中，夜密置枕下。向晓，有友急呼之，告以家裍[3]，其士惊起，遂归，行十里许，方忆所袖银置娼家枕下，自以为必不可得矣，试返而求之，娼曰固在此，完封还之。夫人至为盗为娼，本心已尽亡矣，而因怜死止盗，因假义[4]不取，然则仁义之根于性，有固无时而息耶？而仕[5]以行义，乃取利无厌，杀人丧己，方扬扬然[6]大小交庆而略不知耻，何也？

① 穿窬：挖通墙壁行窃。

② 自经：自缢。

③ 家裍：裍音固，用同祸，此处言家中有祸事。

④ 假义：假，凭借，可引申为“保持”，假义即保持公正之心。

⑤ 仕：做官。

⑥ 扬扬然：得意忘形。

五 刑

今制五刑，笞[①]、杖[②]、徒[③]、流[④]、绞、斩[⑤]。古之五刑，墨[⑥]、劓[⑦]、剕[⑧]、宫[⑨]、大辟[⑩]。然臧文仲[⑪]曰：“大刑用甲兵[⑫]，其次用斧钺[⑬]，中刑用刀据[⑭]，其次用钻笮[⑮]，薄刑用鞭扑[⑯]。”则又以甲兵、斧钺、刀锯、钻笮、鞭扑为五刑矣。若秦汉之要斩[⑰]、斩左右趾、城旦[⑱]、舂[⑲]之类，均不出此而只异其名也。

① 笞：以荆条或竹板打。
② 杖：以木杖打。
③ 徒：禁止自由行动或强迫苦役。
④ 流：送往边远地区。
⑤ 绞斩：以绳缢死或去首。
⑥ 墨：于额刺字，涅以黑色。
⑦ 劓：割去鼻子。
⑧ 剕：割去一足或双足。
⑨ 宫：破坏生殖功能。
⑩ 大辟：去首。
⑪ 臧文仲：名辰，春秋时鲁大夫。
⑫ 甲兵：军事行动。
⑬ 斧钺：用斧钺等利器斩杀。
⑭ 刀锯：用刀或锯去身体一部分。
⑮ 钻笮：钻即剕刑，笮即墨刑。

⑯　鞭扑：用鞭或杖责打。

⑰　要斩：由腰部斩断。

⑱　城旦：罚做苦役。《史记·秦始皇本纪》“黥为城旦”，裴骃《集解》引如淳曰：“论决为髡钳，输边筑长城，昼日伺寇虏，夜暮筑长城。城旦，四岁刑。”

⑲　舂：妇女犯罪，不任劳役，罚以舂谷米。

三字义

每读书作文，只云义利，顾无敢用利义者。只云利害，顾无有用害利者。因静思之：天地之理，必有义，斯有利，故曰利者义之和，曰义以生利，曰以义为利，曰义之所安，即利之所在。盖利根于义，有义斯有利也。天下之事，凡有利必有害，故曰求利未得而害已随之；曰利之所在，害之所在也；曰小人以为有利于国，而不知其终为害。盖害根于利，有利斯有害也。若曰先于义，则利随之；先于利，则害随之，有自然不可逃者。而今士只先于利而不知害，何愚如之！害至不知而视以为利，则为害至矣。是故覆宗灭嗣，害何其深！彼只妄归之命；坏名灾己，子孙不昌，彼则妄委之数。顾以害为利，而终罔觉也。夫利，首于财贿，极于身名。贪污无知者，利之粗也；全身好名者，利之精也；其为利一也。粗而粗应，精而精应，其为害一也。或疑古之为义者，身亡家破世绝者多矣，何谓利根于义而自不可离乎？则请以好名为利之心，反观彼之名，所以亘天地系于人心而不泯者，为利不亦精乎？故曰皆自然之理，必然之事，而人自不识耳，是故无义之利必害。义之一字，主宰乎利，利之一字，附丽[1]乎害，失义则切于利而迫于害矣，失义则近于利而远于害矣。利在中，义在利上，害在利下，此三字之序，昭然贯古今，通四海而不可易者。而士之作文修辞者，略不少究其义，千计万术，只求以利身利家，欺上罔下，岂非愚之甚哉？

予尝作《三字义说》，其旁引[②]推明[③]颇备，辞多不能载。

① 附丽：附着，依傍。

② 旁引：多方引证。

③ 推明：推究阐明。

征麓川

靖远伯征麓川，初用江西徐节仙①，行符术②说③思任，用黑犬等物，有识皆笑之。后于所斩慢功官④，士皆以为奇功，各升其子，曰当时不如此，功不就，令不严也，有识又称之。

① 江西徐节仙：怒江以西地方巫师。

② 符术：符咒巫术。

③ 说：同咒。《集韵·宥韵》："咒，诅也。古作祝，或从言。"此处言用符术以诅咒思任。

④ 慢功官：在军中有懈怠行为的官员。

夷称法

大伯夷谓天为法，法作上声[1]，故其酋皆加“法”字，如思仁法、思机法是也。其有告请[2]则不敢加“法”字，中国行彼[3]亦不用“法”字也。

① 上声：汉字读音，对每字分四声，即平、上、去、入，读音不同，含意亦异。上声如普通话的永、久、好等字是也。又如好字，读上声为美好之好，读去声则为好恶之好，好吃懒做之好。

② 告请：对官府上文。

③ 行彼：官府对之下文。

猛 密

猛密旧属木邦，其陶猛[①]亦同姓。初，木邦宣慰罕楪以女曩罕弄妻司歪，因猛密有宝井，故使守之。楪死，子落立，落死，孙㐦为宣慰，嗜酒好杀，曩罕弄遂以猛密叛，然犹未敢侵占木邦也。南宁伯毛胜[②]既以贿创始[③]，镇守遂大诱取猛密宝石，俾自入贡，从是势益张。至成化十年[④]，云南镇守太监钱能日遣人讵之，以取宝石，其势始炽。至成化庚子[⑤]，太监王举索宝石不获，遂疏其叛木邦之罪，请征之。曩罕弄惧，有江西人周宾王教之曰："今万阁老[⑥]名为要钱，又当权，且新结昭德宫[⑦]，与万皇亲家最密，若遣人赍重宝投之，不止不征，更可开衙门讨官矣。"于是遣人多赍金宝往见万，遂许之，召职方刘郎中大夏[⑧]，啖以美迁[⑨]，俾往官司柄[⑩]，刘不从，遂举丁忧[⑪]都御史程宗[⑫]任之。时云南巡抚吴诚[⑬]，宗同年也，言不可，宗大怒曰："今万公甚嗛[⑭]汝，敢复忤之？"吴忧懑不知所为，遂卒。程乃率镇及三司[⑮]往，时成化十八年壬寅[⑯]冬也。适曩罕弄所遣投万之使已备悉万意矣，及宗往，凡猛密使至，皆犒宴之，木邦使，笞辱之，冀曩罕弄出迎，不思曩罕弄以是益踞傲不出，且索见，欲坐讲，宗亦许之，而镇守藩臬多不欲。直[⑰]曩罕弄不至，宗遂自往，过南牙山[⑱]就见之。既坐则曰："我猛密之于木邦，初如小象在大象腹中，今小象长成，大于大象矣，可使复纳于旧腹中乎？"宗遂尽以所夺木邦地界[⑲]之，为说安抚司[⑳]，而木邦所有不过十之二三而已，由是孟养诸蕃大失望。程宗即[21]为云南巡抚，骄奢贪纵日益甚，寻升刑侍郎，转刑书，而曩罕弄遂尽取木邦之地，罕乞奔猛止，不如一村。孟养不平，遣大陶猛伦索提兵卫之，仅得命矣。适孝庙更化[22]，万黜，程归，而复值林宪副俊[23]。方大参守[24]往，猛密犹以缅书[25]来，如前桀傲，林杖其二使，猛密惧，始得故地畀木邦，又必欲进贡由木邦方达，虽不果，然以时政清明，又林、方秉正，木邦始有故地什三四而足以自立矣。当林杖猛密之使，众危之，巡抚王都御史诏[26]自滇[27]来永昌以防变，闻遂摄服，王甚嘉林。后罕乞死，子烈遂与猛密为世仇，而日交兵焉。其心只怨成化之屈，遂忘弘治之再生其命，而在上竟无知之者。夫猛密之失，萌于毛胜，盛于钱能、王举，而成于万成[28]，终使再无以善其后如此！不识史书其事，可能不误否？故书予目击耳闻者于此，然亦撮其概而不能尽其详也。

① 陶猛：木邦所属土司。

② 毛胜：即毛福寿。

③ 创始：此二字疑有误。或可释为倡议。

④ 成化十年：公元1474年。

⑤ 成化庚子：宪宗十六年（1480年）。

⑥ 万阁老：指万安。

⑦ 昭德宫：指万贵妃。万贵妃，山东诸城人，四岁入宫为宫女，及长，侍宪宗于东宫。宪宗即位，封为贵妃，居昭德宫，勾结宦官汪直、梁芳等内外弄权，左右朝政，苛敛无度，后暴疾死。

⑧ 刘郎中大夏：刘大夏，时任兵部职方郎中。

⑨ 啖以美迁：以优差为诱饵。

⑩ 往官司柄：到云南主持有关猛密、木邦事件。

⑪ 丁忧：以父母丧在家守制。

⑫ 程宗：字原伊，江苏常熟人。明景泰进士。累官至副都御史，巡抚云南，入为刑部侍郎、尚书，迁工部尚书。

⑬ 吴诚：云南巡抚，籍里行迹不详。

⑭ 嗛；不满意。

⑮ 镇及三司；镇守和都指挥使司、布政使司、按察使司。

⑯ 成化十八年壬寅：公元1482年。

⑰ 直：与“值”同。

⑱ 南牙山：曩罕弄驻地。

⑲ 界：此字疑为“畀”字之误。

⑳ 为说安抚司：许猛密为安抚司。

㉑ 即：此字疑为“既”字之误。

㉒ 孝庙更化：孝宗嗣位，朝政改变。

㉓ 林宪副俊：林俊，字待问，号见素，福建莆田人。明成化进士，历官刑部主事、员外郎。弘治元年，任云南按察副使。历官至嘉靖时任刑部尚书。卒谥贞肃，著有《西征集》《见素集》等书。

㉔ 方大参守：字号里籍行事不详。

㉕ 缅书：以缅文写的文书。

㉔ 诏：王诏，字文振，直隶（今北京市）人。明天顺进士。弘治初，以右都御史巡抚云南，升南京兵部右侍郎，未到任而卒。

㉗ 滇：指云南省会昆明。

㉘ 万成：万指万安，成疑为“程”字之误，指程宗。

称寡人义

幼听瞽者唱词称寡人①，不知其意，稍长，读《孟子》②，始知其解。一日，先君举以问，即以寡人之称对，先君又问曰："称孤何解？"遂不能对，先君曰："老子书③曰：'贵以贱为本'，是以侯王自谓孤寡、不谷。"又曰："人之所恶唯孤寡、不谷，而王公以为称，恐据此解为是。"予谨识之，而取老子书再玩④之，觉寡德之称，真误也。

① 寡人：说书者于君王自称均曰寡人。

② 《孟子》：《孟子》书中梁惠王、齐宣王等国君皆自己称为寡人，注释之家多以寡德之人释之。

③ 老子书；指《道德经》。

④ 玩：反复体会。

掘 陵

《辍耕录》载元总统杨琏真珈[①]发宋陵寝暨唐、林二义士之事甚详，后华亭彭玮文[②]订补其未备，则我圣祖[③]之功德，照辉古今矣。但云桑哥[④]矫可其奏[⑤]，则于元世祖亦欲末减[⑥]，然揆之理，则裒[⑦]诸骨筑一塔压之，名曰镇南[⑧]，至张士诚[⑨]方毁。观命名之义，与世祖诛桑哥后三年方崩而传及数世不敢毁之意推之，则实世祖可其奏而非桑哥矫制也。玮不察此而信胜国[⑩]之讳词[⑪]，岂不误哉！又理宗[⑫]本不当立，以济王[⑬]得怨于史弥远[⑭]遂立，而终不为济王立后，故身后之报若此。至于徽宗陵唯有朽木一段，钦宗陵唯有木镫檠[⑮]一枚，此正天道发见以暴贼桧之欺诬，而亦不置论[⑯]，故因表此三事以附之。

① 杨琏真珈：西藏僧人。元世祖至元中，用为江南释教都总统，发掘钱塘、绍兴南宋帝后大臣坟墓一百一所，盗取殉葬物品无数。至元二十八年，因桑哥罪案牵连，判死罪，得世祖庇护而免。

② 彭玮文：事迹不详。

③ 圣祖：指明太祖。

④ 桑哥：吐蕃人。元国师胆巴弟子，通多族语言，尝为西藏译使，世祖用为总制院使，掌佛教及吐蕃事务。后历任平章政事，尚书右丞相兼宣政使，专权黩货，朝野怨之。终被劾伏诛。

⑤ 矫可其奏：假世祖诏准桑哥奏使杨琏真珈免死。

⑥ 末减：定罪后减轻处刑。

⑦ 裒：聚集。

⑧ 镇南：塔名。元世祖命人收被掘之南宋帝后及诸臣坟墓遗物合葬后，筑塔其上，名为镇南塔。

⑨ 张士诚：小名九四，泰州白驹场（今江苏大丰）人。元末起兵，称诚王，国号周，定都平江（今江苏苏州）。后降元，受封太尉，仍割据自雄，领地南至绍兴，北达济宁，西至皖北，东临海，改称吴王。至元二十七年，朱元璋军攻破平江，被俘，送至金陵自缢死。

⑩ 胜国：被战胜而灭亡之国。此指元。

⑪ 讳词：不便据实纪述之词。

⑫ 理宗：南宋理宗，名赵昀，初名与莒，宋太祖十世孙，父为山阴尉。宁宗无子，权相史弥远引入为嗣子，宁宗死，立为帝，庙号理宗。

⑬ 济王：名赵竑，宋宁宗近支亲属，本应继宁宗位，因与史弥远结怨，史弥远弓理宗为宁宗嗣子，遂不得立。

⑭ 史弥远：字叔同，鄞（今浙江宁波）人。宋孝宗淳熙进士。历官至宁宗时为右丞相兼枢密使，专朝政，引理宗为宁宗嗣，宁宗死，立理宗。进太师、左丞相，病卒。

⑮ 木镫檠：木制灯架。

⑯ 不置论：不必评论。

论山水

《辍耕录》林昕《会友游山檄》云："人有残缣败絮，一山一水，售之千金，至真景则略不加喜，毋乃贵伪而贱真耶？"近亦有此论，此全不知画之妙理者。夫山水诚真，然非跋涉登临，其可得观？纵得观焉，其广大渊深，其可得究？今夫名画，撮山水之大而布于咫尺之内，坐而阅之，造化之显著，物理之幽潜，一展玩而可使尘襟洒然，心目怡旷，与真宰[①]游而与世氛绝，再自得其妙，殆与乐于诗而陶冶性灵者同。揆彼以真伪为言者，岂足以知此哉？夫以朱子之言[②]，苏子[③]之达，罔不留意焉，则非深得其趣者，固未易言也。

① 真宰：古人以天为万物主宰，称为真宰，犹言造物主。

② 言：言论著作。

③ 苏子：指苏轼。

本心明

三原王公既回钱塘，吴公诚[①]代之，太监钱能遣都指挥胡亮迎宴于平夷[②]。回，问亮曰："比王某何如？"亮曰："甚好敬重公公不同[③]。"能微笑曰："王某只不合与我作对头，不然，这样巡抚[④]，只好与他提草鞋耳。"夫以能之怨王公而本心难泯至如此，为士者，可不务乎？

① 吴公诚：吴诚继王恕巡抚云南，里籍行迹待考。

② 平夷：今富源县。

③ 重公公不同：此处原本缺五字，现补录。

④ 这样巡抚：指吴诚。

卷　八

高起居

高起居者名莘，山东人也，洪武中，以起居注[①]充军[②]于永昌。始至，掌印指挥[③]欲延之为西宾[④]，高固辞，由是发左千户所，俾守升阳门以苦之。久而千户意其倦也，乃使人代其役而教其子，高又固辞，乃复遣人诱[⑤]之，高曰："吾既不为指挥教子，顾为千户教子乎？执役守门，分也。"千户怒，俾日持枪不使代，高安之，千户益怒。适大雨弥旬，高妻孥[⑥]皆居城旁之官舍，千户遣人雨中逐出，不使居，衣衾皆狼藉于雨中，妻孥对泣。予先伯禾斋从高学，因率同学往请曰："某等均有屋，请移去，何至自苦于雨中如此？"请益勤，因语先伯曰："被怒至此，而吾即有所归，是甚之也。"遂处雨中，至昏乃徙。尝告先伯曰："吾为起居注，同罹法[⑦]者三十余人，刑部尚书开济[⑧]引奏[⑨]，上闭目不答。久之开目，济又敷奏如前，上复闭目不答，如是者三，始曰：'某人并山东大鼻子生员做的，著去充军，其余的都杀了。'当初引奏时，自分必死，只跪于后，俟得旨即撞死陛下[⑩]，以免此一刀，不意独蒙免死之命。因自思之，同罹法者，每见上意喜，皆争先进言，一值上怒，皆缩恧[⑪]

失措。唯某与吾，喜亦不敢肆言，怒亦不敢惴默[12]，所以遂蒙天监而独贷此命也。”志淳闻此而恨生晚，不及见之。尝以问先君，云：“高唯一子，生一孙，今皆湮灭[13]矣，不识天道竟何如也！”志淳窃谓此足见高庙[14]慎罚之一端，而不止起居之一节，恐久复无所考见也，因备述之。

① 起居注：官名。在皇帝左右，记其起居言行。

② 充军：流放于边远军屯服役。

③ 掌印指挥：军屯长官称指挥，总其事者称掌印指挥。

④ 西宾：家庭教师。

⑤ 诱：劝说。

⑥ 妻孥：妻子儿女。

⑦ 罹法：犯法，遭受处罚。

⑧ 开济：河南洛阳人。明洪武初举明经，官至刑部尚书。后以事下狱死。

⑨ 引奏：引罹法者向皇帝奏请指示最终处理决定。

⑩ 陛下：宫殿台阶。

⑪ 缩恧：内心畏惧，缩口无言。

⑫ 惴默：畏惧，不说。

⑬ 湮灭：不知下落。

⑭ 高庙：指明太祖。

内 奢

吴步骘[①]手不释书，被服如儒生，然门内妻妾极奢绮，颇以此见讥。今京师士大夫之有名者最多有此，而人更慕之，以为善处官[②]，此亦时好使然欤？

① 吴步骘：字子山，淮阴（今江苏淮阴）人。三国时仕吴，历官讨虏将军主记、右将军左护军，封临湘侯。孙权称帝，拜骠骑将军，领冀州牧。

② 善处官：会做官。

使大理

南诏[①]即今大理府也。事著于唐[②]，颇备。逮《宋史》虽有《大理传》，亦甚略。如《容斋随笔》载，淳化[③]中遣蜀人辛怡显[④]使南诏，谓南诏夷甚服诸葛[⑤]，《大理传》中亦不载。

① 南诏：在唐代，蒙氏在滇西建国，称南诏，首府在今大理，后国号历有变更。至后晋时，段思平建大理国。南宋末，蒙古宪宗派忽必烈攻灭。世人每以南诏称云南，亦称大理为南诏。

② 唐：指新、旧《唐书》。

③ 淳化：宋太宗年号。

④ 辛怡显：蜀（今四川）人。宋淳化五年，西蜀李顺余党窜入云南，近大理国，峡路随军转运使、同知兵马雷有终派怡显，往招抚，讫事归，著有《至道云南录》三卷。

⑤ 诸葛：指诸葛亮。

仙之诗

朱子《感兴》诗深信仙，欧公[1]《感事》诗深非仙。朱诗曰："飘飘学仙侣，遗世在云山，盗启元命[2]秘，窃当生死关。金鼎[3]蟠龙虎，三年养神丹。刀圭一入口，白日生羽翰[4]。我欲往从之，脱屣谅非难，但恐逆天理，偷生讵能安？"欧诗曰："空山一道士，辛苦学延龄。一旦随物化[5]，反言仙已成。开坟见空棺，谓已超青冥[6]。尸解如蛇蝉，换骨脱其形。既云须变化，何不任死生？仙境不可到，谁知仙有无。或乘九班虬[7]，或驾五云车[8]，朝倚扶桑[9]枝，暮游崑峇墟。往来几万里，谁复遇诸涂。富贵不还乡，安用富贵欤？神仙人不见，魑魅[10]与为徒。人生不免死，魂魄人幽都。仙者得长生，又云超大虚[11]，等为不在世，与鬼亦何殊。得仙犹若此，何况不得乎？寄谢山中人，辛勤一何愚？"欧公生朱子前百有余年，二诗想亦朱子之所见，而好尚不同如此。窃意朱子因一时见其事而发，又志在不从其术，故不觉称之而不暇究极其终无也。欧公因平生考其实而发，又历见其不能长生，故不觉斥之而不复推求其暂有也。不然，吾谁适从哉？

① 欧公：指欧阳修。

② 元命：天命，自然。

③ 金鼎：金属制炼丹炉。

④　羽翰：羽翼。

⑤　物化：死去。

⑥　超青冥：青冥，幽暗不明，指浊世人间。超青冥，意为成仙。

⑦　九班虬：传说有马头颈鬃鬣如虬龙，身披九斑花纹，一嘶则群马耸耳，称为九班虬。

⑧　五云车：传说仙人乘绘有五色云气之车。

⑨　扶桑：传说东海有神木，两树相扶，故名。

⑩　魑魅：传说中的山泽鬼怪。

⑪　大虚：天空。

蒟酱

蒟酱[1]之名，见于《史记》[2]注释亦明矣。因宋周益公[3]偶失记而妄对，蒟酱之名顾益显。此物，余地[4]所产，《蜀都赋》[5]所谓“缘木而生，其子如桑椹，长二三寸”是已。生时深绿色，日干即黑，云南[6]槟榔以此及滤净石灰合而嚼之，呼为芦子，郡人贩于云南，动数十驮也。槟榔，广西所食即其心，乃药中所用也，以三赖[7]及蒌叶共之，干硬无余味。云南所食，采其嫩者，分为四，连皮与心，合以蒟酱、净灰食之，软而有香味。然此物只下气、破气，饱后颇宜。今日食不置[8]，唇齿皆红，而士夫反从之为宜，殊不雅也。唯三原公[9]至滇不食焉。

① 蒟酱：李时珍《本草纲目》蒟酱条云：“蒟子、土荜茇，苗名扶恶、土蒌藤。时珍曰：按蒟子可以调食，故谓之酱，乃荜茇之类也。”

② 见于《史记》：《史记·西南夷传》：“建元六年，大行王恢击东越，东越杀王郢以报，恢因兵威使番阳令唐蒙风指晓南越，南越食蒙蜀蒟酱。蒙问所从来，曰，道西北牂牁。牂牁江广数里，出番禺城下。”

③ 周益公：周密，字公堇，号草窗、蘋洲、泗水潜夫、弁阳老人等，人称益公。原籍山东济南，寓居浙江吴兴。南宋理宗时，曾参临安府幕，咸淳初，任丰仓检察，后为义乌令。宋亡不仕，著有《癸辛杂识》《武林旧事》《齐东野语》《云烟过眼录》等书。密所著书中有涉及蒟酱者，但失实。

④　余地：指永昌。

⑤　《蜀都赋》：晋左思撰。

⑥　云南：此指云南府地区。

⑦　三赖：广西产草药名。

⑧　不置：不停。

⑨　三原公：指王恕。

慕容垂

《晋书》[①]，慕容垂[②]以晋太元[③]十一年僭即帝位，以太元二十一年死，时年七十一，则初为燕王叛苻坚[④]时，时方五十八九岁。何苻丕[⑤]遣姜让责之，乃曰“但念将军以七十之言[⑥]，悬首白旗”坚亦曰：“念卿垂老而为贼”，恐必有一误。

① 《晋书》：唐房玄龄等撰。

② 慕容垂：字道明，昌黎棘城（今辽宁义县）人。鲜卑族。曾仕前燕，封吴王。前燕被前秦攻灭，入前秦，旋前秦苻坚攻东晋败于淝水，乘机自立为燕王，史称后燕。晚年出兵攻北魏，病卒于平城，年七十一岁。

③ 晋太元十一年：东晋孝武帝太元十一年（386年）。

④ 苻坚：字永固，略阳临渭（今甘肃秦安）人。氐族。前秦东海王，后称帝。东晋孝武帝太元八年（383年）攻晋，败于淝水，所属各族首领纷纷自立，太元十年被羌族首领后秦建立者姚苌擒杀。

⑤ 苻丕：字永叔，前秦苻坚长子，初封长乐公，官至都督关东诸军事、征东大将军、冀州牧。苻坚死，率部西撤至山西，称帝。次年，出屯平阳，被西燕慕容永击败，南奔，为晋军所杀。

⑥ 言：此字疑为“年”字之误。

嬖　幸

汉哀帝嬖[①]董贤，遂病痿痹[②]而早夭，苻坚嬖慕容冲[③]，遂至丧乱而身死。近见名臣有功业问望[④]，而或死亡，或身后不竞[⑤]，每求其短[⑥]，皆坐[⑦]此也，可忽之而不戒哉？

① 嬖：嬖幸，宠爱狎昵。

② 痿痹：肢体萎缩麻木，行动困难。

③ 慕容冲：小字凤凰，前燕皇族。苻坚灭燕，冲与姊清河公主俱被苻坚俘获，纳入宫中，均得宠幸。王猛切谏苻坚，出冲为平阳太守，冲与兄泓起兵叛坚，泓称帝，是为西燕，冲为皇太弟。旋泓为众所杀，冲继称帝，为政暴毒，被左将军韩延所杀。

④ 问望：此“问”字疑为“闻”字之误。闻望，犹言声望。

⑤ 竞：昌盛发达。

⑥ 短：缺点，原故。

⑦ 坐：由于，因此。

减　年

昔居京师，见进士减年①，岁益甚②，每思宋寇莱公准③不肯减年以应举者矫④之，而无对⑤者。后读《司马朗传》⑥，乃知伯达志不损年以求成，正可为对，只当时见书不多耳。

① 减年：减低年龄。

② 岁益盛：一年比一年盛行。

③ 寇莱公准：寇准，字平仲，华州下邽（今陕西渭南）人。宋太宗太平兴国进士。淳化间，历任枢密副使、同知枢密院事、参知政事。真宗景德元年为相，力主抗辽，遂有澶渊之盟。旋被王钦若等排挤罢相，天禧三年复相，次年又被丁渭等谗罢，封莱国公。复贬雷州，死于贬所，追谥忠愍。有《寇忠愍公诗集》传世。

④ 矫：纠正。

⑤ 对：相比。

⑥ 《司马朗传》：指《三国志·魏书》本传。传云："司马朗字伯达，河内温人也。……（年）十二，试经为童子郎，监视者以其身体壮大，疑朗匿年，劾问，朗曰：'朗之内外，累世长大，朗虽稚弱，无仰高之风损年以求早成，非志所为也。'监试者异之。"曹操当政，辟为司空椽，累迁至兖州刺史。

嫡 庶

庶，不止为妾[①]生，亦有以嫡庶言长少者。如郑公[②]与公叔段[③]俱武姜[④]生。庄公封叔段于京[⑤]，祭仲[⑥]曰："京大于国，非所以封庶也。"则同母弟亦可以称庶矣。

① 妾：古时多妻，正妻以次者称妾。

② 郑庄公：春秋时郑国君武公长子，继武公位。

③ 公叔段：郑武公次子。

④ 武姜：郑武公正妻。

⑤ 京：地名，在今河南省荥阳县东南，距郑国都城新郑很近。

⑥ 祭仲：祭（读音债）系郑国大夫，字足，亦称祭足，或祭中足。

骰　子

今掷骰子而博者曰神掷，亦有本。慕容宝[①]与韩黄、李根[②]等因讌[③]樗蒲[④]，宝危坐[⑤]，整容誓之曰："世言樗蒲有神，岂虚也哉？若富贵可期，频得三卢[⑥]。"于是三掷尽卢，宝拜而受赐。故后宝劝垂杀苻坚曰："五木[⑦]之祥[⑧]，今其至矣。"又刘毅[⑨]于东府聚樗蒲大掷，一判[⑩]应至数百万，余人并黑犊以还[⑪]，唯刘裕[⑫]及毅在后，毅次掷得雉，大喜，褰衣[⑬]绕床，叫谓同坐曰："非不能卢，不事此耳。"裕恶之，因按五木久之，曰："老兄试为卿答。"既而四子俱黑，其一子转跃未定，裕厉声喝之，即成卢，毅意殊不快也。又《招魂》[⑭]篦蔽象棋有六簙，朱子注云："篦，竹名。蔽簙箸也。投六箸，行六棋，故为六簙也。言设六簙，以篦露作箸，象牙为棋也。曹，偶也，遒，迫也，投箸行棋转遒，迫使不得择行也。倍胜为牟，五白，簙齿也。言已，棋也枭，当成牟胜，故呼五白以助投也。"按曹植制双陆[⑮]用投子二，至唐，以重四[⑯]为堂印，则投子犹用二。然前已有雉、枭、卢之采，则投子不止用二矣。五白五木，五木为投子五，五白岂投而无雉、枭、卢者之名，故呼以属敌为助乎？然今簿，唯双陆用二，而大投或用六、用十，其取采定胜负，又不同矣。疑古樗蒲、弹棋之用投子，别有制也。观裕挼[⑰]五木，则时用五投子，宝三掷尽卢，以为五木之祥，则其时唯以木为投子，而数只用五，又不知用六。用象、用骨、用玉始于何时，观朱子以用象牙为棋释《楚词》，则用象牙始战国矣。但以五白为簿齿，又与裕、宝之用异焉。

① 慕容宝：字道祐，小字库勾，十六国后燕慕容垂第四子，嗣垂位，南伐北魏，败奔顿丘王兰汗，为兰汗所杀。

② 韩黄、李根：慕容宝属官。

③ 讌：宴会。

④ 樗蒲：古代赌博戏。博具有子、有马、有五木等。子以计数，即筹码。马为长方形纸签，上绘马形，明清后称纸牌，分执赌者手中，凭掷五木之多少以出入。五木即如今之骰子，六面，自幺至六，博时掷投，以出现数字及同数者多少定胜负。胜者得采，采有十种，以卢、雉、犊、白为贵采，余为杂采。贵采得连掷，称为打马过关。采以五子皆同数黑色者称卢，为最胜采，以三子同数黑色者称雉，为次采，以二子同数黑称犊，为又次采，以二子皆么白色者称白，为末采。卢、雉、犊采筹上又绘相应之动物形以别之，卢为猎狗形，雉为雉鸡形，犊为小牛形，白无形。樗蒲盛行汉魏，其胜负规则因时代地区而有不同，后专以五木为戏，唐以后增为六枚，今称掷骰子，又以樗蒲为赌博之通称。

⑤ 危坐：端正而坐。

⑥ 三卢：三次得卢采。

⑦ 五木：指慕容宝曾掷五木连得三卢事。

⑧ 祥：好兆头。

⑨ 刘毅：字希乐，小字盘龙，彭城沛（今江苏沛县）人。好樗蒲，一掷百万。初仕晋为州从事，从刘裕起兵讨平桓玄，为抚军将军、豫州刺史，封南平郡开国公，累迁荆州刺史。后与裕不协，为裕攻败，自缢死。

⑩ 一判：一局。

⑪ 黑犊以还：得到黑犊以下采。

⑫ 刘裕：字德舆，小字寄奴，原籍彭城（今江苏沛县），迁居京口（今江苏镇江）。初为晋北府军将领，集兵讨平桓玄，执朝政，总兵灭南燕，败谯纵，收巴蜀，灭后秦，位至相国，封宋王。终代晋称帝，国号宋，史称刘宋。

⑬ 褰衣：提衣襟。

⑭《招魂》：指《楚辞》中《招魂》篇，战国时宋玉作。中有句云："篦蔽象棋，有六簙兮；分曹并进，遒相迫兮；成枭而牟，呼五白兮。"

⑮ 双陆：古代博戏。宋洪遵《谱双》谓：相传由天竺传入，盛行于南北朝及隋唐时。因局如棋盘，左右各有六路，故名。马作椎形，黑白各十五枚，两人相博，骰子掷采行马，白马从右到左，黑马反之，先出完者获胜。明谢肇淛《五杂俎》云："双陆本是胡戏。胡主有弟一人得罪，将杀之，其弟于狱中为此戏以上，其意谓孤则为人所击，以讽王也。子随骰行若得双六，则无不胜，故名。"宋晏殊《类要》谓：此戏始于西竺，即《涅盘经》之波罗塞戏。其流入中州则始自陈思王。洪遵《双陆序》曰："以异木为槃，槃中彼此内外，各有六梁，故名。"此双陆戏，今已失传。

⑯ 重四：二子投下，均为四点。

⑰ 挼：同挪，意为转换，指上文刘裕呼一子成卢事。

著 述

著书，古人道①有诸已不得见诸用，故不得已而为此。若幸遇明时，道有可行，又何著书？然亦有感事与时而著，若朱子为赵汝愚②见害于韩侂胄③而注《楚辞》是矣。然序《楚辞》者通不及此。

① 道：治学已有成就。

② 赵汝愚：字子直，饶州余干（今江西余干）人。宋宗室。宋孝宗乾道进士，授秘书省正字，累官至吏部尚书、知枢密院事。孝宗崩，光宗因病不能执丧，遣韩侂胄以内禅意请于宪圣太后，立宁宗，任右丞相，荐朱熹为侍制经筵，并引彭龟年等理学名士入朝，因论韩侂胄为外戚不宜入枢密，反为韩奏以汝愚以宗室为相不利社稷，贬知福州，寻谪宁远军副使，又责于永州安置。行至衡州，暴卒。韩败，追谥忠定。著有《太祖实录举要》《国朝诸臣奏议》《赵忠定公奏议》等书。

③ 韩侂胄：字节夫，相州安阳（今河南安阳）人，宋皇室外戚。孝宗崩，光宗以病不能执丧，奉赵汝愚命请于圣宪太后，立宁宗，授枢密都承旨，加开府仪同三司，权位居丞相上，遂诬赵汝愚以宗室为相，引朱子等理学名士入朝，不利社稷，赵被贬死，又宣布理学为伪学，兴“庆元党禁”罢逐诸名士。加封平原郡王，平章军国事。嘉泰中，见金国力弱，力主乘机恢复中原，请宁宗追封岳飞为鄂王，追夺秦桧爵位，改谥谬丑。开禧二年，出兵攻金，兵败求和，金人索治祸首，为史弥远等奏劾，宁宗诏杀之，函首送金。

正 统

欧阳永叔因《五代史》[①]帝梁而不黜[②]，以为欲著[③]其罪在不没其实，意亦可矣。至论正统，谓秦亲得周而一天下，其迹无异禹、汤，此何言耶？杨廉[④]夫因元修宋、辽、金史，上言以论正统，意尤善矣，至论宋之君中国，非欺孤弱寡之所致，此何益耶？盖秦虽能一天下，其行事之迹可考也。宋虽可为正统，其得国之由可征也。欧、杨二公顾于其实昧之者，无他，知黜五德之运[⑤]之说矣，而未究事理之纷杂，以求合乎正统之名义，所以厌[⑥]众人之私，而不觉己之蔽[⑦]也。予尝思之，能合天下于一，谓之大统，合而有道，谓之正统，虽能合天下而不以道，若秦、晋、隋，只谓之大统、一统可也。若其前世合而有道，已为正统，后为奸臣篡夺，夷狄并吞，而其后尚贤，或不至无道，若汉昭烈、晋元帝、宋高宗，则仍以正统归之，此以理言；若秦、晋、隋、元，则但可谓之一统，斯无议矣。所以然者，彼于道甚逆，而以势一之故也。若曰宋之取国亦不义，则请比之秦、晋、隋、元，自还优也。欧阳公于梁则云不失其实而其罪自著，却乃强求秦世，比之商、周舛已。要之，有一统天下者，据实待以一统，其先有一统而正，其子孙犹可称，而干[⑧]其统者，又恶而未能混一，若魏之承汉、梁之承唐之类，自不足论，只于一统，酌其贤愚、善恶、正不正而别之，斯于义例[⑨]无偏而可据矣。

① 《五代史》：指欧阳修《新五代史》。

② 帝梁而不黜：《五代史》以梁为正统而不以篡逆予以贬低。

③ 著：昭示。

④ 杨廉：明丰城人，字方霞，以文学称，举成化进士，正德时官南京礼部侍郎，为居敬穷理之学，文必根据六经，自礼乐钱谷至星历算数，具识其本末。有《月湖集》行世。

⑤ 五德之运：战国时阴阳家邹衍的学说，又称为五德转移或五德终始学说。以水、火、木、金、土五种物质性能相生相克，终而复始的循环不息来说明王朝兴替、受命之由，如夏、商、周三朝的递嬗，就是火（周）克金（商），金克木（夏）的结果，因虚构"五德终始"的历史循环体系，以论证王朝命运之正与不正，合不合于天道运行。后世帝王亦多附会其说，每以五行运行之说昭示本朝之合于天运，并推衍而有易服色、改元等行动。

⑥ 厌：满足。

⑦ 蔽：不明。

⑧ 干：扰乱，篡夺。

⑨ 义例：大道理，正义。

地　理

《宋论》[①]言朱子建[②]言，欲为寿皇[③]体魄[④]安宁之虑，宗社[⑤]久远之图，而引葬术[⑥]，精于郭璞[⑦]，而不免王敦[⑧]之毒手。子思葬孔子，不闻有此异术，而昜奕[⑨]万世。愚每验之，葬得吉地，子孙多昌，葬得凶地，子孙多败，有灼然不可诬者。如孔子功德冠万世，当时虽无葬术，而地必自吉矣。如郭璞死于王敦，盖彼生有定命，初未尝为己择葬而遽死矣，此难决其术为泥[⑩]也。大抵天括[⑪]乎地，人果善，为天所佑，子孙当昌，虽不择地，或择地罔不逢吉，而后必昌矣。人果不善，为天所殛[⑫]，任择地求术，罔不逢凶，而后必替[⑬]矣，盖天之理能包乎地外也。先君[⑭]深于地理术[⑮]，而恒言其理如此。今观之朱子与蔡元定[⑯]择地，而欲绵长其后世，至今藩衍于福，虽云功德所致，然择地亦昭然不可掩者。看来为善以为本，择葬以为用，为善存诸心，择葬求诸地，得其本者用或可忽，失其本者虽日孜孜寻地，精术亦无盖已。近见名卿士家专精地理者，而后嗣多衰替，故益信天理包括乎地理之说为正。

① 《宋论》：刘沆著。刘沆，字冲之，吉州永新（今江西永新）人。宋仁宗天圣进士，屡知州、军，擢知制诰，权知开封府，皇祐初，拜参知政事，致和元年，拜中书门下平章事，后罢知顺天府，徙陈州。著有《宋论》等书。

② 朱子建：里籍行迹无考。

③ 寿皇：指晋元帝司马睿之父，司马睿即位，尊为寿皇。

④ 体魄：体格和精力，身体。

⑤ 宗社：宗庙社稷，国家。

⑥ 葬术：选择死人葬地之术，即看地形风水、方向，卜定丧葬日时等。

⑦ 郭璞：字景纯，晋河东闻喜（今山西闻喜）人。精天文、卜筮、历算之术。晋元帝南渡，任为著作郎，迁尚书郎，后为王敦记室参军。敦谋反，璞筮曰无成，为敦所杀。著有《葬书》。另注《尔雅》《方言》《山海经》《穆天子传》等书，俱传于世。

⑧ 王敦：字处仲，琅琊临沂（今山东临沂）人。西晋末，任扬州刺史、都督征讨诸军事，升镇东大将军、都督江扬荆襄交广六州诸军事。拥立司马睿建东晋政权，睿即帝位，是为晋元帝，任敦为大将军，荆州牧。元帝抑制王氏权势，起兵攻入建康，谋逆未遂。明帝即位，乘敦病，下诏讨之，敦再进兵建康，病死而兵亦败散。

⑨ 昜奕：光曜流行之貌，引申为长盛不衰，连绵不绝之意。

⑩ 泥：拘泥，固定，不灵活。

⑪ 括：包括，包容。

⑫ 殛：诛杀。

⑬ 替：衰败。

⑭ 先君：张志淳自称其父。

⑮ 地理术：指堪舆相宅之术。

⑯ 蔡元定：字季通，宋建州建阳（今福建建阳）人。世称西山先生。尝从朱子游，朱子惊其学，曰："此吾老友，不当在弟子列。"遂与之对榻讲论。宁宗庆元党禁起，流放道州卒。追谥有文节。著有《律吕新书》《皇极经世》等书。

宋论

幼时读永新刘公《宋论》引汉高、周平王[①]以见高宗[②]之可矜[③]而不可全斥其非，已觉不强[④]人意，缘此，遂云当时有泽[⑤]、纲[⑥]、鼎[⑦]、浚[⑧]为相，张[⑨]、韩[⑩]、刘[⑪]、岳[⑫]为将，恃以支吾[⑬]则可矣，欲望其制吴乞买[⑭]、粘没喝[⑮]君臣之死命，岂易能哉？夫鼎、浚、张、刘则诚不能矣，使以泽、纲为相，韩、岳为将，则岂有不能制金而复中原者哉？观岳之郾城驻兵[⑯]，兀术将弃洛遁，遁则人各乘胜[⑰]，有不能制吴乞买、粘没喝之死命哉？以岳一将，其效且然，使纲主之于中，而又助以韩、刘于外，吴乞买君臣其能当之？此事理之明白易见者。而永新乃如是立论，使在宋世，几及赵鼎，亦难矣哉！

① 周平王：名宜臼，一作宜咎，周幽王太子。幽王死，中、鲁、许等诸侯拥立于申，击败犬戎，复国，迁都洛阳，是为东周。

② 高宗：指宋高宗。

③ 矜：怜悯，同情。

④ 不强：不合意，不能同意。

⑤ 泽：宗泽，字汝霖，婺州义乌（今浙江义乌）人。宋哲宗元祐进士。靖康变时，知磁州，募义勇抗金。康王（后南渡为南宋高宗）开大元帅府于相州，命为副元帅，东京留守，擢岳飞为统制，屡败金兵，上书力请高宗还都，未见纳，忧愤成疾，临死时大呼过河杀贼者三。谥忠简。有《宗忠简公集》行世。

⑥ 纲：李纲，字伯纪，邵武（今福建邵武）人。宋徽宗政和进士，为太常少卿。钦宗靖康元年，为兵部侍郎，坚主迎战，以尚书右丞任亲征行营使，屡败金兵。高宗即位，用为相，为汪伯彦、黄潜善等排挤，出为湖广宣抚使。著有《梁溪集》《靖康传信录》等书。

⑦ 鼎：赵鼎，字元镇，号得全居士，解州闻喜（今山西闻喜）人。宋徽宗崇宁进士，高宗绍兴初，两度为相，荐用岳飞，收复襄阳，但以保全东南为主旨，反对张浚北伐。后与秦桧意见不合，罢为奉国军节度使，寻谪居潮州，再移吉阳军，不食而卒。著有《忠正德文集》等书。

⑧ 浚：指张浚。

⑨ 张：指张俊。

⑩ 韩；指韩世忠。

⑪ 刘：刘锜，字信叔，南宋德顺军（今宁夏隆德县）人。高宗建炎中为泾源经略使，与金人战于富平有功。绍兴十年，诏为东京副留守，赴汴途中大破金兵于顺昌。次年援淮西，与张俊、杨沂中大败金兵于柘皋。旋出知荆南府，迁江淮浙西制置使，守淮东。以老病退至镇江，忧愤而卒。

⑫ 岳：指岳飞。

⑬ 支吾：勉强支持。

⑭ 吴乞买：金太祖弟，率军南侵，虏宋徽、钦二帝北去，连年统军攻略宋地。后继金太祖位，是为金太宗。

⑮ 粘没喝：亦作粘罕，金太祖侄，为左副都元帅，率军侵宋有功，为都元帅。太宗即位后，执国政，死于熙宗初年。

⑯ 郾城驻兵：绍兴十年，岳飞率轻骑驻河南郾城，大破金兵。

⑰ 胜乘：就兵胜之势进取。

辱 末

今世俗多以“辱末祖宗”“辱末世界”詈骂人家不肖子孙及恶人之贫不知耻者，若士夫则曰玷辱[①]、污辱而已。用是俗言“辱末”字无考，亦莫能解。偶见《汉书》有“污蔑宗室”，颜师古注云：“蔑音秣[②]，谓涂染也。”然后知俗言亦有本也。

① 玷辱：玷，玉有斑点。玷辱谓如玉之不洁。

② 秣：疑为“秫”字之误。

后汉书

范晔[①]《后汉书》盖出为宣城太守，不得志，乃删众家《后汉书》[②]为之。论者讥其赞辞佻巧[③]，又创为《皇后记》，复采王乔[④]等诡事[⑤]入列传。朱子又非其不录《胡笳十八拍》[⑥]而载《悲愤》诗。盖晔极无行义之人也，其传琰之初意，已自有在，而何能深探哀怨发中之旨哉？只如边韶[⑦]之传，竟何所关系？诚使七家旧列于《汉书》，晔亦当删去之，而载之至今，人皆喜谈，以为故事，殊不可晓！

① 范晔：字蔚宗，顺阳（今河南淅川）人。南朝刘宋武帝时为尚书吏部郎，文帝元嘉初，触犯彭城王刘义康，出为宣城太守，取名家《后汉书》纂成纪传体《后汉书》八十卷。后迁左卫将军，太子詹事，掌禁旅，参机要。元嘉二十二年末，因受孔熙先等谋立彭城王义康一案牵连，被杀。

② 众家《后汉书》：指范晔前已有的《东观汉记》及三国吴谢承《后汉书》、晋司马彪《续汉书》，薛莹、华峤、谢沈、袁松山《后汉书》七家。名家书今已散佚。

③ 佻巧：轻佻巧浮。

④ 王乔：相传为河东（今山西夏县）人。东汉明帝时为尚书郎，出为叶县令。有神术，朔望常自县来朝，帝怪其来数而不见车骑，命太史伺之。将至，必见有双凫自南飞来，候其至，举网罗之，得其一，乃乔鞋也。一日，天忽降玉棺于堂前，乔曰："天帝独召我耶？"乃沐浴服饰入棺卧，盖之自覆，葬之城东，土自成坟，乡民立庙祀之，或云即古仙人王子乔也。

⑤ 诡事：奇异之事。

⑥ 《胡笳十八拍》：乐府琴曲歌辞名，相传为东汉蔡文姬所作。文姬名琰，字文姬，亦作昭姬，陈留圉（今河南杞县）人。蔡邕女。初嫁河东卫仲道，夫亡，归母家。汉末大乱，为董卓部将所虏，复为胡骑所得，归南匈奴左贤王，生二子，在胡中十二年，作《胡笳十八拍》。曹操与蔡邕有旧，念邕无嗣，遣使以金璧赎归，再嫁于董祀。感伤离乱，追怀悲愤，作《悲愤》诗二章。

⑦ 边韶：字孝先，陈留浚仪（今河南开封）人。以文学知名，教授生徒数百人。韶口辨，尝尽日假寐，弟子私嘲之曰："边孝先，腹便便，懒读书，但欲眠。"韶潜闻之，应声曰："边为姓，孝先字，腹便便，五经笥，但欲眠，思经事，寐与周公通梦，静与孔子同意，师而可嘲，出何典记？"嘲者大惭。桓帝时，官至尚书令，卒于官。遗有诗文五十篇。

好 佛

佛教彼地之夷，皆酷嗜女色、金宝、争战，故佛氏[①]出而通绝之。既绝诸好，因静而明，所谓善知识[②]者是已。夫以其类之溺[③]，而创见佛之拔出如此，固已倾企[④]，而又见其知识迥异如此，是故奉其说而行也。然佛亦自病死矣，则类之黠者，乃广之为再生[⑤]、三生[⑥]、轮回、报应[⑦]之说以保其常存，而因以自利，此盖夷之智者以眩[⑧]其类之愚也。自东汉引而入之，遂不可救，正缘帝王皆利而惑之，如唐太宗之英明犹然，则他可知矣。独豪杰如苏子瞻辈，好之尤甚，尝疑其喜怪诞诡[⑨]异之谈以自放，非真不知其妄而事之者。偶见其写《金刚经》施僧，题曰“为亡考资冥福；以祖母绣幡舍之金山[⑩]”，又曰“以资冥福”，看来其好原在利佛之福而不失其诞也。以苏之聪明盖世，而一为佛之福利所惑，遂昏昧至此，才可恃乎？所以然者，盖自老泉以上皆事之，如绣幡之类，渐习已久而不自觉也。以苏之才，使早得三迁[⑪]之教，其昏于利，岂至此乎？人家任妇女事佛，以为可以化愚，亦大误已。

① 佛氏：指佛教创始人释迦牟尼。

② 善知识：佛家语。谓能了悟一切，知识高出庸众者。《华法经》：“善知识者，是我师傅。”又为佛祖之通称。

③ 溺：沉没其中。

④ 倾企：相信，崇拜。

⑤ 再生：佛家谓人死后又转生于世，称为再生。

⑥ 三生：佛家谓人有前生、今生、来生，亦即过去世、现在世、未来世。

⑦ 轮回报应：轮回原意是流转。佛家认为众生各依所作善恶业因，一直在六道（天、人、阿修罗、地狱、饿鬼、畜牲）中生死相续，升沉不定，有如车轮旋转不停，各得应得的回报。

⑧ 眩：迷惑。

⑨ 诡：此处原书缺一字。现释义为“诡”。

⑩ 金山；指江苏镇江金山寺。

⑪ 三迁：指孟母三迁故事。孟子幼年居处近墓地，嬉游时仿墓间祭扫情状，孟母遂迁居街市附近，孟子又学为贾人买卖之状，孟母再迁至学官旁，孟子设俎豆，学为揖让进退。孟母曰：“是可以居吾子矣”，遂居之。世称孟母三迁。（见刘向《列女传·母仪》）。

金　多

王镕[①]为节度使，以金二十万谢李匡威[②]，纳李克用[③]缣二十万，又进币五十万，粮二十万，又以币二十万赂朱温。按《五代史》，镕所有地，自其父景崇以上，四世为成德军节度使，皆今真定府[④]一府之地也，而财货之多如此，则唐季节度之取于民者多矣，欲不乱不亡得乎？

① 王镕：回纥人。唐末，袭父景崇职为成德军节度使。初附朱温，温称帝，奉表称臣。旋转附李存勗，在镇聚敛奢靡，军民苦之。终于引起兵变，为部下所杀。

② 李匡威：范阳（今北京市）人，唐末，袭父全忠职为卢龙节度使，恃兵盛，先后与成德王镕、河东李克用等攻战，后为弟匡筹拒其回镇，走投王镕，复阴谋劫持王镕，不胜，被杀。

③ 李克用：沙陀部人。唐末，率部攻灭黄巢，入长安，诏为河东军节度使，封晋王。连年与朱温攻战，子存勗攻灭朱温所建后梁，称帝，是为后唐，追谥武，庙号太祖。

④ 真定府：明真定府，治所在今河北正定，辖境相当今河北井陉、元氏、栾城、新乐、定州、深州、南宫等县间地。

中书校事

魏蒋济[①]所言中书事，极似今之司礼监[②]。程昱[③]所言制校事，极似今之东厂[④]、锦衣卫[⑤]行事校尉。盖缘士之仕者，通不识义理[⑥]而致此也，岂非势使然乎？岂非吾人[⑦]不饬[⑧]以召之乎？

① 蒋济：字子通，平阿（今安徽怀远）人。三国时仕魏，历官至太尉，封都乡侯，卒谥景。曹操为魏王时，置秘书令以典尚书奏事，曹丕即帝位，改秘书令为中书令，又设中书监，位在中书令上，专朝政。至明帝时，权位极重，在任者专横无度。蒋济时为中护军，上书力谏，不纳。

② 司礼监：明置，以宦者为之。武宗时，太监刘瑾用事，司礼监遂专掌机密，批阅奏章，实权往往在首辅之上。

③ 程昱：字仲德，东阿（今山东东阿）人。仕魏，为卫尉，封安乡侯，卒谥肃。魏文帝即位，设制校官，又称校事官，专掌侦察刺探，臣民惮忌，昱力谏止，不纳。

④ 东厂：明成祖设，以宦官主其事，地在东安门外，故名。专掌刑狱，直受皇帝指使行事，专暴无法度，臣民无不惧畏。

⑤ 锦衣卫：即锦衣亲军都指挥使司，明太祖时设。原为护卫皇宫部队，后兼管皇帝交办刑狱，下设南、北二镇抚司，北司专理诏狱，直接取旨行事，用刑尤为残酷。中叶以后，与太监主管之东、西厂并列，人称厂卫。

⑥ 义理：意为正当治国途径，针对如上所指之诸种不合理设施而言。

⑦ 吾人：泛指读书明理之人。

⑧ 不饬：不知尽力主持正道。

节 义

予郡北有北津桥，俗名板桥，有李姓妇季氏，家在城中，有色而寡居。景泰[①]末，都督毛胜[②]来镇守，以达旦降中国，又首谋[③]镇守，其势熌焱[④]，闻者震詟[⑤]。闻季色，即遣人取[⑥]之。其姑与父母闻之，皆褫魄[⑦]，争劝从之。妇不应，只以刀随，坐卧不置[⑧]，曰“再来即自刭。”胜乃别遣官以势动之，守死不二，遂获免。先君每闻旌表节妇，辄语予曰：“达旦来镇守，而季氏能以死拒之不辱，则后之旌表者，风斯下矣。”及予归[⑨]，访之，湮没不可究矣，因为识之。

① 景泰：明代宗年号。

② 毛胜：即毛福寿。

③ 首谋：首先倡议置腾冲镇守。

④ 熌焱：大火炽烈之貌。

⑤ 震詟：震动恐惧。

⑥ 取：意同“娶”

⑦ 褫魄：魂飞魄散，骇得要死。

⑧ 不置：不放下。

⑨ 归：回乡里。

考 官

左都御史浮梁戴公珊[①]当考察[②]时，吏部只欲凭巡按御史考语黜退，公不从。吏部曰："如是，我不担怨[③]。"公不然，私谓志淳曰："果欲如此，吾与子先将御史考核，从其贤者斯可，不可知贵堂上[④]一概从之。"由是，果有所得[⑤]。公可谓公无私矣，宜孝庙[⑥]之重之也。

① 戴公珊：戴珊，字廷珍，浮梁（今江西景德镇市）人。明天顺进士，累官至孝宗弘治中为左都御史。卒谥公简。

② 考察：考察外省官吏成绩。明制，考察时，由各省巡按御史初察，报至都察院、吏部会同作最终决定。

③ 担怨：承担报怨责任。

④ 贵堂上：指吏部，时张志淳为吏部侍郎，故云。

⑤ 果有所得：结果很好。

⑥ 孝庙：指弘治皇帝，庙号孝宗。

早朝诗

唐贾至[①]《早朝》诗，王维、杜甫、岑参[②]皆和之，今天下善书者皆书之，胡仔[③]评四诗佳绝，恐未深究。四诗至虽首倡，视三诗少劣[④]，岑不及王，杜前四句浑雄奇特，三家皆当逊[⑤]，后四句似乎力竭，视王若少贬[⑥]焉。胡皆以佳绝，似欠别白[⑦]矣。不识知诗者以为然否？

① 贾至：字幼邻，河南洛阳人。唐玄宗开元中擢明经第，为单父尉。天宝中，从玄宗幸蜀，知制诰，官中书舍人。历官至代宗时为散骑常侍，礼部、兵部侍郎，终京兆尹，卒谥文。

② 岑参：棘阳（今河南南阳）人。唐天宝进士，肃宗时为右补阙，历侍御史，出为嘉州刺史，客死蜀中，有《岑嘉州诗集》传世。

③ 胡仔：字元任，号苕溪渔隐，徽州绩溪（今安徽绩溪）人。南宋高宗初年，以荫授迪功郎，知常州晋陵县，卜居湖州而卒。著有《苕溪渔隐丛话》传世。

④ 少劣：小有不及。

⑤ 逊：不及。

⑥ 贬：不及。

⑦ 别白：辨识清楚。

所　见

黄参议金[①]，凤阳定远[②]人也。为予言：成化中，曾见二建庶人[③]，内官呼为大哥，见生员[④]通不识，内官为言之，皆唯唯[⑤]，其时亦老矣，而身材甚矮。

① 黄参议金：黄金，官云南参议。行迹无考。

② 凤阳定远：今安徽定远。

③ 建庶人：明燕王攻陷南京，建文帝外逃无踪，燕王即帝位，是为明成祖。民间相传建文帝有子，在襁褓中，成祖育之宫禁，不许与人结交，呼为建庶人。

④ 生员：未做官的读书人。

⑤ 唯唯：含混回声，不明其意。

卷九

花押

《辍耕录》载：元时蒙古色目人为官者，多不能执笔，花押[①]例以象牙或木刻而印之，以为押字。用印始于周广顺二年[②]；因平章李谷[③]以病臂[④]辞位，诏令刻名印用[⑤]。正德己巳[⑥]，予在南京户部，见各监[⑦]所出长单[⑧]，太监、少监、监丞，一监不下二十余员，皆是印押。凡解纳钱粮，必于原额三五倍至十余倍，方获长单，不然，不得完[⑨]，本部[⑩]咨行都察院各行巡按御史拘追。曾见扬州解盐三万斤于三监上纳，解官忽然令隶背银入部，哭诉云："两监已借补盐值十分完矣，今某监借此银三百两，尚打出不收。"告欲自缢。予谕以死亦徒死[⑪]，则请行于本府[⑫]，谕以不可见于行[⑬]，则请代言[⑭]。因知某监掌印者颇纯良，乃遣人告之，彼随令人回言曰："先年只五员官，今签书二十余员，彼不押其印字，我虽掌印，将如之何？借使以我所有，分以与之，亦何能得其押字？怪我则误矣。"闻其说，遂慰谕其官而遣之。夫元用其夷类，故使刻花押，今内臣皆中国人，识字矣，何以亦刻押？

① 花押：签字于文书契约之尾，称为花押，亦称押字、花字。签者每以行草为之，非必如正写，故曰花。合花、押二字，故称花押。

② 周广顺二年：南北朝时北周太祖年号广顺，广顺二年为公元952年。

③ 李谷：字惟珍，汝阴（今安徽阜阳）人。北周广顺初，官平章事，封赵国公。

④ 病臂：臂部有病，不能执笔。

⑤ 刻名印用：以名刻印，以代亲手书字。

⑥ 正德己巳：明武宗四年，公元1509年。

⑦ 监：明沿宋、元制，于地方坑冶、铸钱、牧马、产盐等地方设官署收取产品税，称为监。有二种，一与府、州同级；一与县同级，隶属于府、州。

⑧ 长单：各监收足产品税后所开出的收据，长方形，俗称长单。

⑨ 不得完：若未获得监出长单，不算已完税。

⑩ 本部：指户部。

⑪ 徒死：白白死去，于事无补。

⑫ 请行于本府：请求行文扬州府，以资证明。

⑬ 不可见于行：不见得可以解决。

⑭ 请代言：请求代向三监疏通，给予长单。

事　定

吏部杨主事子器①，慈溪人也，在部好言事而不及大者，堂上与诸僚皆少之②。弘治丙寅③冬，杨又上言初建之泰陵④中有水，时督造太监李兴自弘治初有殊宠，势焰薰灼，遂下杨锦衣狱，寻遣司礼监押杨往，众谓杨必遭兴毒手。乃至，兴率奴客骂詈，欲捶杨，司礼太监萧敬则曰："水之有无，视之即见，李哥何必粗躁？"取茶出，曰："杨先生来，换茶。"又顾李曰："他士大夫，可杀不可辱。"遂得免。回奏实无水，杨搒⑤甚重，众又谓杨必至降谪矣。不二日，即还原职归部。询所自，内臣共欲重其罪，太皇太后闻之，曰："他秀才官，说有水，也是他的好意，如今没水，便罢，如何只要摆布他？"因此，不俟运炭引工⑥，即释。当夫兴怒之时，皆以为祸不可测，萧则为解之，乃无水之后，皆以为谪降必至重，而又有望外⑦之宥，然则官之在人，固有一定之命，虽谪降与捶击之细，亦非人所能为也。

① 杨主事子器：杨子器，字名父，慈溪（今浙江慈溪）人。明成化进士，历知崑山、高平、常熟诸县。弘治中为吏部考功主事，官终河南布政使。

② 少之：轻视。

③ 弘治丙寅：弘治无丙寅，疑为"丙辰"之误。弘治丙辰为孝宗九年，

公元1496年。

④ 泰陵：明孝宗陵寝，在北京昌平。

⑤ 搒：被捶击。

⑥ 运炭引工：运炭入陵墓以防潮湿。

⑦ 望外：出乎希望之外。

乡 俗

永昌五十年前，时有为诗者，多可观。幼诵一绝云：“杜宇[①]枝头百舌吟，何人不动惜芳心；桃花红雨梨花雪，铺得春愁一寸深。”又题《菜灯[②]》云：“草堂照破齑盐[③]梦，华屋烧残肉食心。”如此之类甚多。先君五十以前好作诗，故与之交往为密，因窃记前诗。其人姓陶名宁[④]，字致远，亦明经[⑤]，与今日为社学[⑥]师者异矣。

① 杜宇：杜鹃。相传周末有蜀王名杜宇，号称望帝，有善政，后让位于其相，自归隐。时置二月，鹃鸟啼于枝头，蜀人怀之，或谓鹃为望帝所化，因呼鹃为杜宇、杜鹃。俗亦称子规。

② 菜灯：古人以菜叶或花瓣围油灯，称为菜灯，防油气外溢污染也。

③ 齑盐：以盐腌渍蔬菜为佐食之用，引申为粗劣蔬食。王实甫《西厢记》：“蕾盐日月不嫌贫”。

④ 陶宁：又作陶凝，字致远，保山人，正统间贡生，与同邑汤琮等结诗社，上所引诗为其所作，诗文多散佚。

⑤ 明经：谓明于经学者。汉以射策明经取士，唐以六科取士，以经义取者谓之明经，明代以贡生称为明经。

⑥ 社学：明洪武七年，诏天下立社学，以教民间子弟。

对父语

今阁老西涯李公[①]子兆先，颖敏有异才而不事举业，且日唯狎游[②]于巷曲。公知之，书于书屋之壁曰："今日东街，明日西街，科场近了，秀才秀才。"兆先见而别题于下曰："今日黑风，明日黄风，调和鼎鼐[③]，相公相公。"盖时适有多风之异故也。一时喧传都下，至内寺俗夫亦能道之。兆先不久遂卒，公竟无子，以侄嗣。

① 西涯李公：李东阳，字宾之，号西涯，湖广茶陵（今湘南茶陵）人。明天顺进士。历编修、侍讲学士。孝宗时，以礼部右侍郎为文渊阁大学士，武宗时官少师兼太子太师、吏部尚书、华盖殿大学士，历二朝十八年。卒谥文正。著有《燕对录》《怀麓堂集》《怀麓堂诗话》《南行集》等书。

② 狎游：狎邪游戏，即游于花街柳巷。

③ 调和鼎鼐：古时贵族以铜制大鼎蒸煮食物，调和谓蒸煮方法适宜也。引申以喻最高执政如宰相治理朝政得宜之意。

无以解

幼读《孟子集注》[①]“无以则王乎？”朱注曰：“以已通，无已，必欲言之而不止也。见下文共一千二百余言，所以谓之言之而不止也。”及后《滕文公问》章，则曰：“无以，则有一焉。”朱注无解。下文仅五句，共二十三字，作必言之而不止，则于理不通。后见《管子》[②]，言牧民不在多，桓公曰：“善勿已，如是又何以行之？”又桓公曰：“勿已，其免霸乎？”又桓公答管仲曰：“无已，则鲍叔牙可乎？”管仲云云，桓公曰：“无已，则宾胥[③]无可乎？”“无已”字凡数出，义皆非是言之不止之义，且二字见于战国之时，文字甚多，义皆更端之意，或者彼时方言如此，须以意会[④]之自得。若以言之不止解，已误，作不得已解，尤误。须于当时语言文字中求之，方免误矣。

① 《孟子集注》：朱熹撰，为朱熹《四书集注》之一种。

② 《管子》：传为管仲所著书，或谓为后人采拾管仲言行编汇而成书者。

③ 宾胥：宾客及下属官吏。

④ 会：体会，领悟。

子纠非弟

程子以桓公为兄，子纠为弟，已质[①]诸《春秋》《荀子》而辨之矣。今以《管子》所载观之，尤为可见。《管子》载齐僖公[②]生公子诸儿[③]、公子纠、公子小白，使鲍叔傅小白，鲍叔辞，称疾不出，管仲与召忽见之，曰："何故不出？"鲍叔曰："知子莫若父，知臣莫若君，今君知臣之不肖也，是以使贱臣傅小白也。贱臣知弃[④]矣。"召忽曰："子固辞无出，吾权任子以死亡[⑤]，必免子。"管仲曰："不可。"召忽曰："可。吾观小白必不为后[⑥]矣。"管仲曰"不然，夫国人憎怨[⑦]纠之母以及纠之身，而怜小白之无母也。诸儿长而贱，事未可知也"云云，则子纠为桓公之兄明矣。诸儿立为襄公，弑于公孙无知[⑧]，而无知又弑于雍廪[⑨]，则子纠当立明甚。桓公以弟弑兄，不可异论[⑩]矣。程子通置不考，只取汉薄昭[⑪]《与淮南厉王书》有"齐桓杀其弟以反国"一语为证，夫厉王[⑫]，张敖[⑬]所进美人之子，尝呼文帝为大兄，而骄甚，故昭一时为书，因与子纠为弟而见杀于兄桓公，殆以子纠比厉王，以桓公比文帝以警之也，岂可以为信而尽废汉前诸记乎？程子之误明甚，而朱子再不考究则是昭书札一时有为[⑭]之言，顾可加诸《春秋》传记、《管仲》之上哉？断不然矣。

① 质：取证，证实。

② 齐僖公：春秋时齐国国君，齐庄公子。

③ 诸儿：即齐襄公，后为公子无知所弑。

④ 弃：被抛弃。

⑤ 权任子以死亡：权且代替你去死，意为代去为小白傅。

⑥ 后：继位为国君。

⑦ 憎怨：憎恶怨恨，鄙视厌恶。

⑧ 公孙无知：齐庄公孙，弑齐襄公。

⑨ 雍廪：齐大夫，弑公孙无知。

⑩ 异论：他种论断，不同解说。

⑪ 薄昭：汉高祖妃薄姬之弟，文帝时封轵侯，后坐事自杀。

⑫ 厉王：汉高祖子，封淮南王，文帝时以骄蹇不法，废置蜀地，自杀，谥厉，故称厉王。

⑬ 张敖：汉初赵王张耳子，袭封为赵王，尚高祖长女鲁元公主。后坐其属贯高谋刺高祖一案，降封室平侯。

⑭ 有为：专有所指，有特定意思。

解礼误

予为稽勋员外郎[①]时，江夏刘主事绩[②]以陈澔[③]《礼记集说》涂去什四，因与之议[④]，其说真有考据，而陈之说良非也。后孙九峰[⑤]知之，谓予曰："陈氏说，朝廷已颁降天下，不可以刘言改易语人也。"予遂弃之。今追思之，诚有补陈之不足，正陈之舛误者。只缘刘狂诞自高，又制行[⑥]不检，任情放言，不久，遂出守镇江府，仍不率矩度，遂去官，而并其说礼之善，考索之博，不惟人不及知而予亦忘矣，惜哉！

① 稽勋员外郎：吏部属官。

② 刘主事绩：刘绩，字用熙，号芦泉，江夏（今武汉市）人。明弘治进士，历吏部主事，官至镇江知府。著有《三礼图》《六乐说》《管子补注》等书。

③ 陈澔：字可大，号云庄，又号北山，江西都昌人。南宋末，隐居不仕，著有《礼记集说》。

④ 议：讨论。

⑤ 孙九峰：里籍行事不详。

⑥ 制行：合于正道的行为。

死　义

成化乙巳[①]，江西郭御史绅[②]为予言，初选黄岩知县，文选黄郎中孔昭[③]，谢翰林铎[④]俾之访正学方公[⑤]之后，遂极意寻访，终无所得。盖方公当死难之时，有诛十二族不恤之对，故亲知[⑥]罔不罹祸。迨洪熙[⑦]将改元，始蒙仁庙[⑧]以太子令旨[⑨]释宥，然已无存者矣。自后，每闻大夫士论公之死，以为只如张公纨、周公是修[⑩]辈，道[⑪]自足矣，而过以口语犯文庙，以自取诛夷惨毒如此，谓为贤者之过中[⑫]，然以公之造履[⑬]精粹，岂以过中自处者？盖当时身受主知，任天下事，非张、周二公辈比，故必欲如是，斯足以尽此心而无少歉[⑭]，再不暇他计也。殆若曰，我任君之天下而使致此，我一死奚足以偿之？此其死义所以必至如斯之烈，非无见而偶过[⑮]也。果从张、周而心可安，责可尽，公岂好名与义而有所加尚者哉？

① 成化乙巳：明宪宗成化二十一年，公元1485年。

② 郭御史绅：郭绅，字廷章，江西宜春人。明成化进士，选浙江黄岩知县，改知宁海，累官至南京刑部右侍郎。初至宁海时，奉命寻访方孝孺之后，首刻《方正学集》，建方正学先生祠祀之，访终无所得。

③ 黄郎中孔昭：黄孔昭，初名曜，字孔昭，后以字行，改字世显，号石衣翁，安徽太平人。明天顺进士，成化中官文选郎中，累官至南京工部右侍郎，卒谥文毅。与谢铎合编《赤城论谏录》行世。

④ 谢翰林铎：谢铎，字鸣治，安徽太平人。明天顺进士，授编修，进侍讲，直经筵。弘治中，为南京国子监祭酒，谢病归，复特擢礼部右侍郎管祭酒事。卒谥文肃。著有《赤城新志》《桃溪净稿》《伊洛渊源续录》等书。

⑤ 正学方公：方孝孺，字希直，一字希古，号逊志，浙江宁海人。从宋濂学，以明王道致太平为已任。洪武间，除汉中府学教授，蜀献王聘为世子师，名其庐曰正学，世称正学先生。建文时，官至侍讲学士，咨询国事，批答奏章。燕王起兵，朝廷讨燕诏檄皆出其手。燕兵入，被俘入狱，燕王召使草即位诏，孝孺哀绖至廷，号哭彻殿陛，燕王下榻劳之，顾左右授笔礼云，诏非先生草不可，孝孺掷笔于地，曰，死即死耳。燕王云，不惧族灭耶？答云，虽诛十二族何惧？遂磔于市，宗族亲友坐死者数百人。著有《逊志斋集》《侯成集》《希古堂稿》等书。

⑥ 亲知：亲族师友。

⑦ 洪熙：明仁宗年号。

⑧ 仁庙：洪熙帝死，庙号仁宗。

⑨ 太子令旨：皇太子下行文书称为令旨，此指仁宗尚未即位时所下令旨。

⑩ 周公是修：周德，字是修，以字行。明洪武时举明经，建文时预翰墨纂修。燕师入南京，自到于尊经阁。

⑪ 道：正道，意为杀身成仁，舍生取义。

⑫ 过中：失中过分，超逾中道。

⑬ 造履：学养行为。

⑭ 歉：歉仄，不安于心。

⑮ 偶过：偶然过度，失之中道。

删 述

《史记·孟尝君传[①]》删去冯煖[②]三窟之计，最为有见矣。至并煖问“债毕收，以何市[③]而反？”孟尝君曰：“视吾家所寡有者”皆删去，却别以“守而责[④]之息愈多”为说。要之，煖为人收债，非得其“视吾所寡有者”言，其敢辄焚卷而返，孟尝君抑何以谢之也？此一段以《战国策》所记近人情，为实事，而《史记》更删之，虽文与理皆周备，恐终不如《策》之情实得真也，细细玩之自见。

① 孟尝君：名田文，战国时齐贵族，袭父田婴爵位，封于薛（今山东滕县），称薛公，号孟尝君。齐湣王时为相，门下有食客数千。曾联合韩、魏击败楚、秦、燕三国。一度入秦为相，不久逃归，湣王七年，田甲叛乱，出奔至魏，魏昭王任之为相，主张联秦攻齐，后与燕、赵合纵攻齐，燕将乐毅破齐，齐湣王被杀，齐襄王立，回薛中立，无所属。死后，诸子争立，被齐、魏合灭之。

② 冯煖：一作冯驩。战国时孟尝君门下食客。曾替孟尝君到封邑薛（今山东滕县南）收取债息，得钱十万，把不能还息的债券烧掉，替孟尝君沽名钓誉。后孟尝君一度失去相位，他又游说秦王和齐王，使复位。

③ 市：购买。

④ 责：同债。

天 路

《楚辞·山鬼》[①]曰："余处幽篁[②]兮终不见，天路险难兮独后来。"朱子在天字作句[③]，而谓韩昌黎[④]诗用"天路幽险难追攀"亦误。近见古赋用天路者甚多，如班固《通幽赋》曰"仰天路而同轨"，冯衍[⑤]《显志赋》曰"唯天路之同轨"，且《易》[⑥]亦有"天衢之亨"，安知屈子不用天路而必以路属下句乎？殆不可晓也已！

① 《楚辞，山鬼》：《楚辞·九歌》中《山鬼》篇，为祭山神之歌。

② 幽篁：深暗竹林，竹林深处。

③ 天字作句：以天字处断句。

④ 韩昌黎：韩愈，字退之，河南河阳（今河南孟县）人，以系出颍川昌黎，故称昌黎先生。唐德宗贞元进士，累迁至监察御史，以上疏论宫市，贬阴山令，赦还，历任国子博士、刑部侍郎。元和中，谏宪宗迎佛骨，贬潮州刺史，改袁州，还为国子祭酒，转兵部侍郎、复转吏部侍郎、京兆尹。穆宗长庆中卒，溢文，世称韩文公。有《昌黎先生集》行世。

⑤ 冯衍：字敬通，京兆杜陵（今陕西西安市）人。西汉末，从更始起兵，属刘秀，光武即位，为曲阳令，迁同隶从事以交通外戚免官，潦倒而卒。善辞赋，以《显志赋》最有名，遗文五十篇，已散佚，明人辑有《冯曲阳集》传世。

⑥ 《易》：指《周易》。

都御史

今之左、右都御史，即秦、汉之御史大夫也，当时称为亚相。今之左、右副都御史，即汉之御史中丞也，又谓之宫正。今之左、右佥都御史，汉、唐、宋初无此官，故亦通称为中丞，若少别[①]焉。后魏尝以中丞为中尉，举以为称[②]，亦可矣。

① 少别：小有不同或稍加区别。

② 举以为称：明有中尉，系沿唐代神策军中护军中尉之名，唐护军中尉为宦官专职，明之中尉亦为宦官专职，故云举以为称也。

言官选

弘治中，一给事中上疏为急救社稷事，其言曰："见今北虏款塞[①]，社稷甚危，宜急招人纳粟[②]，以救社稷。"后值考察，又一给事中上疏言："外官多贿赂大臣，结主顾以庇之，请朝觐官[③]到，令辑事衙门[④]遣官校于门外，秤盘其行李。"孙九峰以疏示予，予以为是吏部之所考选者，今复何言。孙后选科道[⑤]，稍不专于胡、胖、长[⑥]，且访其文、行[⑦]，得人颇精，孙出[⑧]，则仍旧矣。曰[⑨]北有英庙[⑩]旨，畴[⑪]敢易之？由是以胡、胖、长为主，以考论[⑫]为名矣。故有谣曰："选科全不在文章，但要生的胡胖长；更有一般堪笑处，衣裳穿得硬帮帮。"然岂止衣裳哉？穿厚底靴以示长，干[⑬]内外权势以交荐[⑭]，殆不可胜记矣。予承乏文选[⑮]，适将考选科道，因欲法孙意，又以举止论，不足见人识见、文学，乃以前代谏疏命题，先考教官[⑯]之备选者，凡三十余人，无知谏疏体者。众为一哄，以为异，遂通仍旧，而公论犹谓法孙之稍访其行为是。会掌铨者[⑰]不知文学，而刚愎自用，遂假不拘形体而惟私、惟利、惟请托是主，既不访行，又不主胡、胖、长，又不看论优劣，见[⑱]阁下阁老焦公芳、王公鏊，皆大惊骇。夫以人物[⑲]选，固是矣，一于人物而通不计其学与行，已非，况通不计人物乎？又以举业论定之，已失，其所谓学矣，而并此又不论，一唯私意人情是从，如是而望言官通达国体，公于是非枉直，足以发之笔端，传之后世，以感动朝廷，其可得乎？宜乎急救社稷，则请招人纳粟；求清黜陟，则请秤官行李也。志淳以为皆吏部之所考选，亦或近本[20]之说，而自愧斯言则多矣。

① 北虏款塞：北方外夷入侵。明中叶间，屡有鞑靼内犯情事。

② 纳粟：输米谷入官。

③ 朝觐官：朝见皇帝的官员。古以春季朝见为朝，秋季朝见为觐，后通称朝见为朝觐。

④ 辑事衙门：明代为皇帝及宗室工作的专职官署。

⑤ 科道：明代都察院所属吏、户、礼、兵、刑、工六科给事中及各道监察御史，统称科道。

⑥ 胡、胖、长：有胡子，身胖、体高。明选科道官，于传见时，即以此为三条件，合者录之。

⑦ 文、行：文事和行为。

⑧ 出：出外任他职。

⑨ 曰：借口。

⑩ 英庙：明正统帝。正统庙号英宗。

⑪ 畴：与“谁”通。

⑫ 考论：考察时所写文章。

⑬ 干：勾结。

⑭ 交荐：互相交换推举。

⑮ 文选：指吏部文选司。

⑯ 教官：学官。

⑰ 掌铨者：考选主官。

⑱ 见：同“现”。

⑲ 人物：外貌。

⑳ 近本：似合正道。

定 字

《史记》时用“定”字，如陈王[①]定死，主父[②]定死之类不一，后此不见用，唯《宋书》[③]内见之也。然作实、作信、作真亦通，但不若定字朴而文也。

① 陈王：指陈胜。陈胜，字涉，阳城（今河南登封）人。秦末与吴广起兵，在陈县（今河南淮阳）建立政权，号张楚，称王，后为贾庄所杀。

② 主父：指主父偃。主父为复姓，名偃，临淄（今山东淄博）人。汉武帝时为中大夫，后为齐相，以威胁齐王自杀被诛。《汉书·艺文志》著录《主父偃》二十八篇，已佚，今有清马国翰辑本。

③ 《宋书》：南朝梁沈约撰。

鸡　㙡

鸡㙡[①]，菌类也，唯永昌所产为美且多，云南亦有，颇粗。永昌以东至永平县界尤多，但镇守[②]索之，动百斤。夷人制之卤莽[③]，故通不可食。此物惟六月大雷后斯出于山中，或在松下，或在林间，不定也。出一日采者，朵小而嫩，五六日即烂矣。采得，洗取[④]土，量[⑤]以盐煮，烘干，少有烟即不堪食。采后过夜则香味俱尽，所以为难。鸡，以其形言；㙡，飞而敛[⑥]足之貌。鸡作蚁，全误。㙡作纵，以为菌，亦通。

① 鸡㙡：亦作鸡㙡，菌类。《广蕈谱》云："鸡㙡出云南，生沙地间，丁蕈也。高脚平头。土人杂采烘寄远，以充方物。"

② 镇守：地方官。

③ 卤莽：粗糙。

④ 取：此处作"去"字解。

⑤ 量：适量加入。

⑥ 敛：收缩。

斗母法

天顺初，武功伯徐公有贞谪予郡，居法明寺之归休庵。士欲见之者，候至巳刻[①]，因询诸僧，僧云："公每夜礼斗[②]至三鼓[③]后方寝。"好事者访其繇[④]，曰：公为巡抚时，闻一老僧善相，且前知。因访之，至则老僧不为礼，公甚怒。老僧曰："兹来，吾能救公一死，何怒欲返？"公惊其言，强坐，老僧曰："公此去，官极品，由文转武，但亦遭极刑。"公惧乃请于老僧，授以法，令必急方行。后天顺改元[⑤]，公以功为武功伯，入阁。寻为石亨[⑥]所陷置狱，明日将行刑。其夜，大风吹折大明门闩[⑦]，下马牌[⑧]亦吹去，公遂得谪此。语皆有据矣，然以一老僧而能以术救一大臣之死命，于理亦碍，予意僧或有异术，前知其事，故假此以屈之，而侈[⑨]其术之神也。果曰命当极刑，夫岂术之所能逭[⑩]耶？

① 巳刻：古以子丑寅卯等十二地支字计时，每字合今之二小时，自每晨零时起算，巳刻为今之上午十至十二时。

② 礼斗：斗，即斗母星，亦作斗姆，星座名，一般指为二十八宿之一，俗称北斗星或北斗。礼斗即对斗星拜礼。

③ 三鼓：古于时刻交替时击鼓或打更报时刻，官署置专人为之。三鼓如今之夜十二时。又称三更天。

④ 繇：缘由，原因，缘故。

⑤ 天顺改元：明英宗正统十四年，与瓦剌战于土木堡，兵溃，被掳

去。兵部尚书于谦等拥立英宗弟，是为景帝，改元景泰。景泰二年，和议成，英宗还京，尊为上皇。景泰八年，石亨、徐有贞及内监曹吉祥等发动政变，夺宫门，拥英宗复位，废景帝，杀于谦等，改元大顺，史称夺门之变。

⑥　石亨：陕西渭南人。英宗正统十四年，以都督佥事从于谦守京师，击退瓦剌军，擢镇朔大将军，封武清伯，总京师团营。景帝八年，与徐有贞、内官曹吉祥等拥英宗复位，进爵忠国公，专权骄横。天顺四年，坐从子石彪谋镇大同案发，以谋叛律论斩，死诏狱中。

⑦　闩：门栓。

⑧　下马牌：古时宫禁及官署要地，不准骑马行过，立牌或石示禁，称下马牌或下马石。

⑨　侈：夸大，过分。

⑩　逭：逃避。

卷　十

大寺碑

郡城西北五里许，俗名大寺山，寺废无孑遗[①]矣。成化、弘治间，掘得其碑，甚宏丽，然皆惧其所载碑阴[②]藏住田亩[③]、财货之繁，恐镇守者因而生事，辄碎之。近复得一小碑，予因使全[④]之，遂得观焉。寺盖苏氏所建也，文虽不足观，而可证永昌之为郡，在元已盛，且与金齿夷之地迥绝[⑤]无相涉，而景泰间所修《新志》[⑥]皆匿旧志[⑦]以荒其地，而故侈胡渊之功也。然藉此又可见当时货财之殷，非今日可及，而苏氏施财以求福利者，今澌灭已久，则事佛果何益哉？是皆可以垂戒，而旧志谓郡城尽夷于思伦者，正毁寺之时也，因备录于左。其文曰："天地以生育万物为心，释氏以慈悲众生为念，盖生生不息，天地造化生物之仁也。化现无方[⑧]，我佛慈悲劝善之法也。天地生万物，未尝责报于万物，佛悯众生，亦何尝求报于众生哉？人苟有善，为造物者必丰其报而厚其生也。于戏[⑨]盛哉！西方大圣人之教，不治而不乱，无想亦无欲，所以见性真而成道速，化俗易而感人深。云南自开辟以来，上而唐虞三代之宽，下而秦汉历朝之盛，非所有也[⑩]，诸葛孔明五月渡泸[⑪]，深入不毛[12]，南方始定。历晋隋唐而下，非中国所及也。皇元一混区宇，治隆古昔，际天极地，莫不来庭。癸丑[13]年，世祖皇帝御驾统兵，开西番道[14]深入大理，时段氏[15]以山河之固据其域，见天威莫测，遂率其部以降，而云南六诏[16]悉平，厥后委命大臣兀良葛歹[17]首整其绪，继遣平章政事赛典赤[18]纷理其科，民遂生而乐业者，迨今七十余年矣。永昌乃大理名郡，实孔明过化之地，东距阇黎[19]八百媳妇之界，南靠金齿、伯夷、缅国之疆，西邻吐蕃、西天之域，北接洱水[20]、滇海[21]之涯，重镇地也。距城西北五里有古栖贤梵刹，曩因兵火，废为荆棘，土居之望[22]有苏氏而庆名者，其先智隆，赞[23]段氏降，始授永昌千户管民之职，以供给征捕[24]建都，殁于王事。子庆继袭其业，累迁民职，多历边功，敬奉梁王[25]令旨，授同知镇康路军民总管府事，抚治边夷，既满且代[26]，遂恬退闲处，灰心利禄，乐善好施。念国家生厚之恩，祖宗栽培之德，将何以报之，繇是于延昭甲寅[27]之元，大捐已资，复建栖贤。夷棘除砾，命工轮材，首建前殿，奉大日遍照如来[28]，左右廊庑、僧寮、斋厅、庖廪、门术[29]、百堵[30]作焉。钟鼓有楼，经典有匮[31]，舍己田二十四双，捐真贝则[32]三千余索，以充常住[33]，放良驱[34]四人，以为洒扫。继修后殿，以奉药师佛[35]。作无量寿[36]、观世音[37]各一千像，饰以金，金绘一百八观世音白莲海会[38]、东方世界主、八大佛母[39]、一六天帝[40]释主[41]者、八大明王[42]、十二宫神[43]、摩诃迦罗[44]、七转天神[45]。塑装一十六罗汉[46]、镇殿四天王[47]、左右明王像。画五十三参[48]海会八大菩萨、五百罗汉、十二神王、三界[49]一切灵享。印造《华严经》八十卷、《般若经》六百卷、诸品名经一千余部。泰定甲子岁[50]，作浮图[51]一十三级于绀殿[52]之前，高一十五丈有奇。前后殿堂，金碧彩绚，凡寺之供具，一应用度，莫不备焉。落成，又念永昌为太皇太后汤沐邑[53]，苏氏具建作之由，献以充官，上为皇家祝延寿圣，下为人民祈祷福田。有司以闻，奉帝师法旨，省府榜文，特为加护，扁颜[54]曰'报恩'。盖佛之化人也易，而此邦且近佛国，故信之深而思之至也。会予以蜀乡贡判永昌，释道惠求言以传不朽，予嘉其地之胜也，左挟释迦补[55]陀之圣迹，右掖龙泉[56]鸡足[57]之名山，后倚西山千仞之翠屏，前对东山富乐之秀巘，俯视一川之胜，森罗万状之雄，真永昌佳境。苏氏舍数万缗修寺以报本，捐已而归官，则三心[58]、五愿[59]、六念[60]、十善[61]，尽在是耳。苟非其心洞识幻化，畴克[62]尔耶？吁！齐景公发一善言，荧惑为退三舍[63]，王晋公庭植三槐[64]，子孙位至三公，是造物者不责报于人而丰报于人也。东坡铭三槐堂曰：'王氏之福，盖未艾也。'予于苏氏曰：'积善之家，必有余庆。'乃识其始末，而作偈云：'释氏教宏远，幻世大炉鞴[65]。利钝归陶镕[66]，无在无不在。充塞天地间，其大竟无外。归而藏诸密，须弥等一芥[67]。善哉苏氏庆，灼然了三昧[68]。亟猛捐囊金，建诸天法界。上以报君亲，下而觉盲聩。懋绩镵坚珉[69]，永劫长不坏。'泰定三年岁丙寅七月既望，永昌府儒学教授华阴杨森记，濮阳度金秀书，承事郎同知永昌府事汴京张埜先篆。功德主苏庆，弟苏祐、苏祥，男达海、天祥、松寿、柏寿、椿寿、天定，侄世昌、明安，答耳山寿苏恭，住山释道惠等立石。"其篆额云："栖贤山报恩梵刹记"。其帝师背高一字，与梁王同。于此，不独见胡元之重佛，而藩王能授人以官如此，而官志之不足据，亦已甚矣。阁老丘公浚、学士程公敏政动曰正史可据，然则永昌立学曰金齿司儒学，自正统丙寅至今，如吏书王公、直学士王公英[70]为记、为诗，又如兵书王公骥、刑侍杨公宁辈皆居此日久，何通不及金齿非永昌，学校元设已久乎？夫以一指挥之势，能使蔽惑至今七十余年，上下无敢言者，顾谓宋太宗之事[71]与夫天下之广，唯正史官书是信，可乎？故不厌其繁而录之，以见正史官志之不可尽信，亦非曰诳诞小说家为可取，特在公是公非，用意考寻，而识见笔力无与己私，则得之矣。岂可独以官史为真，以某达官名臣不论[72]而尽枉其人与事乎？

① 无孑遗：一点也没有剩余。

② 碑阴：碑背。

③ 藏住田亩：写有寺管的田亩。

④ 全：完好保存。

⑤ 迥绝：隔绝很远。

⑥ 《新志》：指景泰《云南图经志书》。

⑦ 旧志：景泰以前的诸种地方史志。

⑧ 化现无方：化现，指佛菩萨为济度众生而变化出种种身形。无方，指无论哪个方向都有。

⑨ 于戏：即“呜乎”。

⑩ 非所有也：不为所有。

⑪ 泸：泸水，即金沙江。

⑫ 不毛：不生植物。古人误解云南为荒僻地区，不生植物。

⑬ 癸丑：南宋理宗宝祐元年，蒙古宪宗三年，大理国段兴智天定二年（1253年）。

⑭ 西番道：吐蕃人所据西部道路。

⑮ 段氏：指大理国。

⑯ 云南六诏：泛指云南地区。

⑰ 兀良葛歹：通译为兀良合台，元将，随忽必烈攻灭大理，又率军攻取云南大部分地区，以大元帅留镇云南，元世祖中统元年（1260年）奉诏北还。

⑱ 赛典赤：名瞻思丁，一名乌儿。元中统初，任中书平章政事，至元十一年（1274年）来云南，建云南行省，任行省平章政事，云南称省自此始。在任六年，颇多政绩，及卒，百姓巷哭。谥忠惠，赠咸阳王。

⑲ 阇黎：瑜伽密教僧人之师。此指佛教密宗传播地区。

⑳ 洱水：即大理洱海。

㉑ 滇海：即滇池。

㉒ 望：声望，有名。

㉓ 赞：辅佐。

㉔ 征捕：征取输送人力财物。

㉕ 梁王：元代派宗室驻云南，例封为梁王。

㉖ 既满且代：任职期满，继任者至。

㉗ 延昭甲寅：延昭疑为“延祐”之误。延祐甲寅为元仁宗元年（1314年）。

㉘ 大日遍照如来：佛教密宗本尊与最上根本佛。

㉙ 门术：大门建筑。

㉚ 百堵：百尺围墙。

㉛ 匮：古“柜”字。

㉜ 真贝：即贝肥，云南在元代以贝肥为流通货币。

㉝ 以充常住：以为供养寺中僧人的费用。

㉞ 良驱：供驱使做杂活工人。

㉟ 药师佛：又称大医王佛。大乘佛教佛名，在寺院大殿中，其塑像常与释伽、弥陀二佛并列，合称三世佛。

㊱ 无量寿：即弥陀佛。

㊲　观世音：俗称观音菩萨或观音。《法华经》“苦恼众生，一心称名，菩萨即观其声音，皆得解脱，以是名观世音。”

㊳　白莲海会：念佛圣众会聚一处，数如大海。

㊴　佛母：这里指主尊佛所生母德之尊体，谓之佛母，即佛眼佛母、玛玛基佛母、白衣佛母、贞信度佛母、虚空佛母、准提佛母、孔雀佛母、大白伞盖佛母等。

㊵　一六天：一，指一尊。六天，疑为“六欲天”之误。

㊶　帝释主：帝释，即忉利天之主。忉利天为六欲天第二天。

㊷　明王：佛教神祇，受如来教令，现忿怒身，降伏恶魔。有不动明王、大威德明王等不同称谓。

㊸　十二宫神：星相家所奉之神。在密教胎藏界曼荼罗处金刚院。其中，太阳分有狮子宫、女宫、秤宫、蝎宫、弓宫、摩羯宫等六宫，分掌军旅、官房、库藏、病患、将相、刑杀之事。太阴分有宝瓶宫、鱼宫、白羊宫、金牛宫、男女宫、蟹宫等六宫，分掌学事、吏职、厨膳、马口、户钥、狱讼之事。另外，星相家以命、财帛、兄弟、田宅、子女、奴仆、妻妾、疾厄、迁移、官禄、福德、相貌为十二宫，各宫有神主宰，称十二宫神。

㊹　摩诃迦罗：大黑天神。为佛教之守护神。

㊺　七转天神：疑指须陀洹，声闻初果，须人间天界往返七度而证阿罗汉界。

㊻　罗汉：阿罗汉之简称。小乘佛教以佛中得最高果位者称罗汉。佛寺中常有十八罗汉、五百罗汉塑像。

㊼　四天王：佛家谓须弥山半有四天王，镇守四方，东方曰持国天王，西方曰广目天王，南方曰增长天王，北方曰多闻天王。

㊽　五十三参：佛家以修持为参，参者访求佛理也。传说善财童子遍参五十三善知识始成善果。最初参文殊，最后参普贤，其间就向菩萨、佛母、比丘、比丘尼、优婆塞、天神、地神、主夜神、王者、城主、长者、居士、童子、天女、外道、婆罗门等一一参问之。

㊾ 三界：佛家以众生所住的世界分为三个层次，一为欲界，二为色界，三为无色界。

㊿ 泰定甲子岁：元泰定帝元年（1324年）。

51 浮图：佛塔。

52 绀殿：深青而红色为绀，佛寺殿堂每作绀色。

53 汤沐邑：古时帝王指定某地为自己或后妃、公主汤沐邑，谓以该地收入供洗浴费用。

54 扁颜：扁上题名。

55 补陀：指补陀落迦山，即普陀山，观者菩萨的道场。

56 龙泉：龙泉山在四川汶川南。

57 鸡足：鸡足山在云南宾川、鹤庆、洱源三县交界处。

58 三心：佛家以至诚心、深心、回向发愿心为三心，谓具此三心，必得往生净土。

59 五愿：菩萨所起的五种愿心，即发心愿、生愿、境界愿、平等愿、大愿。也可理解为，佛家信徒皈依三宝时所发之五种愿心，一般指一不杀生，二不偷盗，三不邪淫，四不妄语，五不饮酒。又称为五戒。

60 六念：佛家以念佛、念法、念僧、念戒、念施、念天为六念。

61 十善：佛家以一不杀生，二不偷盗，三不邪淫，四不妄语，五不两舌，六不恶口，七不绮语，八不贪欲，九不瞋恚，十不邪见为十善。

62 畴克：谁能，何能。

63 荧惑为退三舍：荧惑即火星，荧惑退三舍事见《春秋·左氏传》。

64 王晋公庭植三槐：宋王祐多德行，手植三槐于庭，曰，吾子孙必有为三公者。其子王旦后果为相，世人称为三槐王氏。

65 炉鞴：冶铁风箱。

66 陶镕：范土曰陶，冶金为镕，喻为教化世人。

67 须弥等一芥：须弥山和一芥子大小同等。

68 三昧：梵语三摩地，意为专注于一境，正受所观之法，能保持不昏沉、不散乱的状态，称为三昧。为佛家修持重要方法之一。

㊾ 镵坚珉：刻于坚硬珉石，即刻石立碑。

⑳ 王公英：王英，字时彦，江西金溪人。明英宗正统初为南京礼部尚书。卒谥文安。著有《泉波集》。

㉑ 宋太宗之事：宋太宗原名光义，宋太祖弟，继太祖帝位，庙号太宗，世传太祖病，光义往视，出而太祖崩，所谓“烛影摇红”之变，盖太祖为光义所弑也。但正史不载。

㉒ 不论：不说及，不提到。

俭 德

沐忠敬王晟初征麓川时，驻永昌久，尝以布汗衫二命一指挥浣补[1]，指挥浣补毕，则再以细布如其制[2]成之以上，沐颜笑曰："汝以我为无此耶？但不可以侈自奉耳，所谓不欲折福[3]者以此。"遂却之。故当时皆服其俭德。

① 浣补：洗濯补缀。

② 如其制：照原样制一细布新衣。

③ 折福：享用过分则削减福分，民间每多以此相互诫勉。

天 理

圣贤之言只论理，理原于天，故曰天理。理具于人之性，故曰性理。理各有所宜，故曰义理。理皆见于事，故曰事理。理在于治民，故曰治理。天地唯有此理，故能成一个天地。天地中惟人全备此理，故能参[①]天地。然这个皆资气而行，气有驳杂[②]，故天道福善祸淫之理不能尽其本然，人性有善无恶之理不能全其一二，只凭气使以自私自便，如世上大恶与出世之所谓仙与佛，千端万种，清浊高下，皆是自便自私而已。圣如二帝、三王、孔子，其理不驳杂于气已。贤如伊[③]、傅[④]、颜[⑤]、曾[⑥]、思[⑦]、孟[⑧]，其理微有驳杂于气已。夫人于此理，强半自主乎气而失之，却独于天之福祸，责以全尽而不杂于气，岂不误哉？予每见古今善恶之报，纰缪差舛[⑨]，有不可言者，故思其原如此。知乎此，则势利、人谋、得丧[⑩]之际，又不足言，而惟自尽于理而已矣。故觉唐人[⑪]论天者，通是溺气之私以自便利之说也。不独唐人论天，今有司求雨旸时若[⑫]于天者，抑不思天所以赋与己与百姓之理，可曾尽一二，而责天必不少违[⑬]，岂非愚乎？

① 参：探究领会。

② 驳杂：混杂不纯。

③ 伊：指伊尹。伊尹，名挚，一说名伊。尹官名，汤用伊尹为小臣，

助汤灭殷，执国政。汤死，以保衡佐外丙、王仲。王仲死，伊尹立王仲侄太甲，太甲无道，伊尹放逐太甲于外。三年，太甲改过，伊尹迎之复位。

④ 傅：指传说。传说，一作傅兑。初版筑于傅岩之野，殷王武丁求得之，举以为相，因得于傅岩，命以傅为氏，遂佐武丁复兴殷政，人民大悦。

⑤ 颜：指颜回，字子渊，孔子弟子，后世尊为复圣。

⑥ 曾：指曾参，字子舆，孔子弟子，后世尊为宗圣。

⑦ 思：指子思，名伋，孔子孙，曾子弟子，后世尊为述圣。

⑧ 孟：指孟子，子思门人的弟子，后世尊为亚圣。

⑨ 纰缪差舛：错误混乱。

⑩ 得丧：得到或丧失。

⑪ 唐人：泛指唐代某些学者士人。

⑫ 雨旸时若：雨晴合于时令，风调雨顺。

⑬ 不少违：无丝毫差错。

服 善

吏书河南耿公裕[①]尝曰："吾为礼书时，暮自部归，必经过王三原[②]之门，过必见其老苍头[③]持秤买油于门首。因自念入官至今，初不知买油点[④]也，故每过，辄面城墙而行，盖愧之也。"时耿公方代王公为吏书，而心服王公如此，可谓贤也。志淳为吏部主事时，亲见公子自三原来省公，只如商旅骑一骡而已。有司驿递[⑤]，何从奉之？又见公女适[⑥]宋监生者，出只乘市井所雇两人小轿，尝以银二两托云南张凤仪知印[⑦]买宝石，叮咛切勿使公知。暨[⑧]正德元二[⑨]为吏书，家[⑩]首饰皆云南所造宝石，皆比勋戚而更过之矣。揆厥从来[⑪]，何以闯[⑫]王公之藩篱[⑬]乎？

① 耿公裕：耿裕，字好问，河南卢氏人。明景泰进士，由庶吉士改户科给事中，成化中任国子监司业、祭酒，引治初耀礼部尚书，转吏部尚书。卒谥文恪。

② 王三原：指王恕。

③ 老苍头：年老仆人。

④ 点：点灯。

⑤ 驿递：驿站供应驿马。明代官员及家属经过，驿站例可供应驿马使用。

⑥ 适：嫁。

⑦ 知印：官知州。

⑧ 暨：后。

⑨ 正德元二：明武宗元年（1506年）二月。

⑩ 家：指王公女之家。

⑪ 揆厥从来：忖想这些首饰的来由。

⑫ 闯：越过。

⑬ 藩篱：竹木编的隔墙，引申为范围、限制，此处指王恕家教。

戌[1]魁

国朝大魁[2]，前甲戌张信[3]无闻[4]，丙戌林环[5]、戊戌李骐[6]、庚戌林震[7]，皆终修撰，壬戌刘俨[8]终礼侍。后甲戌孙贤[9]终太常卿兼学士，丙戌罗伦[10]终修撰，戊戌曾彦[11]终太常卿兼侍读，庚戌钱福[12]、壬戌康海皆终修撰，今甲戌唐皋[13]亦老矣。凡戌魁无一人至台辅[14]，岂有数耶？然如罗公之道高一世，名闻四海，则气数固不能以胜理矣。

① 戌：应为戌，原书误。下文同。

② 大魁：明清科举殿试第一称大魁天下，即状元。

③ 张信：临淮（今江苏盱眙）人。明洪武二十七年状元，为永宁卫指挥佥事，进都指挥佥事。建文元年调北平都司，附燕王，从靖难军入南京，官都督佥事，封隆平侯。

④ 无闻：不知名。

⑤ 林环：字崇璧，福建莆田人。明永乐四年状元，历修撰，升侍讲。预修《永乐大典》，著有《絅斋集》。

⑥ 李骐：里籍行事不详。

⑦ 林震：里籍行事不详。

⑧ 刘俨：字宣化，吉林永吉人。明正统七年状元，授修撰。天顺初，官翰林院掌事，终礼部侍郎，卒谥文介。

⑨ 孙贤：字舜卿，河南杞县人。明景泰五年状元，授修撰，侍经筵，进太常卿兼翰林学士，迁侍读、翰林院掌院。卒谥襄敏。

⑩ 罗伦：字彝正，号一峰，江西永丰人。明成化二年状元，授修撰，引疾归。卒谥文毅。有《一峰集》传世。

⑪ 曾彦：里籍行事不详。

⑫ 钱福：字与谦，松江华亭（今上海市松江区）人。明弘治三年状元，授修撰。有《河滩集》传世。

⑬ 唐皋：里籍行事不详。

⑭ 台辅：指三公宰相。

有　子

《论语》首篇载孔子之言，次即有子，次乃曾子，则当时门人之见，固已先有子而后曾子矣。再以《记》[①]与《孟子》所载证之，则有子于道亦深矣。借[②]以曾子得斯道之传先之，校之诸子不犹贤乎？校之宰我[③]，不尤贤乎？今乃以宰我为哲配享[④]殿上，以有子列于庑下[⑤]，原其初，只以四科[⑥]无有子故也。然四科仅以从陈蔡之难[⑦]者言之，故曾子不与，而特列四配[⑧]，顾于有子不究其贤与其难而使之后于宰我，可乎？今以二子言行论之“百姓足君孰与不足”[⑨]、视“使民战栗[⑩]”之时；“孝弟为仁之本”[⑪]，视“短丧”之问[⑫]；其他如问丧之足以服曾子之类，视“昼寝”[⑬]与“从人于井”[⑭]、“争宠于齐”[⑮]者，相去甚远。谓宜升有子于哲以配享，易宰我于庑以从祀，斯义为允，而卒无知求其实者，可慨也夫！

① 《礼记》：《礼记》中有《大学》《中庸》二篇，记孔子及孔门弟子言行甚多。

② 借：假设，假如，假使。

③ 宰我：宰予，字子我。春秋时鲁国人，孔子弟子，曾仕齐为临淄大夫，后死于田常之乱。

④ 为哲配享：孔庙中列宰我为十哲之一，在正殿中配享。

⑤ 庑下：孔庙正殿前有左右两庑，奉祀孔门除四配、十哲外弟子。

⑥ 四科：《论语·先进》：“德行：颜渊、闵子骞、冉伯牛、仲弓。言语：宰我、子贡。政事：冉有、季路。文学：子游、子夏。“

⑦ 陈蔡之难：指孔子在陈蔡绝粮一事。《论语·卫灵公》：“在陈绝粮，从者病，莫能兴。”朱子《集解》：“孔子去卫之陈，会吴伐陈，陈乱，故乏食也。”

⑧ 四配：亦称四侑。孔庙正殿中，在东西两侧设配位，颜子、子思配于东，曾子、宰我配于西。明太祖洪武五年，将宰我改祀为孟子。

⑨ 百姓足君孰与不足：《论语·颜渊》：“哀公问于有若曰：‘年饥，用不足，如之何？’有若对曰：‘何彻乎？’（按：周制，以十抽一，称为彻。）曰：‘二吾犹不足，如之何其彻也？’对曰：‘百姓足，君孰与不足？百姓不足，君孰与足？’”

⑩ 使民战栗：《论语·八佾》：“哀公问社于宰我，宰我对曰：‘夏后氏以松，殷人以柏，周人以栗，曰，使人战栗。’子闻之曰：‘成事不说，遂事不谏，既往不咎。’”作者引此事以证宰我之谬。

⑪ 孝弟为仁之本：《论语·学而》：“有子曰：‘其为人也孝弟，而好犯上者鲜矣，不好犯上，而好作乱者未之有也。君子务本，本立而道生，孝弟也者，其为仁之本与！”

⑫ 短丧之问：《论语·阳货》：“宰我问曰：‘三年之丧，期已久矣。君子三年不为礼，礼必坏；三年不为乐，乐必崩。旧谷既没，新谷既升，钻燧改火，期可已矣。’子曰：‘食夭馁，衣夫锦，于女（按：同汝）安乎？’曰：‘安’。‘女安，则为之。夫君子之居丧，食旨不甘，闻乐不乐，居处不安，故不为也。今女安，则为之。’宰我出，子曰：‘予之不仁也三年之丧，天下之通丧也，予也有三年之爱于其父母乎？’”

⑬ 昼寝：《论语·公冶长》：“宰予昼寝，孔子曰：‘朽木不可雕也，粪土之墙不可圬也，于予与何诛！’”

⑭ 从人于井：《论语·雍也》：“宰我问曰：‘仁者，虽告之曰井有仁（人）焉，其从之也？’子曰：‘何为其从也？君子可逝（按，意为设法救人）也，不可陷也，可欺也，不可罔也。’”

⑮ 争宠于齐：宰我与田常争宠，田常篡位，杀宰我于庭。

老儿当

正德初，内臣最宠狎[1]者入“老儿当”。当字作去声[2]读，犹等辈[3]也，然实不计老少，唯宠狎是尊。京师称势焰可畏者辄曰“是当里的”。

① 宠狎：宠幸狎昵。

② 去声：汉语四声之一，如普通话中“进”“步”“最”等字的声调。

③ 等辈：同类人。

元顺帝

元顺帝[1]为宋瀛国[2]子，详见《庚申外纪》[3]，而旁证于《元史》明宗[4]素谓非其子之说，与余应之诗歌[5]皆有据依矣。予尝见袁柳庄[6]子忠彻[7]所著《符壹外集》[8]，言："蒙诏见，遍出宋、元诸君之遗像俾观之，亲奉圣谕曰：'宋自艺祖以下诸帝，何皆清癯似太医然？'及观元诸君，曰：'何皆壮硕乃尔？此都是吃大羊尾子的。'至顺帝，忽曰：'此何以独清癯似太医也？'忠彻不能对。后见他书与元人诗歌，乃愧恨不能多知而举以应诏，以增表圣鉴之精，因记之。"袁之说甚详，予不能悉记，然即此可见顺帝为瀛国公子无疑矣。《史纲》[9]乃一切不信，甚至史以秦政[10]为吕不韦[11]子，则曰汉人之谤也。呆[12]者，论宋太宗之事，则又曰元人何不言也，自相牴牾，盖不可晓。尝举以问同年芜湖李布政赞[13]，答曰："予未尝亲炙[14]丘公，公志高天下，而学博才赡，励名节，然家庭之间，不免私嬖仆婢之累，故其为书尽黜前代隐事以自掩，如文宗弑明宗之事，《史纳》亦曲为之辨云。"

① 元顺帝：名妥懽帖睦尔，元明宗子。至元二十八年，明军逼近大都京（今北京），率后妃太子奔上都（今内蒙古正蓝旗石别苏木），明军入大都，明洪武二年，奔应昌（今内蒙古克什克腾旗达里诺尔），次年病死，庙号惠宗，明太祖加号顺帝。

② 宋瀛国：即宋恭帝。德祐二年，元军逼临安，出降，送至大都，封

瀛国公。乞为僧，号合尊大师，后为元英宗所杀。

③　《庚申外纪》：亦名《庚申外史》，又名《庚申帝外史闻见录》，纪述元顺帝时史事，因顺帝时称庚申帝，故名。明人权衡撰。

④　明宗：元明宗名和世瑓，武宗长子，初封周王，泰定帝崩，太子阿速吉八继位于上都，次子怀王遗燕图帖睦尔即位于大都，是为文宗，遣使迎周王于漠北，率军攻入上都，阿速吉八不知所终，周王行至和林，即帝位，年号天历，以怀王为太子。怀王入见，数日帝崩，庙号明宗。

⑤　余应之诗歌：余应之，人名。

⑥　袁柳庄：袁珙，字廷玉，号柳庄，鄞县（今浙江鄞州）人。善相术，论人吉凶辄验。明洪武间，应燕王召至北平，一见即称燕王为太平天子。成祖即位，官太常寺丞，寻请老归。著有《柳庄集》。

⑦　忠彻：袁忠彻，字静思，珙子，幼传父术，随父至北平谒燕王。永乐初，召为鸿胪寺序班，迁尚宝司少卿。正统中卒。著有《人相大成》《符台外记》等书。

⑧　《符壹外集》：疑为《符台外纪》之误。

⑨　《史纲》：指丘浚著《史纲》。

⑩　秦政：指秦始皇。

⑪　吕不韦：秦阳翟（今河南禹州）人。善贾，家累千金，居赵。秦孝文王子异人为质于赵，不韦以所纳邯郸姬献异人，时姬已有娠，后生子，名政。不韦入秦游说阳泉君，使异人得归秦，孝文王死，异人嗣立，是为庄襄王，以不韦为相国，封文信侯。庄襄王死，子政嗣位，是为始皇，始皇年幼，尊不韦为仲父，与太后同执国政，与太后通。始皇亲政后，黜居河南，迁蜀郡，忧惧自杀。

⑫　呆：此字疑为“果”字之误。

⑬　李布政赞：李赞，字惟诚，安徽芜湖人。明成化进士，授吏部文选主事。正德中为浙江布政使。

⑭　亲炙：亲受教诲，亲自见及。

观 史

汉高统重兵首入秦宫，见珍宝美女之盛，欲留，居之间[①]，留侯谏之，还军灞上[②]。过陈留[③]，时时问邑中贤士。夫好酒及色、嫚骂恶儒之人如此，盖几乎敷求[④]哲人改过不吝者矣，而观史者[⑤]不及[⑥]之。

① 居之间：住不多时。

② 灞上：今陕西省西安市东白鹿原北。

③ 陈留：今河南开封。

④ 敷求：广求，努力谋求，赶得上。

⑤ 观史者：阅读史书的人。

⑥ 不及：不注意。

诗文传

尝见出像[①]《千家诗》[②]《古文珍宝》[③]二书，其所选诗文混杂高下[④]，于深处通无所见。然自予七八岁时见之，至今板刻[⑤]益新，所传益广，而好之日益多，岂以浅近故耶？而古诗文之不传者何限[⑥]也！

① 出像：有图画，又称为绣像。

② 《千家诗》：宋刘克庄编有《分门纂类唐宋时贤千家诗选》，刘克庄，号后村居士，故称《后村千家诗》，所录为近体诗，为初学者而设。千家谓诸家，实非千家。今通行之《千家诗》为明人选刻之本，非刘原本，此处即指通行之本。

③ 《古文珍宝》：宋黄庭坚编。辑录战国至宋代诗文，供初学者用。

④ 高下：好坏。

⑤ 板刻：木刻印行。

⑥ 何限：没有限度，很多。

友 义

予郡有符、丁二姓[①]，相友善。丁居病，而有子支漫[②]不事生产，丁乃以白金若干给符曰："子支漫不事生产，身后[③]恐即耗，烦为密收而训[④]使治生，改则畀[⑤]之，不可改则君之物矣。"符许诺。日过其子，告以其父命之笃[⑥]，子稍改悟，曰："恨无资以营生计。"符许借之。借而叩[⑦]之，果不费，则勖[⑧]之焉。逾时再询而叩之，曰："恨少耳，若多假[⑨]，为生弥遂[⑩]矣。"则再借之，如是者三，子曰："若得若干，业可成矣。"符知其可也，则曰："汝当具牲醴[⑪]来，吾为汝转假。"其子如命往，符则以其牲醴置丁之灵几前，为文告曰："君不鄙予，托予以子而委我以财，今君子克家[⑫]矣，财凡若干两，尽以付君子，君可以无虑矣。"遂归。时丁颇裕而符更窭[⑬]，财不相负不足论，而又能忠诲其子俾有成，可谓难矣。郡人尽能道其事，然八十年来，求近似此者，何尝闻焉，又可为世道叹也！

① 符、丁二姓：指符节、丁贞。

② 支漫：荒唐，费用无度。

③ 身后：死后。

④ 训：教育，训诲。

⑤ 畀：给予。

⑥ 笃：深厚殷切。

⑦ 叩：打听询问。

⑧ 勖：嘉勉。

⑨ 假：借。

⑩ 弥遂：更加理想。

⑪ 牲醴：肉酒。

⑫ 克家：能治家务。谓可自立事生产。

⑬ 窭：贫。

缅 甸

尝闻郡人使缅者言，其宣慰[1]自尊，使者授毡[2]，如古之双膝著地而坐面之，其下亦然，盖即其俗之跪也。其自称曰缅王，其夷语所尝称，则以朝廷为兄也，与木邦宣慰、孟养土官殊不同。窃思缅虽狡诈，然力弱，惟水[3]是恃，而不能攻，势比木邦、孟养为劣。问之，使人云，不如是，彼即不供给，夜或阴害，所以如是屈于彼也。近因观《元史》，乃知为命缅王，待之过厚，皆始于元。使如我朝，首使之为宣慰司[4]，岂至如是乎？因地远，而元亦夷狄，故急于服远而过视之也。

① 宣慰：元置缅甸宣慰使司，设宣慰使主司事。

② 授毡：给予毡子。

③ 水：缅境内有萨尔温江和伊洛瓦底江。

④ 宣慰司：明永乐元年（1403年）置缅甸宣慰司，设二宣慰使，辖江头等五城，治所在今缅甸曼德勒，后废。

否泰录

初读《否泰录》[1]，见所著述甚美，后读天顺改元诏[2]，与《录》所述又绝[3]，均出词臣[4]之手，代言[5]之职，而于朝廷昭示天下万世者乃如此，则纪事得实，岂易也哉？

① 《否泰录》：明刘定之撰，纪明英宗北狩事。

② 天顺改元诏：明英宗复位诏书。

③ 绝：无可及之者。

④ 词臣：文学侍从之臣。

⑤ 代言：代替皇帝说话。

倭 国

《元史》载元世祖欲通倭国[①]，词恭意勤，自至元二年[②]至二十三年，或婉其词，或加之兵，使臣被害，军士被陷，倭竟不至。夫倭自汉，魏，晋，宋，隋，唐开元[③]、贞元[④]中，宋雍熙[⑤]后皆来朝贡，论强大则魏、晋及唐，宋岂能逮元，而倭顾朝贡于彼而绝于此，虽夷狄类狡狂，或者彼亦轻达旦之素微[⑥]也。不然，圣朝自洪武至今，何朝贡有常而无间乎？当时许衡[⑦]劝元示之以宽，不识能推原及此否？倘推及于此，则宜其仕元之不能自安也。

① 倭国：今日本国。

② 至元二年：元世祖年号至元，至元二年为公元1265年。

③ 开元：唐玄宗年号。

④ 贞元：唐德宗年号。

⑤ 雍熙：宋太宗年号。

⑥ 素微：素微是两词，向来微弱。

⑦ 许衡：字仲平，号鲁斋，河内（今河南沁阳）人。元世祖时为国子祭酒，议事中书省，官至集贤大学士，领太史院事。卒谥文正。有《鲁斋遗书》等传世。

用妓女

张世南[①]《宦游记闻》载黄铢[②]与朱子友善，铢母为词之序云："力修、宝学贤表[③]宴胡明仲[④]侍郎，遣歌妓来乞词。"则明仲在当时宴皆用妓。然张思叔在程门[⑤]，属意于妓，曰：不害道[⑥]，胡邦衡[⑦]志节，犹溺于妓，则宋制不如今远矣。顾人才益劣，何耶？

① 张世南：一作张士南，字光淑，鄱阳（今江西鄱阳）人。宋时曾官于永福（今福建永泰）。

② 黄铢：字子厚，号谷城，宋建安（今福建建瓯）人。隐居不仕，著有《谷城集》。

③ 贤表：表兄弟。

④ 胡明仲：名寅，号致堂，建宁（今福建崇安）人。宋徽宗宣和进士，历任校书郎、司门员外郎。高宗绍兴中，为中书舍人，知永州。力主抗金，为秦桧所恶，贬新州安置，桧死，始得复官。著有《论语详说》《崇正辨》《读史管见》《斐然集》等书。

⑤ 程门；二程子门下弟子。

⑥ 不害道：于正道无妨害。

⑦ 胡邦衡：名铨，号澹庵，庐陵（今江西吉安）人。宋高宗建炎进士，在赣州募义兵抗金，保卫乡里，后官枢密院编修，上书请杀秦桧等，被编管新州。孝宗乾道中入为国史院编修，官至兵部侍郎，卒谥忠简。著有《澹庵集》。

题南园漫录后

往草此以付幼子合，合时方九龄，今合试京师。五年，偶于其书笥[①]中见之，殆不复记忆，怅然兴怀[②]，乃自录出。然以是是非非，枉枉直直，斤斤[③]明明，视《笔谈》[④]不及，士夫毁誉者毕[⑤]矣，复欲藏之。适见广昌何公乔新集所载《抚夷录》，谬甚，然后知奸邪矫诬[⑥]，足以欺一时矣，而其术又足以假名臣闻人文[⑦]其恶而惑后世，用是刻以久之。或以招尤速累[⑧]为虞者，则曰："孙盛纪枋头之败，桓温谓关门户事，诸子请改，盛大怒，更为定本寄慕容儁[⑨]。孔子曰：'斯民也，三代所以直道而行也。'吾不佞，敢自弃不如春秋之民，不如东晋之士，而又敢以不如桓温待今世之贤哉？"嘉靖五年岁在丙戌[⑩]春二月念有一日南园老人张志淳进之甫再书，时年六十九。

① 书笥：装书竹箱。

② 兴怀：心里忽起感念。

③ 斤斤：计较琐碎或无关紧要之事。

④ 笔谈：指《容斋随笔》。

⑤ 毕：与"必"通。

⑥ 矫诬：矫诈诬蔑。

⑦ 文：掩饰。

⑧ 招尤速累：招来怨尤致累自己。

⑨ 慕容儁：儁亦作“俊”，即十六国时前燕景昭帝。

⑩ 戍：应为戌。原书误。